KB057724

보초병이 있는 겨울별장

보초병이 있는 겨울 별장

박초이 장편소설

문이당

작가의 말

죽은 사람과의 약속은 유효한 걸까?

이 년 전쯤 그를 만났다. 그는 주말이면 합기도를 했고, 가끔 싱가폴이나 중국으로 출장을 갔으며 일과 관련된 스트레스를 블로그에 올렸다. 몇몇 친구들에게만 공개되는 비밀글이었다. 내가 그의 비밀글을 읽게 된 것은 아마도 가끔 공개하는 그의 글에 깊은 공감을 표했기 때문일 것이다. 그의 글에서는 새로 들어온 신입사원들의 이해할 수 없는 행동, 거래처 직원의 실수를 대신 떠맡은 일, 직장 상사와의 관계 등, 내가 알 수 없는 직장 생활에 대한 글로 채워져 있었다.

어느 날인가 그에게 비밀댓글을 보냈다.

"당신의 글을 그럴듯하게 포장해 소설로 쓰고 싶습니다. 당신 주변 사람들이 보더라도 알 수 없게 인물들을 형상화시켜 드릴게요. 나인 것 같기도 하고, 아닌 것 같기도 한. 그러면서도 공감되는 이야기를 만들고 싶어요."

그는 흔쾌히 허락했다. 그 후로 그의 이야기는 훨씬 다채로워졌고, 나는 소설적 재미를 만들려면 어떻게 해야 할까 고민했다. 내 다음 책은 그의 이야기가 될 것이라고 믿었다.

어느 날부터 더 이상 그의 글이 올라오지 않았다. 일주일이 지나고 열흘이 지나고 이 주일이 되었지만 소식이 없었다. 안부 인사를 보내도 답이 없었다. 그러던 중 한 통의 문자를 받았다.

"저희 아들 휴대폰에 저장돼 있는 모든 번호로 메시지를 남깁니다. 저희 아들이 출장을 다녀온 후 쓰러졌습니다. 오늘 사망했습니다. 장례식장은……."

나는 더 이상 읽지 못했다. 그는 단 한 번도 만난 적이 없었고, 전화 통화를 한 적도 없었다. 혹시나 하는 마음에 전화번호를 주고받았을 뿐이었다. 그럼에도 불구하고 나는 그의 죽음에 충격을 받았다. 심적으로 아주 가까운 지인을 잃은 것 같았다. 직장생활로 인한 스트레스가 죽음을 불러온 것은 아닌가 의심했다.

요즘도 나는 가끔 그의 글들을 본다. 그는 이 세상에 없는데 그의 글들은 남아 있다. 그것도 몇몇 사람들에게만 공개된 채로. 나는 그의 삶이 거기에 멈춰져 있다는 사실에 가슴이 저민다. 글 속에서 그는 영어와 중국어를 배우기 위해 누구보다 일찍 일어나고, 건강을 챙기기 위해 주말이면 운동을 하러 간다. 섬세하고 예민한 감성을 숨긴 채 파이팅을 외치며 회사로 출근한다. 피곤에 절은 몸으로 회사에서 받은 스트레스를 글로 푼다.

올해 많은 이들이 곁을 떠나갔다. 시인이자 문학평론가였던 지인도 세상을 떠났고, 두 아이의 엄마로 가정생활을 충실히 했던 후배도 세상을 떠났으며 친지들 중 몇 분도 세상을 떠났다. 너무 이른 죽음이었다. 어떤 죽음은 장례식장에도 가지 못했다. 죽음의 이유에 대해 궁금해 하고, 의심하고, 죽은 이를 배웅하지도 못했다. 나는 지금 아주 이상한 시대를 살고 있다.

『보초병이 있는 겨울 별장』은 이토록 특이한 시대, 격리된 사람들에 대한 이야기다. 그 수많은 죽음들과 알 수 없는 징후들 속에서, 나는 오롯이 사계절을 그들과 함께 보냈다. 짙푸른 녹음이 낙엽이 되어 떨어지는 것을 지켜보면서 앞서간 이들의 흔적을 찾는다.

사람들과의 관계를 어려워했던 그가 살아 있었더라면 어땠을까. 그 누구보다 언텍트 시대를 잘 견디고 있지 않았을까. 모르겠다. 내가 알고 있는 그는 글 속의 그일 뿐이니. 실제의 삶에서 그는 어쩌면 유쾌하고, 사람들과 잘 어울려 지냈을지도 모른다. 자신 속에 있던 응어리를 털어내는 방식이 단지 글쓰기였을지도 모른다. 이 세계가 유일한 시공간이 아니라면 어쩌면 그는 다른 공간에서 자신의 이야기를 소설로 쓰고 있을지도 모르겠다. 나는 단 한 명의 독자가 되어 그의 글을 읽는다. 그와의 약속은 시공간 속을 흐른다.

쓸쓸하게 죽어간 수많은 이들을 애도하며.

2020년 늦가을
박 초 이

차례

프롤로그

    사람들은 때때로 지나간 시절을 화젯거리로 삼는다. 어머니가 해 준 요리라든가, 첫사랑에 대한 기억이라든가, 혼자 있을 때 했던 게임 같은 것. 대부분의 사람들은 공감하며 이야기 속으로 뛰어든다. 물론 그렇지 않은 사람들도 있다. 그들 중 일부는 자신을 숨기기 위해 노력하고, 숨김의 방식으로 봉사활동이나 사회활동을 이야기한다. 마치 그러한 경험이 자신의 인생에 주요한 업적이라도 되는 듯. 다른 일들은 별거 아니라는 듯.

    영미는 그 어디에도 속하지 않았지만 말로 뱉어진 기억을 신뢰하지 않았다. 그것은 다른 이들과 비슷한 시기, 비슷한 기억을 공유하며 살아가고 있다는 위안일 뿐이었다. 그녀는 안으로 삼켜진 기억, 무의식적 기억을 소중하게 여겼다. 경험과 상상이 한데 어울려 현실인지 망상인지 구분하지 못하는 세계, 그것이야 말로 실제 삶임을 그녀는 믿어 의심치 않았다. 무엇보다 자신의 삶이 그러했다. 그녀는 원인과 결과가 뒤바뀐 세계에서 자신이 살고 있는 것 같았다. 결과에 따라 원인이 생겨나는 듯 했고, 원인은 아주 먼 미래에 있는 듯 했다.

그녀는 자신 앞에 놓인 일의 결과를 알아내기 위해 애썼다. 생각해보면 아주 오래전 어느 시기에 자신은 오늘 일을 예감하고 있었던 것 같았다. 수백 번, 수만 번 시뮬레이션하며 대처방법에 대해 생각했던 것이 기억났다. 그럼에도 그녀는 자신이 할 수 있는 일이 아무것도 없음을 깨달았다. 증거를 찾지 못해 범죄자를 재판에 넘기지 못하는 검사처럼 증거가 나오기만을 기다리며 그녀는 노트북 앞에 앉아 있었다.

그녀는 희숙의 말을 되새겼다. 희숙은 익명으로 떠도는 유리 사진을 인터넷에서 봤다고 했다. 그 이름을 듣는 순간 그녀는 시간이 꼬이고 뒤집혀 모든 예측이 무용지물이 되고 말았음을 직감했다. 그녀는 먼 과거에 있었던 어떤 결과가 이제 막 원인을 만들려는 듯한 기분에 사로잡혔다. 희숙이 말을 이었다.

"그 애를 그런 곳에서 보게 되리라고는 상상도 하지 못했어. 좀 이상한 아이였잖아. 아니, 생각을 멈추게 하는 아이였어. 너무 예뻐서 보는 것만으로도 생각이 사라졌거든. 그럼에도 심장은 쿵쿵 뛰고. 머리는 마비됐는데 몸만 날 뛰는 상태랄까. 그런데 왜 갑자기 혈액원을 떠났을까? 사표도 내지 않고, 하루아침에 그냥 증발해 버린 것 같아. 그래서인지 그런 애가 있었는지조차 잘 모르겠어."

영미는 유리가 혈액원을 그만 둔 이유에 대해 짐작하고 있었지만 아무 말도 하지 않았다. 누군가를 안다는 것과 무언가를 본다는 것, 그리고 행동한다는 것, 그 모든 것이 뒤죽박죽된 지 오래였다. 그녀는 자신이 본 것도 믿어지지 않았고, 누군가의 말도 자신이 들은 것인지 알 수 없는 경우가 간혹 있었으며, 자신이 했던 일들도 종종 기억하지 못했다. 누군가 이야기 해주면 그때서야 어렴풋이 기억이 떠오를 정도였다.

영미는 호흡을 가다듬고 자판을 두드렸다. 유리를 검색어에 넣었다. 연예인 유리와 유리창 전문 업소 등 유리 관련 연관 검색어가 좌르륵 떴다. 자신이 알고 있던 유리는 그 어디에도 없었다. 그럴 거라고 생각했으면서도 불안했다. 유리는 분명 존재하고 있었지만 그 어디에도 없는 사람 같았다. 사진으로만, 익명으로만 존재하는 허상 같았다. 그녀는 '예쁜 여자', '여자 나체 사진' 등 유리를 찾아낼 법한 단어들을 입력했다. 이름도 알 수 없는 반라의 사진들이 주르륵 떴다. 일일이 클릭해도 유리를 찾을 수 없었다. 희숙은 어디서 본 것일까, 의아했다.

영미는 망설이다 희숙에게 전화를 걸었다.

"유리 사진은 어디에서 본거야?"

"왜? 궁금해?"

"그 애와 닮은 사람이 세상에 있다는 게 좀 믿기지 않아서. 그런 얼굴 흔치 않잖아."

전화기 너머로 희숙의 끄덕거림이 전해져 오는 듯했다.

"맞아, 나도 깜짝 놀랐다니까. 그곳은 비밀채팅방이라 초대장이 없으면 들어갈 수 없어."

"너는 어떻게 들어갔는데?"

희숙은 주저주저하다 말을 이었다.

"남편이 화장실에만 들어가면 나오질 않잖아. 그래서 남편이 잘 때 지문을 이용해 휴대폰 잠금 장치를 풀었어. 그곳에서 시크릿 룸을 발견했지 뭐야. 거기에서 유리를 봤어. 걔는 어쩌면 십년 전이랑 똑같아. 전혀 변하지 않았더라."

변하지 않은 게 아니라 그 사진이 십 년 전 사진이라면.

기억의 틈새로 용호별장에서의 일들이 비집고 들어왔다. 서로에게 전염된 듯 광기로 얼룩져 있던 시간들이 떠올랐다. 그 시간 속에서 유리는 영미에게 손을 내밀고 있었다. 그랬음에도 뒤로 계속 물러나고 있는 듯 했다. 마치 자신을 받아들이면서도 동시에 밀쳐내려는 듯. 희숙이 말했다.

"남편이 알게 될까봐 걱정이야. 아는 척 할 수도 없고, 그냥 두고 보자니 염려되고. 어떻게 해야 할지 정말 모르겠어."

"괜찮을 거야. 별일이야 있겠어."

"그러기를 빌어야지."

"사진 좀 부탁할게. 보내줄 수 있지?"

잠시 뜸을 들인 후 희숙이 말했다.

"알았어. 캡처해서 보낼게. 내 휴대폰이 아니라서 시간이 좀 걸릴 거야."

영미는 별장에서의 일을 떠올렸다. 그 겨울동안 그녀는 제정신이 아니었다. 지극히 충동적인 상태에서 살아남기 위해 몸부림쳤으며 판단하지 않기 위해 노력했다. 그곳에 있던 모두가 그랬다. 우리는 손쉽게 감염되어 갔다. 생각마저도. 불안과 공포가 가장 빠른 감염체라는 것을 그때 알았다.

얼마간의 시간이 흐른 후 희숙이 사진을 보내왔다. 영미는 사진을 클릭했다. 슬프면서도 그윽한, 비밀을 감춘 듯 오묘한 눈빛의 여자가 웃고 있었다. 유리였다. 유리가 분명했다. 붉은 사과를 천연덕스럽게 베어 물고 있는 유리, 머리에 화환을 쓰고 멍한 시선으로 카메라를 보고 있는 유리. 그녀의 입가에 웃음이 걸려 있었다. 마치 카메라 너머에서 자신을 바라보고 있는 사람들을 조롱하고 있는 듯했다.

사진들이 파라락 흩날렸다. 갑자기 주변의 모든 것들이 과거의 한 시기, 한 장소로 되돌아가는 듯 했다. 선비치가 놓여 있던 수영장, 아득히 멀리 보이는 대나무 숲. 숲 사이로 사라락 사라락 눈 내리는 소리가 들리고, 그곳에 유리는 토끼 옷을 입고 앉아 있었다. 영미는 눈을 감았다. 귀를 막았다. 생각하지 않으려 했다.

그럼에도 토끼 꼬리가 바람에 살살 흔들리는 모습이 보였고, 누군가 대나무 사이로 달아나는 소리가 들렸다.

　도대체 누가 이 사진을 유포한 것일까. 김 기사? 재인? 수연? 아니, 출장 팀은 아닐 것이다. 그럼 대위? 정 일병이나 안 상병, 박 상병. 그들 중 누구일까. 누군가 살아서 그때 찍은 사진들을 가지고 있었던 것일까. 그렇다면 수연과 내 사진도 어딘가에서 떠돌고 있을지도 모른다. 생각만으로 숨이 막혔다. 이제 어디로 가야 할까. 아무리 둘러봐도 몸을 숨길 곳이 없었다.

　귓가로 나뭇가지가 서로 몸을 부딪치는 소리가 들렸다. 유리의 깨질 듯한 웃음소리와 대위의 부드럽지만 권위적인 말투도 들리는 듯했다. 대위는 최나 김 기사보다 어렸지만 그에게는 거역할 수 없는 힘이 있었다. 사람들을 자연스럽게 부리고 자신의 뜻대로 조종하는 능력이 있었다. 선량해 보이는 얼굴과 눈에 띄지 않는 행동 때문에 대위에게 그러한 광기가 숨어 있는 줄 상상도 하지 못했다. 어쩌면 별장에 격리되지 않았더라면 대위조차 숨겨진 자신의 모습을 발견하지 못했을 것이다.

눈의 침묵

1

대위를 만난 날 출장 팀은 군 담당자로부터 용호별장의 약도를 받았다. 용호별장은 장교들이 휴가철 사용하는 별장으로 민간인에겐 한 번도 개방한 적이 없는 곳이라고 그가 말했다. 출장 팀은 비밀유지 각서에 사인한 후에야 약도를 받을 수 있었다. 당분간 그곳에서 머물며 부대원들에게 헌혈을 실시할 예정이었다.

출장 팀은 모두 여섯이었다. 운전기사인 김과 관리팀장 최, 문진간호사 재인과 채혈을 맡은 영미와 수연, 간호조무사 유리. 팀은 독수리부대에서 채혈을 마친 후 용호별장으로 이동하는 중이었다.

출장 팀이 영천산 입구에 도착했을 때 싸락눈이 내리기 시작

했다. 눈은 안으로 들어갈수록 굵어졌고 주위는 금세 어둑어둑해
졌다. 바람까지 세차게 몰아쳤다. 김 기사가 말했다.

"서둘러야겠어."

최가 창밖을 내다보며 대답했다.

"거의 다 온 거 아니야?"

"약도를 보면 그렇기는 한데, 좀 불안해. 내비게이션에도 없는
길이잖아."

"군부대 시설이니까."

최가 혼잣말 하듯 중얼거렸다.

수연이 쏟아지는 눈을 보며 환호했다.

"와우, 저는 좋은데요. 올해의 첫눈이잖아요."

영미는 수연을 쳐다보았다. 그녀는 일 년차 간호사로 유난히
큰 눈에 진회색의 커다란 눈동자를 가지고 있었다. 그래서인지
그녀를 보고 있노라면 이상한 생각이 들곤 했다. 남들보다 더 많
은 것을 보고 더한 고통을 느낄 수 있을 거라는. 수연이 휴대폰을
꺼내 들었다.

"사진 찍어 줄까요?"

영미는 손을 내저었다. 수연이 채근했다.

"눈이 잘 안보여요. 창문을 여는 게 어떨까요?"

영미는 못이기는 척 창문을 열었다. 바람에 실려 눈이 안으로
들어왔다. 돌덩이에 맞은 듯 얼굴이 화끈거렸다. 바람이 눈을 뒤

섞어 딱딱한 얼음결정으로 만들어 놓은 듯 했다.

그때였다. 타이어가 미끄러지는 듯한 소리가 들렸다. 그 소리와 함께 버스 앞 와이퍼가 분주하게 움직였다.

"도대체 이 길이 맞는 거야?"

김 기사가 이맛살을 찌푸렸다.

"다른 숙소 알아볼 걸 그랬나?"

팀장 최가 말했다.

"겨우 구한 곳이 차로 한 시간 거리였잖아. 너무 비효율적이야."

"그렇지. 부대에서 호의를 베푸는데 거절할 수도 없고."

"일단 가 봐야지."

김 기사가 핸들을 꼭 잡은 채 앞을 응시하며 말했다.

"사고 나기 딱 좋은 날씨네."

"어째 위태위태해요. 눈이 와서 그런가. 무슨 일이 생길 것만 같고."

영미는 주변 사람들을 둘러보았다. 다들 착잡한 눈빛으로 창문 밖을 내다보고 있었다. 재인만이 창밖이 아닌 영미를 노려보고 있었다. 그녀는 이맛살을 찌푸리며 짜증 섞인 목소리로 말했다.

"창문 좀 닫아줄래?"

화들짝 놀란 영미는 창문을 닫기 위해 안간힘을 썼다. 좀체 창문은 닫히지 않았다. 바람은 더욱 강력해졌다. 머리카락이 볼을 할퀴었고 몸은 자꾸만 뒤로 밀려났다. 옷이 풍선처럼 부풀어 올랐다. 눈을 뜰 수조차 없었다. 재인이 신경질적으로 말했다.

"도대체 창문을 왜 연 거야."

영미는 몸을 움찔거렸다. 주삿바늘을 잘못 꽂을 때마다 자신의 손을 밀쳐냈던 재인의 팔꿈치가 생각났다. 재인과 한팀이 될 줄 알았더라면 출장을 자원하지 않았을 것이다. 창문을 열라고 부추긴 수연까지 야속했다. 그녀는 온 힘을 다해 창문을 밀었지만 창문은 끼익, 끽 소리만 요란할 뿐 움직이지 않았다. 최가 다가왔다.

"비켜 봐."

영미는 몸을 뒤로 뺐다. 최도 힘겨운지 눈살을 찌푸리며 두 손으로 힘껏 밀었다. 그의 얼굴이 붉으락푸르락 변했다. 손의 힘줄이 도드라졌다. 끼익, 끽 소리와 함께 드디어 문이 닫혔다. 바람 소리가 잠잠해졌다.

영미는 바깥을 내다보았다. 주변 모습이 조금씩 보이기 시작했다. 왼쪽으로는 산이었고 오른쪽 아래로는 계곡이었다. 양쪽 길가에는 침엽수가 빽빽하게 들어서 있었다. 나무들은 위쪽으로 동그랗게 휘어져 마치 서로 손을 맞잡고 있는 것처럼 보였다. 그 위로 눈이 수북이 쌓여 버스가 얼음동굴 안으로 들어가는 듯 했다. 동굴 안은 조용했다. 깊고도 고요한 나무의 물관 속처럼.

김 기사가 라디오 주파수를 맞췄다. 라디오에서는 11월인데도 모기가 극성이라고 했다. 요즘 모기들은 내성이 강해 잘 죽지도 않고, 한겨울에도 살아남을 정도로 유전자 변이가 이뤄졌다고 했다. 그 뒤를 이어 필리핀의 치커 섬에는 원인불명의 열병으로 사람들이 죽어가고 있다고 아나운서가 말했다. 치명률이 30%나 되며 전염성 또한 강하다고 했다. 필리핀 정부에서는 원인을 찾을 때까지 치커 섬으로의 이동을 전면금지한다는 발표를 했다. 아나운서는 당분간 필리핀 여행을 자제해 달라고 권고했다.

"우리나라는 괜찮겠죠? 치명률이 30%라니, 무섭네요."

수연의 말에 재인이 근심스런 목소리로 대답했다.

"의료시설이 낙후됐으니까. 우리나라는 다를 거야. 조용히 지나가야할 텐데."

"에이, 설마 우리나라까지 오겠어요. 치커 섬은 관광지도 아닌 오지의 섬인데 그런 곳에 누가 간다고. 선교사라면 모를까요?"

"그거야 모르지."

"한 두 명이 감염된다고 해도 초기에 잡힐 거예요. 정부에서 바로 조치를 취할 테니까요."

"그러길 바라야지."

재인이 걱정스럽다는 듯 대답했다.

영미는 재인을 바라보았다. 그녀는 질병이나 질환 이야기만 나오면 과장해서 걱정하는 습관이 있었다. 그게 무슨 대수라고. 사람들은 항상 어딘가에서 질병이나 질환으로 죽어갔다. 태풍이

나 홍수 같은 자연재해로 죽기도 했고, 사고를 당해 죽기도 했으며 예상치 못한 일로 갑작스럽게 죽음을 맞이하기도 했다. 치커바이러스 또한 질병 중 하나일 뿐이었다. 시간이 지나면 자연스레 소멸될 유행일 뿐이었다. 어쩌면 먼 훗날, 치커바이러스가 있었는데 곧 소멸됐어, 추억처럼 말할 수 있을지도 모른다.

가로수 길을 지나자마자 바람소리가 다시 거세졌다. 눈덩이가 지붕을 때렸고 나뭇가지가 창문을 긁었다. 버스는 나무를 슬쩍슬쩍 스치며 아슬아슬하게 앞을 향해 나아갔다. 산등성이를 때리고 되돌아오는, 회오리처럼 몰아치는 바람소리가 들렸다. 길을 잘못든 건지도 몰랐다. 목적지는 있지만 갈 수 없는 곳을 찾아 헤매고 있는 건지도 몰랐다. 불안감이 밀려들었다.

"이제 다 왔어요. 저기 바위 보이죠?"

김 기사가 말했다.

영미는 바위를 향해 시선을 돌렸다. 바위 위에는 글자가 새겨져 있었다. 눈과 어둠 때문에 정확한 글자가 보이지는 않았지만 용호별장이라는 것을 알 수 있었다. 각 부대 앞마다 놓여 있는 표지판과 흡사했기 때문이었다. 그 옆으로 시멘트 말뚝과 눈 쌓인 철조망이 보였고, 바위 옆에는 나무판자로 만든 화살표가 있었다. 김 기사는 화살표가 가리키는 방향으로 버스를 몰았다.

드디어 별장의 모습이 나타났다. 그곳은 마치 오래된 암자나 기도원이 아닌가 싶을 정도로 산 밑에 담쑥 안겨져 있었다. 그 때문에 산의 보호를 받고 있는 듯했다. 아니, 눈 덮인 산이 반사한 빛을 받아 마치 산의 일부처럼 눈부시게 빛나고 있었다. 그 힘에 압도당한 듯 바람소리도 숨죽였고 눈보라도 잠잠해졌다. 모든 것이 고요했다. 주변의 그 어떤 소음이나 소란조차 용납하지 않을 것 같은 적막감이었다. 그 적막을 향해 버스가 천천히 움직였다.

버스는 얼마 가지 못해 멈춰 섰다. 별장 입구가 철문으로 굳게 닫혀 있었다. 폐점휴업이니 하는 말이 생각났다. 낭패였다. 숙소 예약도 하지 않았는데, 날까지 어둑어둑해지고 있었다. 최가 투덜거렸다.

"일진이 안 좋네. 부대에 연락해 볼 수도 없고. 참."

다들 얼굴을 마주보았다. 뭔가 해결책을 찾기 전까지는 섣불리 움직이면 안 될 것이다. 그렇다고 버스에서 잠을 잘 수도 없었다. 방법이라면 되돌아가는 것뿐이었다. 되돌아가려면 타이어에 체인을 감아야 할 것이다. 생각만으로도 손발이 시렸다.

그때였다. 노크 소리가 들렸다. 운전석 창문이었다. 김 기사가 창문을 열었다. 창문 밖에는 무장한 군인 두 명이 서 있었다. 그들 중 한명이 거수경례를 하며 말했다.

"잠시 검문 좀 하겠습니다. 문 좀 열어주십시오."

김 기사가 문을 열었다. 군인들이 신발을 탁탁 털며 안으로 들어왔다. 눈이 흩날렸다. 곧 옷 속에 가려진 얼굴과 계급, 이름이 드러났다. 일병 정세유와 상병 안정수. 정세유는 모범생처럼 보이는 얼굴에 어딘지 모르게 우울한 낯빛을 띠고 있었고, 안정수는 차분하면서도 자신감에 찬 표정이었다.

안정수 상병이 뒤쪽에 섰고, 정세유 일병이 앞으로 나왔다. 정일병이 거수경례를 한 후 말했다.

"잠시 인원 확인이 있겠습니다."

정 일병이 버스 가운데 통로로 저벅저벅 걸어 들어왔다. 한 사람 한 사람 얼굴을 보면서 숫자를 셌다. 그가 갑자기 숫자를 멈췄다. 그의 눈은 순식간에 동공이 확장됐고, 경탄과 놀라움이 담긴 시선으로 멍하니 서 있었다. 곧 눈빛에 두려움이 묻어났다. 이곳에 있으면 안 될, 아니 존재하면 안 될 어떤 대상을 보게 된 사람처럼.

영미는 유리를 쳐다보았다. 유리에게서 발산되는 묘한 아름다움은 이곳이 아닌 다른 곳, 이 시대가 아닌 다른 시대 분위기를 풍겼다. 요염하면서도 비웃는 듯한 눈, 자신감이 서려 있으면서도 남을 깔보는 듯한 눈. 눈 옆에서부터 날렵하게 뻗은 코하며 예쁘게 내려앉은 인중과 입. 경직된 표정 속에 드리워진 자신만만함은 보는 이의 생각을 멎게 만들었다. 일순간 머리가 텅 비어 버리고 몸만 살아서 움직이는 듯한 느낌. 생명수처럼 삶에 활력을 가져다 줄 것 같은 아름다움이었다. 늘 활기 넘치고 쾌활한 수연도 유리 옆에 있으면 삶에 지친 사람처럼 보였다.

안 상병의 말이 들렸다.

"빨리 안 셉니까?"

정 일병은 발그레해진 얼굴로 재빨리 고개를 돌렸다. 다시 숫자를 세기 시작했다.

"모두 여섯, 이상 무."

정 일병이 거수경례를 하며 말했다. 아마도 그들은 미리 보고를 받았음에 틀림없었다. 인원수와 버스에 대해 정확하게 알고 있었다.

곧 군인들이 버스에서 내렸다. 철문이 삐익 양쪽으로 벌어졌다. 잔설들이 빠르게 흩어졌다. 버스는 느리게 정문을 통과해 현관 앞 주차장에서 멈췄다.

2

영미는 현관문을 열고 안으로 들어갔다. 실내 한가운데 놓인 모형 야자수들이 눈에 들어왔다. 괴기스러움이 감돌았다. 잎들은 천정을 덮을 듯 크고 화려했다. 빛이란 빛은 모두 차단할 것 같았고, 바람이 불면 부채처럼 팔랑거릴 것 같았다. 마치 숲 속에 들어온 듯 했고 예기치 않은 사건도 모두 숨겨질 것 같은 은폐의 기운이 감돌았다.

영미는 야자수 아래 놓여 있는 소파에 몸을 기대고 앉았다. 천천히 내부를 훑었다. 야자수 뒤쪽에 프런트가 보였다. 프런트를 기준으로 오른쪽으로 식당이 보였고 왼쪽으로 휴게실과 체력 단련실, 비품실이 있었다. 휴게실 쪽 길목에는 2층으로 올라가는 나선형 계단이 있었고, 프런트 뒤쪽에 커다란 괘종시계가 서 있었다. 황동 시계추 뒤로 용호부대를 상징하는 호랑이가 하늘을 향해 포효하는 그림이 새겨져 있었다. 황동 시계추가 부드럽게 흔들거렸다. 호랑이의 눈과 입과 꼬리가 나타났다 사라졌다. 호랑이는 마치 시간과 공간을 가로질러 째깍 소리와 함께 나타났다 사라질 것만 같았다.

째깍거리는 초침소리를 뚫고 군홧발 소리가 들려 왔다. 현관 쪽을 쳐다보니 보초병들이 저벅저벅 걸어 들어오는 중이었다. 안 상병이 말했다.

"책임자가 누구입니까?"

최가 손을 들었다.

"아, 반갑습니다. 그럼 지금부터 별장에서의 규칙을 말씀드리 겠습니다. 첫째, 3층은 VIP전용이니 절대 올라가지 마십시오. 둘째, 식사 시간은 반드시 엄수하십시오. 식당 앞에 식사 시간표가 있으니 참조바랍니다. 셋째, 취침 시간은 22시입니다."

"10시 취침이라고, 그건 너무 이르지 않아?"

최가 의문을 제기했다.

"취침은 하지 않더라도 10시 이후엔 돌아다니지 않도록 각별히 주의 바랍니다. 특히 밖은 위험합니다. 야생동물이 활보하거든요.

지금부터 방 열쇠를 나눠 주겠습니다. 방은 2인 1실입니다."

안 상병이 열쇠를 나눠주었다. 김 기사가 205호, 재인이 215호, 영미가 217호 열쇠를 받았다. 수연이 영미 팔짱을 끼며 말했다.

"우리 같은 방 써요."

영미는 고개를 끄덕였다.

올라가려는데 맞은편에서 군인이 걸어왔다. 안 상병과 정 일병이 그를 향해 거수경례를 했다. 그는 어깨 골격이 놀라울 정도로 벌어졌고, 동작이 민첩했다. 그는 남성적 힘을 과시하며 출장팀 앞에 섰다. 계급을 보니 대위였다.

"어느 분이 책임자입니까?"

최가 머리를 긁적였다.

"접니다."

"아, 잘 부탁드립니다. 여러분이 머무는 동안 제가 이곳을 책임지게 됐습니다. 취사병도 같이 왔습니다. 그는 지금 저녁을 준비 중입니다. 비록 일주일이지만 안전하게 머물다 가시길 바랍니다."

대위는 따분함과 겸손함이 뒤섞인 야릇한 표정을 지으며 악수를 청했다. 당당함이 묻어 나왔다. 최와 김 기사가 악수를 했다. 그가 재인 앞에 섰을 때 그녀는 자신을 소개하며 가볍게 목례를 했다. 영미와 수연도 가볍게 목례했다. 그가 유리 앞에 섰다.

그가 움찔했다. 그의 눈빛에서 무엇인가 반짝, 빛을 발한 후 사라졌다. 유리도 마찬가지였다. 그녀는 숨을 죽이고 그를 올려다보았다. 그 순간 두 사람 사이에 무슨 일인가 일어난 것 같았다. 갑자기 공기의 흐름이 변하는 듯 했고, 공기 사이에 균열이 생기는 듯 했다. 그들은 망설임 없이 그 균열 속으로 발을 디디려는 것 같았다.

영미는 불안한 마음을 억누르고 계단을 올랐다.

217호는 따뜻했다. 미리 보일러를 작동시켜 놓은 듯했다. 방은 제법 넓은 편이었고 거실장과 텔레비전, 붙박이장이 있는 평범한 구조였다. 영미는 짐을 풀었다. 서랍장 안에 화장품과 속옷, 책을 비롯해 개인 소지품을 풀고 옷은 옷장 안에 정리했다. 빈 캐리어를 입구의 빈 공간에 두자 갑작스런 허기가 몰려왔다. 식사 시간까지는 아직 십 분 정도 남아 있었다. 시간 엄수라는 안 상병 말이 떠올랐다.

영미는 수연과 함께 식당으로 내려갔다.

식당은 원형 테이블이 서른 개 정도 놓여 있었고 중앙에는 인조 꽃이 화병 안에 꽂혀 있었다. 그 중 두 개의 테이블만이 흰색 테이블보로 싸여 있었다. 아마 그 자리에 앉으라는 의미인 것 같았다.

자리에 앉으려는데 갑자기 식당 안이 시끌벅적해졌다. 재인과 유리, 김 기사와 최가 안으로 들어왔다. 그와 동시에 취사병이 반찬통에 담긴 음식을 가지고 나왔다. 이름은 박민기, 계급은 상병이었다. 그는 볼과 입 주위로 여드름 흉터 자국이 깊게 패여 있었다. 그 때문에 입 꼬리가 아래로 쳐져 있는 것처럼 보였다. 그가 출장 팀을 둘러보았다. 그의 시선이 유리에게 머물렀다. 그는 사무적으로, 별 감정의 동요 없이 심상하게 쳐다본 후 고개를 돌렸다. 그의 행동을 보자 이상하게도 낯설었다. 그는 아름다움을 제대로 느끼지 못하는 사람이거나 자신의 감정을 잘 숨기는 사람일지도 모른다는 생각이 들었다. 그는 어쩌면 예외적인 사람일지도 몰랐다.

곧 정 일병과 안 상병이 들어왔다. 그들은 최와 김 기사가 앉아 있는 테이블에 합류했다. 최가 리모컨으로 텔레비전을 켰다. 채널을 돌리면서 혼잣말처럼 말했다.

"군부대 출장만 몇 년짼데, 와이파이가 안 터지는 곳은 처음이야."

안 상병이 대답했다.

"이곳은 군 장교 별장이니까요. 보안이 중요합니다."

"근데 여기는 케이블 방송도 안 들어오나?"

"공영 방송이면 충분합니다."

"하기야."

채널을 돌리던 최의 손이 멈췄다. 치커바이러스에 관한 내용이었다. 치커 섬에서는 단백질 보충을 위해 개미를 먹는 습관이 있는데, 개미에 의한 바이러스로 추정된다고 앵커가 말했다. 증상으로는 설사와 구토, 복통, 가려움증이 수반되며 긁을 경우 출혈이 생긴다고 했다. 또한 심할 경우 몸이 붓고 급기야는 피를 토하고 죽게 된다고 앵커가 전했다. 필리핀 당국에서 치커 섬을 봉쇄했는데도 불구하고 도시에서 증상을 일으키는 사람들이 기하급수적으로 늘고 있다는 말도 했다. 외교부에선 필리핀 여행 자제를 부탁했다.

재인이 답답하다는 듯 말했다.

"왜 개미를 먹을까? 그것도 살아 있는 개미를."

최가 대답했다.

"굶주리다 보면 뭐든 먹게 되어 있어. 인간들은."

"글쎄요, 보신에 좋다는 이유로 먹는 경우도 있잖아요. 박쥐나 굼벵이, 도롱뇽이나 뱀 같은."

"뭐, 그런 경우도 있지."

"그러면 안 되는 거잖아요. 동물들이 전염시키는 질병만도 수십 종인데."

재인은 마치 인간들의 무분별한 섭생 때문에 바이러스가 오기라도 한 것처럼 화면을 노려보았다. 최는 무슨 말인가 하려다 입을 다물었다. 그저 묵묵히 재인을 내려다보았다. 그의 눈빛에는 사고뭉치 여동생을 바라보는 듯한 다정함이 깃들어 있었다. 곧 그는 안 상병을 향해 고개를 돌렸다.

"이곳에 몇 명이 근무하나?"

"보초병 둘에 취사병, 대위님, 모두 넷입니다."

"취사병도 있고, 호강이네."

"평소에는 저희들 끼리 비상식량으로 대체합니다. 취사병은 손님 올 때만 파견 나옵니다."

"그럼, 우리 때문에."

"네, 덕분에 잘 먹습니다."

안 상병이 겸연쩍다는 듯 웃었다. 그 옆에서 정 일병은 묵묵히 밥을 먹고 있었다. 영미도 서둘러 밥을 먹었다. 한시라도 빨리 이불 속으로 들어가 쉬고 싶었다. 음식물을 씹을 때마다 볼이 뻐근했고, 재인의 채근이 들리는 듯 했다. 추위는 쉽게 가시지 않았다.

텔레비전에서는 지역 뉴스가 흘러나오고 있었다. 산천어 축제에 대한 소식이었다. 맨손으로 고기를 잡고, 잡은 고기를 회로 먹기도 하고 매운탕으로 먹기도 하는 겨울 축제였다. 다양한 형태의 얼음조각들이 강에 전시돼 있었고 눈썰매장과 스케이트장, 얼음 낚시터도 보였다. 영미는 남아 있던 밥을 입 속으로 밀어 넣은 후 자리에서 일어났다. 수연이 영미를 쳐다보며 말했다.

"벌써 다 먹었어요?"

영미는 대답대신 빈 식판을 보여주었다. 수연이 눈으로 재인을 가리켰다. 재인은 못마땅한 얼굴로 텔레비전 화면만을 쳐다보

고 있었다. 어쩌면 하고 싶은 말을 하지 못해 화가 난 것인지도
모른다. 수연이 말했다.

"오늘 재인 선생님 방에서 뭉쳐요. 네?"

재인의 표정이 환해졌다. 그녀의 기분을 풀어주는 데는 술만
한 게 없었다. 그녀는 거의 매일 밤마다 술을 마셨다. 술을 마시
지 않고서는 잠을 이룰 수 없다고 했다.

3

재인은 술을 벌컥벌컥 들이켰다. 마른 몸매에 차가운 표정, 늘
논쟁하려는 듯한 태도 때문에 그녀는 친구가 없었다. 스스로 친
구를 만들지도 않았다. 그녀는 자신에 대해 결코 말하지 않았고,
그녀에 대해 아는 사람도 별로 없었다. 떠도는 소문에 의하면 남
편이 의대생일 때 만나 뒷바라지했는데 개업 후 버림받았고, 하
나밖에 없는 아들도 빼앗겼다고 했다. 그녀가 늘 술을 마시는 것
도, 성격이 모가 난 것도 이혼 때문이라는 말이 들렸다. 하지만
그것이 사실인지는 알 수 없었다. 또 다른 소문이 돌았기 때문이
었다.

다른 소문에 의하면 그녀의 엄마는 음대교수였고, 아버지는
항문외과 교수였다. 남편은 아버지가 아꼈던 제자였다. 그녀의
히스테리로 인해 결혼생활은 파탄 났고 합의 이혼에 이르게 됐다

는 이야기였다.

사람들은 후자보다는 전자를 믿었다. 영미도 마찬가지였다. 그녀의 삐뚤어진 성격과 행동으로 볼 때 후자는 어울리지 않았다. 남편에게 버림받고 아이를 빼앗겨 매일 술로 지새우는 알콜 중독자, 그게 그녀에게 어울렸다.

알콜 때문이었을까. 아니면 군 별장이라는 독특한 장소 때문이었을까. 그것도 아니면 재인의 빈정거리는 말투에 그만 환멸을 느꼈던 것일까. 영미는 걱정해 주는 척 말을 건넸다.

"아들 보고 싶지 않으세요?"

"보고 싶어. 요즘은 그 애 얼굴도 기억이 잘 안나."

그녀는 뭔가를 기억해내려는 듯 아련한 목소리로 대답했다. 영미는 재차 물었다.

"이혼한 것 후회하지 않으세요?"

"나도 소문에 대해 알고 있어……."

재인은 자신에 대한 소문을 마치 남의 이야기하듯 덤덤하게 말하기 시작했다. 그녀가 소문에 대해 말하면 말할수록 점점 더 미궁 속으로 빠져드는 기분이었다. 이야기가 만들어지고, 또 다른 이야기가 덧씌워지고, 결국에는 모든 것이 섞이고 변질돼 껍질만 남은 느낌이었다. 하지만 이대로 그녀를 놓아주고 싶지 않았다.

"의사 남편 뒷바라지 하는 거 힘드셨겠죠."

"부모님 얘기는 좀 믿기 힘들지? 소문의 속성에서 벗어난 것 같아서."

그녀는 영미의 질문에 대답하는 대신 화제를 돌렸다. 얼굴에는 묘한 웃음이 걸려 있었다. 왜 그런 소문이 났는지 맞춰보라고 말하는 것도 같았다.

"혹시 그 얘기, 선배가 직접 만들어낸 거 아니에요?"

"사람들은 과거사 캐내기를 좋아하지. 하지만 그것만 가지고 어떻게 나라고 얘기할 수 있겠어. 과거와 결합된 현재가 개인적인 삶의 형태로 남아 있기는 하지만 그것 역시 나라고 말할 수 있는 근거로는 불충분해. 소문만으로 한 사람의 이야기를 만들어낼 수는 없지. 내게 무슨 일인가 일어났고 나는 지금 이곳에 있어. 그렇다면 이게 나일까? 내가 나라면, 어딘가에는 내가 아닌 나도 있지 않을까?"

그녀의 말투는 부드러웠지만 표정은 복잡했다. 마치 자신 안에서 어떤 일이 일어났지만 믿고 싶어 하지 않는 사람 같았다. 새롭지만 새롭지 않고, 잊고 싶지만 잊지 못하는 나, 그 사이 어딘가에 그녀가 존재하는 것 같았다.

혼란스러웠다. 그녀에 대해 그 어떤 판단도 할 수 없었다. 실체는 알지 못한 채 파편만 잡고 억지로 끼워 맞추려는 것은 아닌가? 하는 의문이 들었다. 그럼에도 영미는 질문을 멈출 수 없었다.

"그래서 뭐가 진실인데요?"

"글쎄, 뭐가 진실일까? 믿고 싶은 대로 믿어."

재인이 빙긋 웃었다. 그 웃음을 보자 영미는 갑자기 약이 오르기 시작했고, 그녀에게 속고 있는 것 같았다. 그녀는 상냥하게 대답해주는 것 같으면서도 모든 질문을 교묘하게 피해가고 있었다. 질문을 하면 할수록 점점 더 자신만 한심한 사람이 돼 가는 듯했다.

옆에 앉아 있던 유리가 잔을 비우며 말했다.

"저는 공부해야겠어요."

유리가 자리에서 일어났다. 마치 자신이 해야 할 일은 다 했으며, 남을 위한 봉사는 끝났다는 듯 미련 없는 동작이었다. 그녀는 가방에서 책을 주섬주섬 꺼내더니 식탁으로 갔다. 책과 노트를 펼쳤다. 수연이 말했다.

"요즘 무슨 공부하니?"

"공무원 시험 준비하는 거예요."

"너도 늘 뭔가를 하는구나. 이번에는 꼭 붙길 바란다."

수연의 말투에는 은근한 야유가 섞여 있었다. 수연은 유리가 고등학교를 자퇴했다는 사실만으로 사회성이 결여됐거나, 친구들하고의 관계가 원만하지 못했을 거라고 판단했다. 유리가 대답했다.

"할머니 소원이라서요. 공무원 되는 거."

"너는 뭐 되고 싶은 거 없니?"

"선생님은 되고 싶은 것 없으세요?"

유리는 냉소의 빛을 가득 담고서 반문했다. 기분 나쁘다는 듯 수연이 맞받아쳤다.

"이미 됐어. 너도 열심히 공부해서 꼭 시험에 붙으렴."

수연이 혼잣말처럼 중얼거렸다.

"아무튼, 요즘 애들은 적당히 기분도 맞춰주고, 자신의 감정도 숨길 줄 알아야지."

재인이 수연을 보면서 말했다.

"너는 다른 사람하고는 잘 지내면서 이상하게 유리랑은 좀 그렇더라."

"제가요? 저, 유리 좋아해요. 쟤가 나를 무시하는 거라고요."

유리는 수연이 떠들든 말든 관심 없는 것 같았다. 마치 책을 읽 듯 입을 벙긋거리며 무언가를 노트에 적기 시작했다. 유리는 아 주 작은 목소리로, 입가에 비웃음을 담은 채로, 병신, 지랄 했다.

갑자기 방 안에 있는 모든 것이 낯설게 느껴졌다. 재인은 술을 홀짝이고 있었고, 수연은 못마땅한 표정으로 안주를 씹고 있었으 며 유리는 책을 보고 있었다. 같은 공간에 있었지만 다들 서로 다 른 곳을 보고 있었다. 많은 말을 나누었지만 여전히 서로에 대해 아무것도 알 수 없었다.

4

영미는 소파에 기대 앉아 현관 밖을 내다보았다. 입구의 절반이 눈 속에 잠겨 있었다. 완전히 별장에 갇힌 꼴이었다. 그럼에도 길이 사라졌다는 사실에 그녀는 내심 안도했다. 폭설 때문에 아무 곳에도 가지 못한다는 사실이 반갑기도 했다. 이대로 계속 눈이 내린다면 일은 미뤄질 것이다. 하루 종일 눈만 바라보면서, 흰나비 떼처럼 춤추다 한순간에 사라지는 그 침묵을 조용히 응시하면서 지낼 수 있을 것이다.

누군가 영미의 어깨를 두드렸다. 수연이었다. 그녀 옆으로 출장 팀이 모여 있었다. 다들 현관문을 하염없이 바라보는 중이었다. 김 기사가 중얼거렸다.

"오늘 일하기는 글렀네. 녹으려면 며칠은 걸리겠는데."

"알았어요. 원에 연락할게요. 일단 상황을 지켜보자고요."

옆에 서 있던 최가 말했다.

수연의 얼굴이 환해졌다. 하루 더 쉴 수 있다는 여유로움이 묻어났다. 수연이 귓속말로 소곤거렸다.

"잘됐죠? 쉴 수 있어서."

"응."

영미는 꽤 기뻤다. 월급과 함께 출장비는 고스란히 통장에 입금될 것이다. 늘 꿈꾸던 것이었다. 놀고 자고 텔레비전 보면서 빈둥거리는 것, 먹고 싶은 과자를 실컷 먹으며 아무 영화나 걸리는 대로 보는 것, 누군가 나를 위해 밥을 해 주고 집을 빌려주고 통장에 다달이 돈을 넣어주는 것. 어쩌면 눈만 계속 내려 준다면 몇 달 동안 별장 안에서 지내는 것도 나쁘지 않을 것이다. 이곳은 돈 쓸 일도 없었고 돈 쓸 곳도 마땅치 않았다. 출장이 끝나면 통장에 는 꽤 많은 잔액이 쌓여 있을 것이다.

문득 은호가 생각났다. 그의 청혼을 받아들여야 할까. 결혼하 고 싶다는 그의 말에 그녀는 출장이 끝나면 대답해줄게, 했다. 그 와 결혼하게 된다면 결혼자금으로 쓰여 질 것이다.

"눈을 치워야 되지 않겠습니까?"

정 일병이었다.

수연이 정 일병의 목소리를 흉내 내며 대답했다.

"눈은 치우지 않아도 될 것 같습니다."

정 일병이 수연을 내려다보았다. 그의 눈빛에서 바스락거리는 움직임이 느껴졌다. 산들바람처럼 살짝 스쳐 지나가는 미묘한 움 직임. 영미는 그의 눈을 들여다보았다. 흰자위는 단단한 수은처 럼 농밀했고 검은 동공은 공허해 보였다. 우울이나 분노가 바깥 이 아닌 자신에게로 향하고 있는 사람 같았다. 수연이 정색을 하 며 말했다.

"눈이 녹을 때 까지 기다리면 되잖아요."

"그건 안 됩니다."

"왜요?"

"보초를 서야 하니까요?"

최가 끼어들었다.

"눈 녹을 때까지 기다려. 쓸데없이 힘 빼지 말고."

"안됩니다. 눈을 치워야 합니다."

"왜?"

"보초를 서야 하니까요."

수연이 나지막한 목소리로 구시렁댔다. '앵무새야, 뭐야, 보초 서야 되니까요. 보초서야 되니까요. 다른 말은 할 줄 모르나.' 영미는 조용하라는 듯 수연의 옆구리를 쿡 찔렀다. 수연이 눈을 흘겼다. 최가 말했다.

"누가 너희보고 보초 안 선다고 뭐라 하겠어? 그냥 쉬어."

"안 됩니다."

수연이 반문했다.

"왜요?"

"군인이니까요."

"군인은 쉬면 안 되나요?"

"언제 어떤 일이 터질지 알 수 없습니다."

"무슨 일이 터질 것 같지 않은데……. 다른 곳이라면 모를까. 이곳은 전쟁이 나도 모를 것 같아요."

갑자기 정 일병이 차렷 자세를 취했다. 언제 왔는지 대위가 앞에 있었다. 대위가 바깥을 둘러보더니 말했다.

"지금부터 눈을 치운다, 실시."

그의 말이 끝나기 무섭게 정 일병이 비품실로 들어가 장갑과 삽을 가지고 나왔다. 최가 현관문을 가리키며 말했다.

"저것 봐, 현관문 중간까지 눈이 차 있어. 저 문을 어떻게 열어."

"방법이 있습니다."

정 일병이 현관문을 향해 뚜벅뚜벅 걸어갔다. 문을 힘껏 밀었다. 문은 꿈쩍도 하지 않았다. 최가 말했다.

"지금 뭐하는 거야?"

"보면 모릅니까? 문을 여는 중입니다."

"밀어도 열리지 않을 거야."

정 일병은 대꾸하지 않고 있는 힘을 다해 문을 밀었다. 그 모습을 지켜보던 안 상병이 함께 문을 밀었다. 여전히 문은 꿈쩍도 하지 않았다. 이를 지켜보던 대위도 합세했다. 어느새 박 상병까지 합세해 넷이 문을 밀기 시작했다. 문은 열릴 듯 열릴 듯 애태우며 조금씩 움직였다. 하지만 소리만 요란할 뿐 금세 원상태로 돌아왔다. 보다 못한 김 기사와 최가 합류했다. 문이 조금씩 밀리더니 한 사람이 겨우 빠져나갈만한 작은 틈이 생겼다. 정 일병이 그 틈으로 빠져 나갔다.

정 일병은 삽으로 땅굴을 파듯 눈을 퍼내기 시작했다. 그가 치운 눈이 안쪽으로 들어왔다. 그는 미안하다는 듯 손을 들어 보인 후 눈을 계속 치웠다. 어느 정도 공간이 만들어지자 안 상병과 박 상병이 합세했다. 길이 서서히 생겼다. 최와 김 기사도 삽을 들고 밖으로 나갔다.

영미는 현관 앞에 서서 어디로 갈까, 잠시 고민했다. 최와 김 기사는 버스가 있는 방향으로 길을 만들고 있었고 군인들은 정문으로 향하는 길을 뚫고 있는 중이었다. 영미는 김 기사가 있는 방향으로 걸어갔다. 수연도 영미 뒤를 따랐다. 수연은 눈 치우는 일보다는 박 상병과의 대화가 즐거운 듯했다. 두 사람은 오랜 친구라도 된 듯 반말을 섞어가며 이야기를 하고 있었다. 박 상병이 은밀한 목소리로 말했다.

"궁금해서 묻는 말인데 2층으로 올라간 사람 선배 맞지?"

"아, 재인 선배. 결혼도 했고 아이도 있어."

"어쩐지…… 저기 로비에 있는 간호사는 막내 같던데."

박 상병이 말꼬리를 흐렸다.

"아, 유리. 걔는 간호조무사. 할머니랑 둘이 살아."

영미는 언뜻 스치는 박 상병의 표정을 보았다. 그의 눈빛은 기회를 포착한 동물의 눈빛이었다. 그리고 다음 순간 박 상병은 수연에 대한 질문을 퍼붓기 시작했다. 마치 한정된 시간 속에 자신이 궁금하게 여겼던 모든 것을 알고 싶어 하는 사람처럼.

앞에서 눈을 치우고 있던 최가 박 상병을 보며 말했다.

"어, 자네도 왔어."

박 상병이 머리를 긁적였다. 최가 그 옆에 바짝 붙어 섰다. 박 상병을 뚫어져라 쳐다보며 말했다.

"자네, 피부를 보니 관리 좀 받아야 할 것 같은데. 병원 소개해줄까?"

박 상병이 뒷걸음질 쳤다. 최가 은밀한 목소리로 말했다.

"무료로 관리 받을 수 있게 해 줄게."

"네?"

"병원 모델 해도 되고, 얼굴 팔리는 게 부담스러우면 학교 친구들 소개해줘도 되고."

최의 아내는 피부·성형외과 상담 실장이었다. 그는 주변사람들에게 그 사실을 말함으로서 피부 트러블이나 고민에 대한 상담을 유도했고, 여의치 않으면 소개를 받았다. 소개료가 짭짤해서 동료 간호사 중에도 지인들을 연결해 주는 경우가 종종 있었다.

김 기사가 혀를 차며 말했다.

"혈액원 그만 두고 상담실장으로 가지 그래?"

"에이, 이 편이 훨씬 나아요."

최가 너스레를 떨었다.

영미는 빠르게 걸음을 옮겼다. 그들에 대해 속속들이 알게 되는 것이 불편했다. 군인들은 흥미로웠고, 낯설었지만 더 이상의 교류는 불필요했다. 우리는 곧 떠날 사람들이었다.

5

별장에 온지 사흘 만에 버스를 탔다. 하늘은 맑았고 대기는 신선함으로 가득했다. 영미는 창문을 열고 공기를 마셨다. 물기 머금은 나무냄새와 흙냄새가 희미하게 풍겼다. 멀리 산짐승들이 움직이는 소리, 얼음 밑을 흐르는 물소리도 나지막하게 들리는 듯했다. 궂은 날이 지나고 평화롭고 따스한 하루가 될 것 같아 기분이 산뜻했다.

김 기사가 라디오 채널을 이리저리 돌리다 뉴스채널에서 멈췄다. 현재 치커바이러스로 추정되는 사람이 동남아 곳곳에서 동시다발적으로 발생했다는 보도가 흘러나왔다. 우리나라에서는 증상을 보이는 사람이 없지만 당분간 동남아 여행을 자제해 달라고 했다. 최가 말했다.

"다행이네, 우리나라는 한 명도 없대."

"그건 알 수 없는 일이에요. 어딘가에서 누군가 죽어가고 있을지도 몰라요. 자신 몸에 바이러스가 있는지도 모른 채."

재인이 대답했다.

"글쎄, 나는 정부 발표를 믿고 싶어. 이럴 때일수록 신뢰가 중요하잖아."

"저는 잘 모르겠어요. 바이러스는 속도전이니까요. 대비해야해요."

"뭘 어떻게 대비한다는 거지?"

"진단키트를 확보하고 증상이 있는 사람은 빨리 검사를 실시해야 해요. 격리시설도 확보해야 하고, 멸균복도 필요해요."

"별걸 다 걱정하네. 아직 아무런 일도 일어나지 않았잖아."

재인이 근심어린 표정으로 대꾸했다.

"혈액원에 전화하면 안 될까요? 진단키트와 멸균복을 보내달라고. 혹시라도 의심 증세를 보이는 군인들을 만나면 검사하고 싶어요."

"뉴스 못 들었어? 우리나라에서는 확진자가 한 명도 없다잖아. 만약 군인들에게 증상이 발견된다면 지금쯤 바깥에서는 확진자가 다수 발생했을 거야."

"정부에서 미처 파악하지 못한 거라면요."

"그렇다 하더라도 이곳은 산간벽지야. 바이러스가 이곳까지 들어올 리 없어."

"글쎄요. 벌써 들어왔는지도 모르죠."

"재인아, 내 말은 그게 아니잖아. 그만 하자, 피곤하다."

재인이 입술을 꽉 깨물었다.

잠시 후 최가 위로하듯 말했다.

"괜찮을 거야. 닥치면 그때 해결하자."

"닥친 다음 해결하면 이미 늦어요. 일이 터진 후에는 걷잡을 수 없게 돼 버려요."

재인이 답답하다는 듯 말했다. 최가 재인에게로 다가가 그녀의 어깨를 살며시 잡았다 놓았다. 걱정과 우려가 담겨 있는 모습이었다. 재인은 먼 산을 향해 시선을 던졌다. 다들 말이 없었다.

버스가 부대에 도착했다.

출장 팀은 내무반으로 안내 받았다. 그곳에서 채혈 준비를 시작했다. 최와 김 기사는 채혈에 필요한 주사바늘과 헌혈 백, 아이스박스와 저울 등을 내무반 안쪽으로 옮겨다 놓았고 영미와 수연, 유리는 혈압기기와 혈액형 검사 장비를 문 앞으로 가져다 놓았다. 재인은 일을 도와주고 있던 의무병에게 말했다.

"책상과 의자가 몇 개 필요해요."

그가 군인들에게 지시를 하자 그들은 곧 책상과 의자를 가지고 왔다. 재인은 마주 보고 앉을 수 있게 그것들을 배치했다. 그리고 책상 한편에 혈압기와 문진표, 혈액형 검사 장비를 일목요연하게 정리했다.

곧 군인들이 하나 둘씩 모습을 드러냈다. 그들은 팔을 걷고 내무반 앞에 길게 줄을 섰다. 재인은 한 사람씩 문진을 한 후 혈액형 검사를 실시했다. 검사를 마친 군인들은 질서 있게 기다리다 빈자리가 나면 누웠다.

영미는 누워 있는 군인에게로 다가갔다. 혈액형을 확인한 후 팔뚝에 고무줄을 묶었다. 숨겨져 있던 혈관들이 툭툭 불거지기 시작했다. 한눈에 보기에도 굵고 선명한 혈관이었다. 실패할 가능성이 적은, 아주 건강해 보이는 혈관이었다. 갑자기 심장이 쿵쿵 뛰었다. 영미는 심호흡을 했다. 오랜만에 느껴보는 긴장이었다.

"빨리 안하고 뭐해요?"

군인이 장난기 가득한 눈으로 영미를 올려다보았다. 영미는 알콜 솜으로 팔을 닦은 후 바늘을 꽂았다. 바늘이 이리저리 움직였다. 자꾸만 혈관 밖으로 미끄러졌다. 그녀는 눈을 감았다. 팔뚝 위에 가만히 손을 댔다. 손끝으로 뛰고 있는 혈관이 느껴졌다. 그곳으로 바늘을 밀어 넣었다. 톡, 혈관 터지는 소리가 들렸다. 그녀는 눈을 뜨고 고무줄을 풀었다.

눈으로 혈관을 보고 바늘을 찌르는 것보다 눈을 감고 혈관을 느끼면서 찌르는 것이 훨씬 정확했다. 보이는 것만 믿고 찔러 넣으면 혈관이 밀릴 때도 있었고, 때로는 혈관과 피부 사이에서 바늘이 길을 잃기도 했다. 혈관 터지는 소리도 귀가 아닌 바늘 끝으로 먼저 들어야 했다. 바늘을 타고 올라오는 그 느낌, 그 감각, 그 소리에 익숙해져야 했다. 그래야 상처가 멍으로 남지 않았다. 멍은 아물려면 꽤 긴 시간을 필요로 했다. 자신의 가슴에 남겨진 멍이 아직도 시퍼렇게 남아 있는 것처럼.

은호와의 어긋남은 언제부터였을까. 자석처럼 끌어당기던 그의 눈빛을 가만히 밀어내던 그때부터였을까. 그랬을지도 모른다. 아니다. 술을 마시고 청계천 산책로를 걷던 날 부터였다. 그날 그는 길에 누웠다. 일어나라고 해도 일어나지 않았고, 집에 데려다 준다고 해도 싫다고 했다. 그를 부축하기에 혼자서는 무리였다. 누군가의 도움이 필요했다. 주변에 있던 경찰에게 도움을 청했다. 그는 화를 내며 빈 깡통을 걷어찼다. 그의 내면에 있던 어떤 폭력, 어떤 고집을 발견한 순간이었다.

영미는 주위를 둘러보았다. 가만히 누워 있는 군인들과 내무반 앞에서 하염없이 기다리는 그들을 보자 기분이 묘했다. 저들은 왜 이곳에 온 것일까. 해야 하니까, 가라고 하니까 온 것인지도 모른다. 저들 중에는 바늘만 보면 식은땀이 흐르는 사람도 있을 텐데. 명령하는 데로 팔목을 걷고, 피를 뽑고 정해진 장소로 가는 군인들. 생김새와 표정까지도 비슷했다. 바늘이 들어가기 전 고개를 돌리거나 눈을 질근 감거나, 농담을 하는 등 행태도 비슷했다. 그들은 마치 여러 개로 쪼개져 있는 한 사람 같았다.

영미는 부풀어 오르는 헌혈 백들을 내려다보았다. 피는 일정한 속도로 헌혈 백 안으로 고였다. 단지 몇 가지 타입으로만 기억될 피들이었다. 다른 사람의 몸으로 들어가 섞이고 희석되고 끝내 잊혀질 피들. 양이 다 된 듯한 백들이 보였다. 영미는 재빨리 바늘을 뺀 후 피의 양을 쟀다. 정확하게 400ml였다. 손에 가득 담기는 피의 무게, 저울이 없어도 저절로 느껴지는 400ml. 수연이 지나가면서 말했다.

"손이 저울인데요."

"생활의 달인에 나가볼까?"

"에이, 아마 선생님들 다 나가야 될걸요."

수연이 바늘을 빼며 말했다. 유리가 그 옆에 서서 수연이 하는 행동을 지켜보았다. 유리는 헌혈 백을 아이스박스로 옮기거나 대기자들에게 자리를 배정해 주거나 혈액형 라벨을 붙이는 일을 했다. 가끔 바늘을 빼주기도 했다.

영미는 유리에게 헌혈 백을 건네주었다. 유리는 헌혈 백을 들고 아이스박스 있는 곳으로 갔다. 유리의 목소리가 들렸다.

"꽉 찼어요. 뚜껑이 안 닫혀요."

새로운 박스가 필요했다.

영미는 복도로 나가 최를 찾았다. 보이지 않았다. 문진하고 있는 재인이 눈에 들어왔다. 재인이 앞에 서 있는 군인에게 질문했다.

"그러니까 가렵다는 거죠. 입맛도 없고."

"네."

"혹시 휴가 다녀왔어요?"

"네."

"부모님이나 지인이 필리핀 여행하고 왔어요?"

"아뇨. 여자 친구랑 산천어축제에 다녀왔어요."

"다른 증상은 없어요?"

"설사도 하고, 머리도 좀 아픈 것 같고."

재인이 체온계를 보며 고개를 갸웃거렸다.

"37.5도, 좀 애매하네. 그래도 안 하는 게 좋겠지."

그녀가 병사들을 향해 말했다.

"혹시, 이 병사랑 같은 내무반 쓰는 사람 손들어 보세요."

듬성듬성 손드는 병사들이 보였다. 연이어 재인이 말했다.

"설사나 구토, 감기 기운 있는 사람도 손들어 보세요."

몇 사람이 더 손을 들었다. 재인이 말했다.

"모두 돌아가세요. 헌혈은 하지 않아도 됩니다."

그들은 제 자리에 서서 머뭇거렸다. 웅성거리는 소리만이 들렸다. 재인이 재차 말했다.

"지금, 손 든 사람 모두 돌아가세요. 제가 부대장님께 말해두겠습니다."

그제야 군인들은 주춤주춤 밖으로 나갔다. 언제 왔는지 최가 어이없다는 듯 말했다.

"아니, 다 돌려보내면 어쩌자는 거야?"

"조심해야지요."

"치커바이러스가 우리나라에 퍼진다고 생각해봐. 혈액은 많을수록 좋잖아. 왜, 전에 백화점 무너졌을 때 피가 부족해서 난리였잖아."

그때의 기억이 영미에게는 없었다. 너무 어렸으니까. 그럼에도 불구하고 그 날에 대해서는 수도 없이 전해 들었다. 매일 서 있던 건물이 하루아침에 폭삭 주저앉았고, 구출된 사람 중에 Cis-AB형을 가진 사람이 있었다고 했다. 혈액을 구할 수가 없어 방송을 내보냈는데 수혈하러 온 사람들의 줄이 까마득하게 길었다고 했다. 재난상황이 닥치면 앞장서서 남을 도우려는 민족이 바로 우리 민족이라면서 민족성에 대해 말할 때 선배들이 이야기했다.

재인의 말이 들렸다.

"이 일은 제 고유 권한이니까 팀장님도 더 이상 아무 말 마세요."

최가 한숨을 쉬었다.

영미는 최에게 다가가 귓속말을 했다.

"아이스박스가 다 찼어요."

최가 고개를 끄덕이고는 밖으로 나갔다.

영미는 내무반으로 들어갔다. 군인들이 유리를 향해 "저 좀 봐주세요. 저, 다 됐죠? 누나가 빼주면 안돼요? 예쁜 누나, 여기 좀 보세요." 하는 소리가 들려왔다.

수연이 말했다.

"누워서 장난치면 안돼요. 그리고 누나가 아니라, 선생님."

군인들은 더욱 더 큰 소리로 말했다.

"선생님, 저 팔이 아파요. 부은 것 같아요."

"여기요, 여기."

"저 좀 빼주세요."

한 사람이 시끄럽게 굴자 다들 동시다발적으로 떠들었다. 손가락으로 바닥을 가볍게 치는 소리, 코를 훌쩍이며 킁킁 거리는 소리도 나지막하게 들렸다. 그 소리에 얹혀 다들 소란스러웠고 분주했다. 바깥에 서 있는 군인들조차 줄을 무시하고 내무반 안쪽으로 고개를 힐긋 거렸다. 수연이 조용히 하라고 말했지만 아무도 그녀의 말을 듣지 않았다. 영미의 말도 마찬가지였다. 그녀의 말은 군인들에게 닿기도 전에 허공에서 사라졌다. 그녀는 무력감을 느꼈다. 남학생들에게 축구를 가르쳐주러 온 여선생님이 된 것만 같았다.

최와 함께 소대장이 왔다. 소대장의 호령에 내무반은 숨죽은 듯 조용해졌다.

수연이 중얼거렸다.

"이제 좀 살 것 같네."

최는 뚜껑 위에 아무렇게나 올려져 있는 헌혈 백을 새 박스로 옮겨 담았다. 김 기사와 함께 나눠 들고 밖으로 나갔다. 헌혈을 마친 군인 몇이 박스 옮기는 걸 도와주었다.

언제 왔는지 재인도 헌혈자의 팔에 바늘을 꽂고 있는 중이었다. 재인이 왔다는 것은 혈액형 검사가 끝났다는 것이고, 일이 마무리에 접어들었다는 것을 의미했다. 안도감이 밀려왔다. 내일부터 휴일이었다. 쉴 수 있다는 것만으로 피로감이 사라졌다.

6

모처럼 만의 휴일이었다. 일하는 날 쉬는 것과 휴일 날 쉬는 것은 마음의 무늬가 달랐다. 영미는 방으로 들어오는 햇살을 물끄러미 바라보았다. 햇살이 그녀의 볼을 따스하게 어루만졌다. 한없이 마음이 평온해졌다. 그동안 짓눌렀던 우울한 기분이 햇살과 함께 말라가는 것 같았다. 살며시 흔들리는 낡은 커튼마저도 행복해보였다.

영미는 콧노래를 흥얼거리며 옷을 갈아입었다. 가방 안에 소지품을 챙긴 후 시계를 보았다. 시내에 나가려면 아직 30분정도 여유가 있었다. 그녀는 주방으로 내려갔다. 전기 주전자에 물을 올려놓으려는데 어디선가 말소리가 들렸다. 식당 뒷문이었다. 그녀는 문 쪽으로 걸어갔다. 살며시 문을 열고 문틈으로 밖을 살폈다. 박 상병과 유리가 보였다. 박 상병이 쇼핑백을 유리에게 건네주며 쑥스러운 듯 말했다.

"저, 이거…… 제 마음입니다."

유리가 박 상병을 빤히 쳐다보았다. 그녀의 눈빛에는 선물을 받지 않겠다는 단호함이 깃들어 있었고, 주먹 쥔 두 손에는 거부의 몸짓이 담겨 있었다. 박 상병의 손이 허공에서 방황했다. 박 상병의 눈이 초점 없이 흔들렸다. 그는 떨리는 목소리로 말했다.

"유리씨 주려고 샀단 말입니다."

유리는 먼 하늘을 올려다보았다.

"사귀는 사람 있는데."

박 상병 얼굴이 일그러졌다.

"없다는 것 알고 있습니다."

"누가 그래요?"

"수연에게 들었습니다."

"아, 수연 선생님. 다른 얘기도 들었나요?"

"할머니와 단둘이 산다는 것. 그 정도."

"아."

유리는 짧게 대답한 후 혼잣말처럼 중얼거렸다.

"늦었네. 커피 마실 시간이 사라졌어."

유리는 그의 손에 들려 있는 쇼핑백을 향해 잠시 시선을 준 후 묘한 웃음을 지었다. 그 웃음에는 사람의 마음을 차단하는 차가움이 깃들어 있었다.

그녀가 걸음을 옮기려는 찰라 박 상병이 그녀의 팔을 꽉 잡았다. 유리가 그를 쏘아보았다. 박 상병은 당황한 듯 머뭇머뭇 거리며 팔을 놓았다. 유리는 이마를 살짝 찡그린 채 자신의 옷소매를 툭툭 털어냈다. 마치 박 상병의 모든 흔적을 없애겠다는 듯.

그때였다. 박 상병이 쇼핑백을 바닥에 던졌다. 유리의 팔을 낚아챘다. 벽 쪽으로 밀어 붙인 후 양쪽 어깨를 꽉 잡았다. 자신의 이마를 유리의 이마에 갖다 댄 후 가쁜 숨을 몰아쉬며 말했다.

"너, 내가 우습니?"

유리가 그를 밀쳐내려 했지만 그는 더욱 완강하게 유리를 붙잡았다. 유리의 몸이 앞뒤로 흔들거렸다. 형체가 없는 인형처럼, 의지를 빼앗긴 어린아이처럼. 유리는 무슨 말인가 하려고 입을 달싹거렸다. 박 상병이 황홀한 시선으로 유리의 입술을 내려다보았다. 그의 입술이 유리의 입술에 닿으려는 순간 유리가 고개를 돌렸다. 박 상병 입술이 유리의 귓불에 닿았다. 박 상병은 더욱 거칠게 유리를 밀어붙였고, 유리는 낭패한 얼굴로 두 눈을 질끈 감았다.

영미는 뒤돌아섰다. 무엇이든 하고 싶은데 무엇을 해야 할지 알 수 없었다. 그 순간 식판이 눈에 들어왔다. 그녀는 식판을 들고 하나씩 바닥으로 던지기 시작했다. 식판은 서로 몸을 부딪치며 요란한 소리를 냈다.

곧 식당 문이 열렸고 유리가 들어왔다. 유리는 잠자코 주위를 둘러본 후 영미를 쳐다보았다. 무슨 상황인지 알겠다는 듯 고개를 끄덕였다. 안도와 수줍음, 고마움이 얼핏 지나갔다. 그녀는 몸을 수그리고 바닥에 널브러져 있는 식판을 정리하기 시작했다. 영미는 문득 그녀의 자신만만함이 어쩌면 위장일지도 모른다는 생각이 들었다. 자신을 지키기 위해서 미리 방어막을 치고 상대방을 몰아세우는 건지도 몰랐다.

영미는 유리와 함께 커피가 담긴 종이컵을 들고 밖으로 나갔다. 소파에 앉아 느긋하게 커피를 마셨다. 계단을 타고 내려오는 김 기사와 최가 보였다. 그 뒤를 수연이 헐레벌떡 따라오고 있었다. 수연이 숨을 헐떡이며 말했다.

"재인 선배가 돌아 올 때 소주 좀 사 오래요."

"같이 안 가고?"

"네, 별장에 남겠데요."

"참, 이것도 챙기세요."

수연이 의료용 마스크와 손 소독제를 영미에게 주었다.

"이거 어디서 났어?"

"재인선배가요. 헌혈버스에 있던 것을 가져왔데요. 마스크는 꼭 착용하고 손 소독제는 수시로 바르라는데요."

수연은 유리와 최, 김 기사에게도 나눠 주었다. 최가 투덜거렸다.

"아무튼 건강 염려증이라니까."

김 기사가 마스크를 받아 들면서 말했다.

"자, 가자고."

유리가 김 기사 뒤에 바짝 붙어 서서 걸음을 옮겼다. 영미와 수연도 그 뒤를 따랐다. 갑자기 수연이 걸음을 멈췄다. 뒤돌아보니 박 상병이 수연을 붙잡고 있었다. 박 상병의 손에는 쇼핑백이 들려 있었다. 수연이 말했다.

"뭐야? 선물? 소포 왔나 봐. 여자 친구?"

박 상병이 말했다.

"나 여자 친구 없다니까."

그는 수연에게 말을 걸었지만 그녀를 보고 있지 않았다. 보고 싶은 충동을 억누를 수가 없는 사람처럼 어깨 너머로 유리를 힐긋 거리고 있었다. 유리도 그의 시선을 맞받아치고 있었다. 그녀의 눈빛은 헤아릴 수 없을 정도로 복잡했다. 그를 비난하는 것 같기도 했고, 무엇인가를 호소하고 있는 것 같기도 했다. 아니, 그의 무례함을 비난하는 게 아니라 무례함을 깨닫지 못하는 그를 비난하고 있는 것 같았다.

그 사이 수연이 박 상병의 쇼핑백을 빼앗았다. 안의 내용물을 꺼냈다. 책 크기만 한 상자는 체크무늬 포장지로 싸여 있었고 별 장식까지 달려 있었다. 그녀가 귀에 대고 상자를 흔들었다. 소리가 나지 않았다. 당황한 듯 박 상병이 그녀의 손목을 붙잡았다. 수연의 몸이 박 상병에게로 살짝 기울어졌다.

수연은 찰랑거리는 머리카락을 어깨 뒤로 살며시 넘겼다. 가느다란 목선과 하얀 솜털이 드러났다. 박 상병이 그녀를 내려다보았다. 그녀의 머리카락을 쓰다듬었다. 그녀가 몸을 뒤로 빼려 하자 그녀의 귀에 대고 무슨 말인가를 했다. 수연의 얼굴이 발그레해졌다. 그 틈을 놓치지 않고 그의 손이 슬며시 수연의 어깨를 감쌌다. 그 손이 점점 아래쪽으로 은밀하게 이동하는 것을 보며 영미는 고개를 돌렸다.

영미는 서둘러 버스에 올랐다. 창밖을 내다보고 있는 유리가 보였다. 영미는 그녀를 지나 빈자리에 앉았다. 곧이어 최가 들어왔고 수연이 허겁지겁 달려왔다. 수연은 버스 안을 휘 둘러보더니 영미 옆자리로 왔다. 들뜬 목소리로 속삭였다.

"저, 박 상병한테 프러포즈 받았어요. 선물까지 샀다는데, 돌아오면 주겠대요. 그는 생각보다 섬세한 사람인 것 같아요. 과감하면서도 부드럽고."

영미는 그저 듣고만 있었다. 박 상병에 대해 말해주고 싶었지만 말하지 않았다. 그 말이 비록 거짓이라 할지라도 수연이 진심이라 여긴다면 그건 그녀의 선택이었다. 어쩌면 그녀는 별장에서 나가자마자 박 상병과 헤어질지도 몰랐다. 그녀는 쉽게 사랑에 빠졌고 쉽게 상처받았으며 쉽게 헤어졌다. 그녀를 보면 이성과의 만남이 한없이 가볍게 느껴졌고 쉬워 보였다.

버스가 출발했다. 보초를 서고 있던 안 상병과 정 일병이 거수경례를 했다. 안 상병은 삐딱한 자세로 비스듬히 총을 들고 있었고, 정 일병은 흐트러짐 없는 자세로 버스를 올려다보고 있었다.

최가 창문을 열고 말했다.

"안 상병, 군기 빠졌네. 제대로 보초 못 서."

안 상병이 손을 이마에 갖다 대며 '충성' 했다. 입가에는 유들유들한 웃음이 달려 있었다. 안 상병은 무뚝뚝하고 날카롭고 때로는 거칠기도 했지만 최나 김 기사에게 시원한 청량제 같은 역할을 했다. 듣기 좋은 말로 그들에게 아첨을 늘어놓았고 형님, 형님하며 분위기를 띄웠다. 하지만 그는 모든 사람들과 감정적으로 얽히지 않았다. 언제나 아는 동생, 아는 친구, 아는 사람, 딱 그 정도의 거리를 유지했다.

안 상병이 말했다.

"형님들, 재밌게 놀다 오십시오. 오실 때 치킨, 피자 부탁드립니다."

최가 기분 좋게 대꾸했다.

"더 필요한 것 없어?"

"네 충성."

안 상병이 정 일병 종아리를 발로 툭툭 차다가 총으로 옆구리를 푹 찔렀다. 무료한 듯 하품을 했다. 그 순간 영미는 정 일병과 눈이 마주쳤다. 그는 곧 시선을 돌려 안 상병의 뒷모습을 노려보았다. 그 눈빛은 두려워하고 있는 것 같기도 했고, 더 이상 무서울 게 없다고 이야기하고 있는 것도 같았다. 마치 살아갈 이유가 없다는 듯 한걸음 비켜 서 있는 눈빛이었다. 그러면서도 뭔가를 원하고 있는 듯했다.

7

김 기사가 헌혈버스를 터미널 주차장에 세웠다. 최가 담배를 꺼내들고 버스에서 내렸다. 수연이 그 뒤를 따랐고 유리가 내렸고, 영미가 뒤를 이었다. 유리는 뚱한 얼굴로 하늘을 쳐다보며 서 있었고 수연은 쟤 왜 저래, 하는 표정으로 영미를 쳐다보았다. 영미는 어깨를 으쓱한 후 터미널 주위를 살폈다. 터미널은 대합실과 주차장이 커다란 블록을 차지했고 맞은편으로 식당들이 즐비했다. 식당들 사이 편의점과 약국이 보였고, 그 사이로 작은 골목길이 있었다. 골목길 끝에 온천 표시를 한 간판들이 보였다.

김 기사가 말했다.

"오늘 오후 일곱 시, 터미널로 와. 그럼 우리는 당구장으로 갈까."

김 기사는 최와 함께 편의점과 약국 사이로 난 골목길로 들어갔다.

영미는 골목길을 바라보았다. 두 사람이 걸으면 알맞을 듯한 좁은 골목길은 기와집을 식당으로 개조한 음식점들이 양쪽으로 늘어서 있었다. 식당 앞 유리창에는 해물탕, 감자탕, 파전, 막걸리 같은 글자들이 큼지막하게 붙어 있었다. 집집마다 집 앞에서 파전이나 녹두전을 굽고 있었고, 기름 냄새가 코를 찔렀다.

기름 냄새는 골목길에 있는 모든 것에 배어 있는 듯 했다. 골목길에는 빽빽하게 전봇대가 늘어 서 있었다. 전봇대 위에는 전선들이 복잡하게 얽혀 있었고 기둥에는 각종 전단들이 덕지덕지 붙어 있었다. 전단들은 바람이 불 때마다 요란한 소리를 내며 흔들렸는데 기름 냄새를 부채질 하는 듯했다. 길바닥에도 떨어진 전단지와 각종 명함들이 나뒹굴었다. 명함에는 반라의 아가씨들이 가슴을 드러내놓고 유혹하는 사진이 붙어 있었다. 명함에서도 기름 냄새가 진하게 풍겼다.

수연이 말했다.

"전 먹으로 갈까요?"

유리가 골목길을 굽어보며 대답했다.

"지저분해요. 다른 곳으로 가고 싶어요."

"그럼, 한식?"

"그것도 별루예요."

"그럼 뭐가 좋은데. 중식? 일식?"

유리가 고개를 저었다. 수연이 영미를 쳐다보았다.

"선생님이 결정해요."

"시간이 애매하니까 브런치 먹으러 가자."

"좋아요."

수연이 앞서서 걸었다. 유리는 마지 못하는 척 뒤를 따랐다.

그들은 커피전문점들이 즐비한 거리로 들어섰다. 파스쿠찌가 보였고 커피빈이 보였다. 스타벅스, 엔제리너스, 커피베네, 유행하는 프랜차이즈 전문점은 모두 모여 있는 듯 했다. 그 사이 독특한 간판이 눈에 띄었다. '사랑이 이루어지는 카페'였다. 영미는 그 카페 앞에서 걸음을 멈췄다. 생각이 통했는지 수연도 맘에 들어 했다.

그들은 카페 안으로 들어갔다. 갑자기 카페 안 사람들의 시선이 그들에게로 쏠렸다. 아마도 유리 때문일 것이다. 영미는 카페 벽에 설치된 거울을 보았다. 작은 눈에 갸름한 얼굴, 평범하기 이를 데 없는 얼굴이었다. 예쁘지도 밉지도 않은 얼굴. 불현듯 유리처럼 생겼다면 유리와 같은 삶을 살지 않았을 텐데, 하는 생각이 스쳤다.

영미는 자리에 앉았다. 메뉴판을 살피는데 군인이 다가왔다. 그는 마른기침을 하며 말했다.

"혹시 실례가 안 된다면 합석해도 될까요?"

유리가 그를 쳐다보았다. 그녀의 꼿꼿한 시선이 그에게 내리꽂혔다. 그녀는 비스듬히 비치는 햇살을 받아 극적인 매력을 발산하고 있었다. 그녀 자신이 햇살로 충만한 광원체 같았다. 군인은 그 빛에 눈에 시린 듯 고개를 돌렸다. 유리가 자리에서 일어섰다.

"저는 제 것 주문하고 올게요."

군인은 유리의 뒷모습을 바라보다 수연에게 말을 걸었다.

"설득 좀 해주세요."

그의 이마에 땀방울이 송글송글 맺혔다. 그는 추운 듯 몸을 떨었고 자꾸만 기침을 했다.

"어디 아파요?"

"긴장해서 그럽니다. 살려주는 셈치고 합석 해 주세요."

식은땀이 얼굴을 타고 턱까지 흘러내렸다. 그는 손바닥으로 땀을 훔치며 수연을 바라보았다.

"저기, 코피가 나요."

수연이 당황한 듯 냅킨을 건넸다.

그는 고개를 뒤로 젖힌 뒤 코에 냅킨을 돌돌 말아 넣으며 멋쩍은 듯 자리로 돌아갔다. 같이 온 듯한 군인들이 그를 윽박질렀다. 그들도 얼굴이 발갛게 달아 있었고, 땀을 뻘뻘 흘렸다. 손을 입에 대고 마른기침을 하는 군인도 있었다. 모두들 아파 보였다. 그들뿐만이 아니었다. 마치 단체로 전염병에 걸리기라도 한 듯 카페 안 사람들은 기침을 하기 시작했고, 헛구역질을 했으며, 코피를 쏟는 사람들도 있었다. 어쩐지 불길했다. 그들의 모습은 재난이 진행되고 있음을 보여주고 있는 듯했다.

영미가 말했다.

"주문한 것만 먹고 빨리 일어나자."

"왜요?"

"그냥, 분위기가 안 좋아. 어쩐지 병적이잖아."

"저는 괜찮은데요. 샘도 재인 샘 닮아가나 봐요."

때마침 유리가 돌아왔다. 수연이 유리를 보며 말했다.

"근데 왜 일어난 거야? 얘기 좀 해도 되잖아?"

"즉흥적인 만남은 싫거든요."

"너도 참, 때로는 이런 만남을 통해 인연을 만날 수도 있어."

"아직 어리시군요."

"뭐……."

"알 수 없잖아요. 어떤 일이 생길지. 차를 마신 후 저녁을 먹을 수도 있고, 술을 한두 잔 마실 수도 있고, 그러다보면 생각과는 다른 일들이 벌어질 수 있는 거고요. 나는 정말 싫은데 누군가가 치근덕대면 얼마나 피곤하고 귀찮은데요. 무섭기도 하고."

"너 경험 있구나, 그치? 무슨 안 좋은 일이라도 있었던 거야?"

수연이 궁금하다는 듯 물었고 유리가 답답하다는 듯 대답했다.

"그냥, 그렇다고요."

"혹시 스토커 당한 적 있니?"

유리가 한숨을 내뱉었다.

"선생님, 저 이런 말 안하려고 했는데 어디 가서 제 얘기 하지 마세요."

"내가? 언제? 누구한테? 너 지금 따지는 거니? 전부터 이야기 하고 싶었는데 이곳에서 네가 제일 막내지. 그럼 막내답게 행동 해. 선배 대접 해 달라는 게 아니라 경우에 따라서는 윗사람들 기 분 정도는 생각해 줘야 하는 거 아냐?"

"제가요? 왜요? 제가 선생님 직원인가요?"

"어머, 얘 말하는 것 좀 봐, 들으셨죠?"

수연이 영미를 보며 말했다.

영미는 대답하지 않았다. 자꾸만 박 상병이 생각났다. 두 사람의 불화가 박 상병 때문인 것만 같았다. 아니 그동안 쌓여 왔던 서로에 대한 불만이 박 상병으로 인해 터져버릴 것 같았다. 두 사람을 화해시키고 싶었다. 하지만 어떻게? 아무리 봐도 합의점을 찾기 어려웠다. 수연은 사근사근함이 사라졌고, 유리는 고분고분함이 사라졌다. 직장에서의 상하관계도 사라졌고, 일상에서의 선후배 같은 느낌만 남았다. 출장 초기만 해도 이 정도까지는 아니었는데. 어쩌면 사생활도 없이 같이 생활하느라 신경이 예민해진 탓일 수도 있었다. 혼자만의 시간을 보낸다면 마음이 좀 풀리지 않을까?

"너희들 일곱 시에 터미널에 갈거니?"

"네?"

수연이 반문했다. 그녀는 빨리 들어가고 싶어 하는 것 같았다. 하기야 박 상병의 선물이 궁금할 것이다.

"선생님은요?"

유리가 영미를 쳐다보았다.

"여기서 하룻밤 자고 싶어. 펜션이든, 콘도든, 방 세 개 있는 곳을 빌려서."

"좋은 생각인데요. 그동안 너무 답답했거든요."

유리가 수연을 보며 말했다.

"선생님은 별장으로 가셔도 돼요."

"싫어, 나도 갈 거야."

"그러든지요."

영미는 펜션으로 예약을 마친 후 김 기사에게 전화를 걸었다. 내일 택시를 타고 들어가겠다는 그녀의 말에 그가 은밀한 목소리로 말했다.

"잊었어? 비밀유지 각서."

"아."

"그럼 내일 오후 5시, 터미널에서 만나. 데리러 올게."

그가 전화를 끊었다.

8

그들은 마트로 갔다. 마트 앞에는 줄이 길게 늘어 서 있었다. 영미는 저도 모르게 줄의 앞으로 갔다. 라면과 휴지를 판매하는 곳이었다. 앞에는 큼지막한 글씨로 안내문이 붙어 있었는데 1인당 한 개만 판매한다는 내용이었다. 어쩐지 사야 될 것 같았다. 영미는 라면을 사기로 결정하고 줄의 끝으로 갔다. 수연이 깜짝 놀라 말했다.

"사려고요?"

"응."

"어떻게 가져가려고요?"

"택시로."

"너무 짐이 많아요."

"저 사람들 얼굴 좀 봐. 사지 않을 수 없잖아."

영미는 사람들을 둘러보았다. 그들 중 대부분의 사람들에게서 열감이 느껴졌고, 마른기침과 식은땀을 흘리는 사람도 꽤 많았다. '사랑이 이루어지는 카페'에서 봤던 사람들처럼 그들은 병자 같았고, 그들의 얼굴과 행동에서 막연한 불안감이 엿보였다. 어쩐지 불길했다. 그녀는 가방에서 마스크를 꺼내 착용했다. 수연과 유리에게도 주었다. 수연이 마스크를 착용하며 말했다.

"줄이 너무 길어요. 바비큐 재료만 사서 가요. 다음 주엔 또 다른 부대로 떠날 텐데 그 사이 무슨 일이 일어나겠어요?"

"그거야 그렇지만, 그래도."

또다시 폭설이 내린다면 다음 주 금요일은커녕 한 달 후에 떠날 수도 있을 것이다. 영미가 말했다.

"남으면 내가 가져갈게. 아무래도 사야겠어."

"그럼 그렇게 해요. 저는 바베큐 재료랑 소주 좀 살게요."

수연은 정육점 코너로 갔고, 유리는 과일 코너로 갔다. 영미는 줄 서 있는 사람들을 바라보았다. 대부분 병색이 완연했다. 그들 중 일부는 코끝이 발갰고, 끊임없이 콧물을 훌쩍거렸다. 어떤 이는 서 있는 게 힘든지 제자리에 쭈그려 앉기도 했다. 이들 중 한 사람이라도 감염자가 있다면 위험했다. 영미는 가방에서 손 소독제를 꺼내 손에 발랐다. 안심이 되지 않았다. 그들이 내뿜는 호흡이 자신의 피부 어딘가에 들러붙어 바이러스를 옮길 것만 같았다.

그 사이 수연이 바비큐 재료와 술, 안주류를 사 가지고 왔다. 유리는 방울토마토와 사과를 카트에 담아 왔다. 영미는 재빨리 라면 한 박스를 담은 후 계산대로 갔다.

어딘가에서 어린 아이의 울부짖음이 들렸다. 영미는 소리 나는 곳으로 고개를 돌렸다. 엄마인 듯 보이는 여자가 코피를 쏟고 있었다. 여자는 고개를 뒤로 젖힌 채 아이에게 휴지를 가져오라고 했다. 아이는 어쩔 줄 몰라 하며 울먹이고 있었다. 재빨리 마트 직원이 휴지를 건넸다. 지혈을 해도 여자의 코피는 멈추지 않았다. 수연이 말했다.

"133에 전화 해야겠어요. 느낌이 안 좋아요."

수연이 전화를 걸었다. 통화 중이라고 했다.

"괜찮겠죠?"

유리가 말했다.

"오늘 코피 흘리는 사람 여럿 보네."

수연이 중얼거렸다. 유리가 반문했다.

"저는 처음 보는데요."

"카페에서 같이 합석하자던 군인도 코피 흘렸어."

유리는 당황한 듯 했다. 그녀 역시 지금 상황이 보통의 상황이 아니라고 느끼는 듯했다. 133에 다시 전화를 걸었지만 여전히 통화 중이었다. 뭔가 찜찜하고 불길했지만 그렇다고 그곳에서 해야 할 일도 마땅히 없었다.

그들은 밖으로 나가 택시를 잡았다. 영미는 앞좌석, 수연과 유리는 뒷좌석에 앉았다. 택시 기사 역시 연신 콧물을 훌쩍이며 마른기침을 했다. 영미는 가방에서 마스크를 꺼내 기사에게 주었다.

"아저씨, 혹시 모르니까 쓰고 운전하세요. 이상하게 기침하는 사람이 많네요."

기사가 마스크를 받아 얼굴에 쓰면서 말했다.

"그뿐만이 아니에요. 설사에 구토, 코피를 쏟는 사람들도 많아요. 어떤 사람들은 입에서 피까지 쏟는다니까요."

"치커바이러스 검사는 했겠죠?"

그가 고개를 절레절레 흔들었다.

"뭘요. 종합병원은 여기 한 곳밖에 없는데 거기선 진료를 안 해줘요. 사람들이 하도 몰려와서요. 보건소 사람들은 아직 정부에서 지시가 내려오지 않았다며 방관만 하고 있고요. 진단키트도 아직 준비가 안 된 것 같던데요."

"아저씨 생각은요? 바이러스일까요?"

"글쎄요. 처음에는 산천어축제에 다녀온 사람들이 장염을 일으키는 거라 생각했어요. 대부분 그곳에 다녀온 사람들을 중심으로 증상이 발현됐으니까요. 그런데 모르겠어요. 알 수 없는 거잖아요. 그 많은 사람들 중 누군가 필리핀에 다녀왔을 수도 있고, 아 맞다. 프랑스에 다녀왔을 수도 있잖아요. 그리고 아무렇지도 않은 척 산천어축제에 온 거죠."

"프랑스라니요?"

"아, 못 들으셨어요?"

기사가 의아해하며 되물었다. 오늘 뉴스를 보지 못했는데, 그 사이 치커바이러스에 대한 새로운 정보가 뜬 모양이었다. 하기야 별장에서는 휴대폰이 터지지 않으니 외부 소식을 신속하게 접하기 어려웠다.

기사가 말했다.

"프랑스 선교사가 치커 섬에 있었나 봐요. 그가 고향으로 돌아가 가족들과 식사를 했는데, 거기 누나가 있었데요. 누나는 세계여성인권대회 프랑스 간부였다고 해요. 인권대회에 참석한 사람들이 몇만 명 된다고 하더군요. 유럽에서 동시 다발적으로 치커바이러스가 발생했는데 아마 그 때문일 거라고 하더군요."

영미는 휴대폰에 세계여성인권대회를 검색했다. 관련 자료가 떴다. 동남아뿐 아니라 유럽에서도 확진자들이 늘고 있었다. 대부분 세계여성인권대회에 참석한 사람들이었다. 그들과 가족, 지인들이 2차, 3차 지역 감염을 일으키는 중이었다.

댓글은 참혹했다. 남녀의 싸움을 방불케 했는데 '암탉이 울면

집안이 망한다', '페미니스트들을 몰아내자', '여자들은 집에만 있어라, 돌아다니지 마라' 등의 댓글 아래로, '바이러스는 남녀를 가리지 않습니다. 정신 차리세요', '지금이 조선시대입니까? 이러니 우리가 인권 대회를 여는 겁니다.' 와 같은 글이 달려 있었다. 예상치 못한 속도로 확산되는 바이러스 때문에 사람들이 겁을 집어 먹었거나, 화풀이할 상대가 필요한 것 같았다.

우리나라 확진자 수를 검색했다. 서울과 수도권을 중심으로 확진자가 13명으로 늘어나 있었다. 양천지역은 아직 확진자가 없었다. 수연도 인터넷을 검색하며 말했다.

"양천 지역은 확진자가 없는데요."

"검사를 안 했으니까요. 아직 진단키트가 내려오지 않았거든요. 월요일부터 검사를 실시할 거라고 하더군요. 질병관리본부에서 월요일 오전에 대책을 발표하겠다고 했잖아요. 어쨌든 월요일이 되면 윤곽이 잡히겠지요. 아가씨들도 조심하세요."

영미는 밖을 내다보았다. 골목길에서 한 남자가 구토를 하고 있었다. 피를 토하고 있지 않았음에도 피 냄새가 역력했다. 그가 내뱉은 음식물 찌꺼기에서 바이러스가 뿜어져 나와 온 세상을 감염시킬 것만 같았다. 두려움이 엄습했다. 어쩌면 치커바이러스는 이미 우리 곁에 와 있는지도 몰랐다.

도로에는 장례식 리무진버스가 지나갔다. 그 뒤를 따르는 것도 장례식 버스였고, 그 뒤를 따르는 것도 장례식 버스였다. 장례식버스는 시내버스보다 많았고, 아주 천천히 움직였다.

"이건 뭐, 단체로 사고라도 났나 봐요."

수연이 중얼거렸다. 운전기사가 대답했다.

"사고 소식은 듣지 못했어요. 원인모를 병으로 죽어가고 있는 사람들이 많을 뿐이죠."

"정부에서는 왜 아무런 말이 없을까요?"

"글쎄요, 어쩌면 정부에서 모를 수도 있죠."

"에이, 설마요."

"아니면 이미 손쓸 수 없을 정도로 퍼져서 숨기는 건지도 몰라요."

영미는 문득 앞으로 다가올 재앙에 정면으로 맞설 수 없을 것 같은 무력감을 느꼈다. 그들은 이미 질병의 중심부로 들어섰고, 끌려 들어가는 중이었다. 절망적이었다. 무슨 일이 일어나든 주체적으로 살지 못할 것 같았다. 불안에 떨며 고독하게, 누군가가 도와주기를 기다릴 뿐.

9

영미는 앞장서서 펜션으로 들어갔다. 주인인 듯한 사내가 마스크를 쓴 채 그들을 맞이했다. 그는 움직임이 활달했고 대체적으로 안색도 좋아 보였다. 그가 손에 든 짐을 보며 말했다.

"많이도 사셨군요."

"아, 이거요. 남으면 집에 가져가려고요."

"그럴 거라 짐작했어요. 다들 사재기 하느라 정신없지요. 시내 나가면 아픈 사람들 천지예요. 다행히 우리 펜션은 외진 곳에 있는데다 요금이 비싸서 그런지 사람들이 찾지 않습니다. 저도 아직 건강하고요. 안심하시고 재미있게 놀다 가세요."

그가 룸 열쇠를 프런트 데스크 위에 올려놓았다. 마치 손을 잡으면 감염이라도 될까봐 무서워하는 사람처럼 겁에 질린 표정이었다.

"요즘 무서워서 밖에 나가지도 않는답니다. 아가씨들도 조용히 놀다 얼른 집으로 가세요."

"어느 쪽으로 가면 되죠?"

"저기 오른쪽 103호입니다. 집 한 채를 통째로 쓰는 겁니다. 지금은 겨울이니까 야외 수영장은 사용할 수 없습니다. 대신 집 안에 욕조가 있으니 그걸 사용하세요. 가족탕이라 무척 넓답니다."

수연이 데스크에 있는 열쇠를 집어 들었다. 그가 바깥으로 나가면서 말했다.

"제가 안내 할게요. 따라 오세요. 거의 2주 동안 사람 구경을 못했답니다. 물건도 택배로 주문하고 쭉 집에만 있었거든요. 산천어축제 기간에는 사람들이 많았는데. 뭐, 다행이지요. 사람들이 찾지 않아서. 제가 왜 집에만 있는지 아십니까?"

그는 갑자기 말을 멈추고 숨을 몰아쉬었다. 잠시 후 말을 이었다.

"2주 전, 마트에 갔다가 피를 토하고 쓰러지는 사람을 봤어요. 치커바이러스에요. 정부에서는 아니라고 하지만 틀림없어요. 확진자가 많아지면 국가 경제에 타격을 입을 것 같으니까 쉬쉬 하는 거죠. 양천장례식장 가 봤나요? 하루에도 죽어가는 사람이 수십 명이에요. 장례식장에 가야 하는지 말아야 하는지 고민하는 사람들이 많답니다. 요즘 같은 시기, 움직이면 큰일 납니다. 참, 걱정 마세요. 저희 집은 제가 손님이 나가면 소독을 깨끗이 한 답니다. 손잡이 뿐 아니라 가구들까지 다 소독하죠. 방역할 때 입는 전신복도 제가 미리 구해 두었답니다. 얼마나 잘한 일인지. 그리고……."

그는 수연이 103호 문을 열 때까지 주절주절 혼잣말하듯 쉬지 않고 떠들었다. 집 안으로 짐을 옮긴 다음에도 문 앞에 서 있었다. 유리가 말했다.

"아저씨 안 가실 거예요? 문 닫아야 하는데."

그가 인사를 꾸벅하며 말했다.

"실례가 많았습니다. 하도 울화가 터져서 말하지 않을 수 없었어요. 월요일에 대책 발표를 한다고 하는데 제대로 할지 모르겠어요. 벌써 죽은 사람이 얼마나 많은데, 검사를 안 하면 통계에 잡히지 않잖아요. 전염병이 돌면 사회 시스템이 바뀌어야 하는데……."

유리가 한숨을 쉬며 말했다.

"아 저 씨."

"아, 죄송합니다. 제가요……."

그는 뭔가 더 말하려 했지만 유리가 먼저 말했다.

"죄송해요, 아저씨 문 좀 닫을게요."

유리가 문을 닫았다.

기분이 착잡했다. 택시기사와 펜션 주인의 말이 사실이라면 양천은 손쓸 수 없을 정도로 전염병이 확산된 상태였다. 우리는 어떻게 되는 걸까. 집으로 돌아갈 수 있을까. 아니면 이곳에 남아 환자들을 돌봐야 하는 것일까.

영미는 거실을 향해 시선을 옮겼다. 널찍한 거실은 기역자 형태로 통유리창이 달려 있었다. 유리창으로 호수가 한눈에 들어왔다. 호수는 햇빛을 받아 찰랑찰랑 빛났고 억세 풀은 강바람에 하늘하늘 춤을 췄다. 수연이 식탁 위에 저녁거리를 올려놓으며 말했다.

"집 구경 좀 해요. 각자 쓸 방도 고르고."

그들은 거실에서 호수 쪽으로 이어진 복도를 향해 걸었다. 복도 왼쪽으로 방 하나와 화장실, 오른쪽은 가족탕이었다. 가족탕은 미니 수영장이라 불러도 좋을 만큼 큰 욕조가 기다랗게 놓여 있었다.

2층으로 올라갔다. 2층에는 작은 거실과 방이 두 개 있었는데, 방방마다 작은 응접실과 화장실, 냉장고와 텔레비전까지 구비되어 있었다. 수연이 신이 난 듯 말했다.

"저는 2층 첫 번째 방 쓸게요. 선생님은요?"

영미가 대답했다.

"난 1층 쓸게. 오늘은 조용히 지낼 수 있겠다."

유리가 2층 두 번째 방문을 열면서 말했다.

"저는 이 방을 쓸게요. 저녁때 봐요."

유리의 방문이 닫혔다. 곧 이어 수연도 자신의 방으로 들어갔다. 영미는 1층으로 내려갔다.

영미는 방에 짐을 내려놓고 창밖을 내다보았다. 통창으로 오후의 햇살과 풍경이 고스란히 보였다. 그녀는 침대에 누워 다리를 쭉 뻗었다. 드디어 혼자만의 시간이었다. 적어도 세 시간은 혼자였다. 뭘 할까. 영화나 볼까. 아니, 스파나 하자.

영미는 가족탕으로 갔다. 탕에는 이미 유리가 와 있었다. 그녀는 영미를 힐긋 본 후 탕 속으로 몸을 숨겼다. 영미는 음악을 틀어 놓고 욕조 안으로 들어갔다. 맛사지 버튼을 눌렀다. 등 뒤에서 물줄기가 세차게 솟구쳤다. 바닥에서도 물줄기가 보글거리며 올라왔다. 영미는 눈을 감고 음악에 귀를 기울였다. 바흐의 선율이 흐르는 물처럼 잔잔하게 마음속으로 들어왔다. 바깥의 일들이 잊혀졌다. 오르간, 첼로, 기타의 기본적 선율에 세 대의 바이올린

이 돌림노래를 시작했다. 주제가 조금씩 변형되며 내용은 풍요로
워졌다. 하지만 처음의 고요한 느낌, 기본적 음율은 그대로였다.
악기들이 어울려 소리만 점점 커질 뿐이었다.

　음악을 바꿀까 싶을 때쯤 문소리가 들렸다. 수연이었다. 영미
는 욕조 깊숙이 몸을 담갔다. 수연이 몸을 흔들흔들하며 말했다.

　"음악 좋은데요. 이러고 있으니 모든 잡념이 사라져요. 앞에는
숲과 호수가 보이고, 풍경 자체가 힐링이에요. 재인 선생님도 같
이 왔으면 좋았을 텐데."

　"그러게."

　수연이 뭔가 생각났다는 듯 말했다.

　"근데 재인 선생님과 최 팀장, 좀 이상하지 않아요?"

　"뭐가?"

　"이름 부르는 것도 이상하고, 어깨를 쓰다듬는 것도 이상하고.
아무래도 두 사람 사이에 뭔가 있는 것 같아요."

　"최가 친밀하게 굴기는 하지. 한데 잘 모르겠어."

　"틀림없다니까요. 어떨 때는 남편이 아내에게 하는 것처럼 대
할 때도 있어요. 피곤하다, 그러면서."

　"나도 그 부분이 마음에 걸려."

　"그죠? 둘이 사귀는 게 틀림없어요."

　유리가 불쑥 끼어들었다.

　"저는 그냥, 오래 된 동료 같던데요."

수연이 반문했다.

"문제는 친밀감이 형성될 만큼 재인 선생님이 너그럽지 않다는 점이야."

"그건 상대방이 누구냐에 따라 다르지 않을까요? 최 팀장님은 누구와도 쉽게 친해지잖아요."

수연이 정색을 하며 말했다.

"너 혹시, 나한테 불만 있니?"

"네?"

"내 말에는 무조건 반대하잖아."

유리가 혼잣말처럼 웅얼거렸다

"어딜 가든 똑같아요. 억측만 떠돌아요. 다들 진실은 외면하고 믿고 싶은 사실만 믿어버리는 것 같아요."

유리가 영미를 향해 시선을 던졌다. 마치 현실과 환상 사이의 문턱에 있는 듯 그윽한 시선이었다. 그래서인지 영미는 자신이 아닌, 자신 속의 어떤 어둠을 그녀가 응시하고 있는 듯 했다. 몸이 자꾸만 움츠러들었다. 유리가 미소 지었다. 그 웃음은 어두운 밤하늘을 밝히는 별처럼 매혹적이었다. 영미의 안에서 무엇인가 꿈틀거렸다. 밖으로 뛰쳐나오려 요동쳤다. 그럼에도 그녀는 그것이 무엇인지 알 수 없었다. 단지 유리의 미소를 조금 더 오래도록 보길 갈망할 뿐이었다. 갑자기 유리가 제 정신이 돌아온 듯 미소를 거두었다. 타월을 몸에 두르고 밖으로 나갔다.

"쟤, 하는 짓 좀 봐요."

수연이 혀를 차며 말했다.

"어쩌면, 쟤는 저렇게 아름다울까."

감탄 섞인 영미의 말에 수연이 빈정거렸다.

"저런 몸은 전시될 몸이라고요. 많은 사람 앞에."

"악담을 해라, 악담을."

수연이 입을 삐죽거렸다.

영미는 숲속으로 시선을 돌렸다. 싸락눈이 흩뿌리고 있었다. 불현듯 내일 돌아갈 일이 걱정됐지만 잊기로 했다. 이 풍경을 오래도록 눈에 담아둘 생각이었다. 출장이 끝나면, 내년 겨울쯤에는 이 풍경이 몹시도 그리울 것이다.

10

별장에 도착했다. 별장 지붕은 하얀 눈이 포근하게 감싸고 있었고 오후의 햇살이 지붕의 경사면을 따사롭게 비추고 있었다. 영미는 집에 돌아온 듯 편안함을 느꼈다. 다만 별장 뒤쪽에 우뚝 솟아 있는 원형 탑을 보자 남의 집에 불법 침입한 것 같은 기분이 들었다. 이곳은 부대의 소유지이며 그들은 손님이라는 사실과 언제든 탑을 통해 감시하고 내쫓을 수 있으리라는 경고. 영미는 저도 모르게 걸음이 빨라졌다. 문을 열고 안으로 들어갔다.

방 앞에서 열쇠를 돌리려다 그녀는 멈칫했다. 문이 열려 있었다. 가만 생각해보니 어제 밖으로 나가기 전 문을 잠그지 않은 것 같았다. 불안한 마음을 억누르고 문을 열었다. 방안을 눈으로 훑었다. 달라진 점은 없었다. 모든 게 그대로였다. 화장대 위 전기 코드에 꽂혀 있는 드라이어도, 수연이 입술을 찍은 휴지도, 옷걸이에 너저분하게 걸려 있는 일상복도. 급하게 나간 흔적만이 엿보였다. 영미는 안도하며 서랍장 문을 열었다. 속옷이 보이지 않았다. 혹시나 싶어 캐리어를 뒤지고, 빨랫감을 뒤져봐도 보이지 않았다.

"도대체 무슨 일이에요?"

언제 들어왔는지 수연이 말했다.

"속옷이 없어졌어."

수연이 황급히 다가왔다. 자신이 사용하는 서랍장 문을 열었다. 텅 비어 있었다. 그녀는 황망한 시선으로 서랍장 주변을 훑다가 자리에서 벌떡 일어났다.

"아 정말, 어떤 개자식이야. 대위에게 말해야겠어."

"잠시만, 잠시만 기다려봐. 대위에게 말한다고 해서 훔쳐간 사람이 제가 그랬어요, 할 리 없잖아. 괜히 시끄러워질 거야."

"내 알바 아니라고요."

"우선 진정해봐. 먼저 옆방에 가서 재인 선배에게 물어보자. 혹시 본 사람 있냐고."

수연이 씩씩대며 밖으로 나갔다. 영미도 뒤따라 나갔다. 방문 앞에서 문이 제대로 잠겼나 재차 확인했다. 돌아보니 수연은 벌써 옆방의 문을 열고 안으로 들어가는 중이었다.

방 안에는 재인 혼자 소주를 마시고 있었다. 시내에서 사온 땅콩이 소주 옆에 놓여 있었다. 수연이 자리에 앉으며 말했다.

"혹시, 이상한 기척이나 소리 못 들었어요? 잃어버린 건 없어요?"

"……?"

"저희 속옷이 모조리 없어졌어요. 선생님도 확인해 보세요."

재인이 천천히 자리에서 일어났다. 서랍장 문을 열었다. 차곡차곡 정갈하게 개어져 있는 속옷이 보였다. 유리가 화장실에서 나오며 말했다.

"무슨 일이예요?"

재인이 이유를 설명하자 유리가 말했다.

"저도 속옷이 있던데요."

수연이 투덜대며 말했다.

"우리 방만 털렸네요. 도대체 누굴까? 안 상병? 정 일병?"

영미는 박 상병을 떠올렸다. 유리에게 거절당하고 화를 삭이던 모습이 생각났다. 유리의 어깨를 벽으로 밀어붙이던 손도. 영미가 말했다.

"박 상병일 수도 있잖아."

수연이 어이없다는 듯 말했다.

"어 선생님, 걔는 아닐 거예요. 알잖아요. 말은 좀 많아도 친절하고 매너 있고."

"글쎄요, 모르죠, 박 상병일지도."

유리가 말했다. 수연이 유리를 쳐다보며 못마땅하다는 듯 말했다.

"너, 함부로 사람 의심하면 안 돼."

유리가 뭐라 대답하려 했지만 수연은 그녀의 말을 듣지 않았다. 재인을 쳐다보며 말했다.

"어떡하죠? 대위에게 말해야 할까요?"

"그건 아닌 것 같아."

"최 팀장에게 말할까요? 같은 남자니까 소지품 검사해도 되잖아요."

"글쎄, 범인이 보이는 곳에 뒀을까? 이곳은 넓어. 다 뒤질 수는 없어."

수연이 한숨을 쉬었다.

"정말 이해할 수 없어요. 왜 속옷을 훔치는 걸까요?"

"글쎄, 이유야 많겠지. 성적 에너지가 강해 정신적으로 문제가 생겼을 때 그 분출구로 속옷을 택하는 사람들도 있고. 하지만 간단히 얘기하기는 어려운 것 같아."

어쩐지 재인은 신이 난 것 같았다. 냉소 섞인 표정이나 공격적인 어투를 찾아보기 힘들었다.

"그거, 다 정신적으로 문제 있는 거 아니에요."

수연이 말했다. 재인은 술을 한잔 들이켠 후 빈 잔에 술을 부었다. 연거푸 술을 마시며 그녀가 대답했다.

"꼭 그렇지만은 않아. 환경도 중요한 것 같아. 환경이 사람을 변화시키지. 아니, 정신을 와해시킨다고 해야 할까. 예를 들어 한 남자가 있었어. 아이가 셋이나 돼. 직장을 잃은 그는 돈을 벌기 위해 호모 바에 나갔지. 단순히 돈 때문에. 그런데 그곳 남자들이 진심으로 자신을 좋아해 주는 거야. 그는 성 정체성에 혼란을 느끼게 되고 결국 자신이 여자라고 믿게 되지. 그는 아이들에게까지 자신을 엄마라고 부르라며 강요했어. 아이들은 말을 듣지 않았고 그는 아이들을 폭행하기에 이르렀어."

"그래서 어떻게 됐어요?"

"폭행죄로 실형을 살았지."

"또 어떤 사람은 양말에 집착하는 남자친구 때문에 힘들어하기도 했어. 그 남자는 원래 양말 같은 것에 집착하지 않았어. 전여자 친구와 헤어진 어느 날 집에서 여자 친구의 양말을 발견하게 된 거야. 양말의 체취를 맡는 순간 여자 친구가 다시 돌아온 것 같았고, 그때부터 양말에 집착하게 됐는데. 그 후로 여자를 사귀게 되면 양말을 못 벗게 하고 자꾸 냄새를 맡으려 했어."

"그건 좀 이상한데요. 그런 게 계기가 될 수도 있나요?"

"자신도 몰랐던 잠재되어 있는 의식이랄까, 누구나 그런 게 있지 않을까. 다만 어떤 조건에서 튀어 나오는 경우도 있고, 영영 모르고 사는 경우도 있고, 또 숨기고 사는 경우도 있는 것 같아. 약간의 차이는 있겠지만. 사람의 정신은 우리의 생각과는 많이 다른 것 같아. 쉽게 상처 받고 쉽게 변하고 쉽게 물들고⋯⋯."

재인은 잠시 말을 끊더니 술을 단숨에 들이켰다. 약간 주저주저하면서 목소리를 낮추었다.

"이건 내 친구 이야기인데 그 친구는 스타킹에 집착하는 남편 때문에 이혼했어. 그런데 웃긴 게 뭔 줄 알아. 이혼한 후 내 친구가 스타킹에 집착하게 됐다는 거야. 머리가 이상해져 버린 거지. 스타킹을 신어야만 흥분하는 남편 때문에 다른 남자들과 관계 할 때도 스타킹을 벗지 않으려 했지. 이런 경우를 전염이라고 해야 하나? 혹은 성향?"

"별의 별 사람 다 있네요."

"어쩌면 우린 다들 조금씩은 정신 질환을 가지고 있는지도 몰라. 단지 모르고 있을 뿐이지."

재인이 말끝을 흐리며 말했다. 어쩐지 쓸쓸해 보였다. 말하면서 뭔가 해답을 찾으려는 사람 같기도 했다. 수연이 말했다.

"저도 그렇게 생각해요. 단지 발현되느냐, 안 되느냐의 차이인 것 같아요."

"아마도 정신력이 문제겠지. 극복하려는 마음이나 뭐 그런 것.

똑같은 일을 당해도 정신력이 강한 사람이 살아남는 거지. 강하지 않은 사람은 어떤 형태로든 잠복기를 거쳐 증상이 발현되는 게 아닐까. 그게 자신에게로 향하는 것과 타인, 혹은 사회로 향하는 게 다르다고 해야 하나. 가장 위험한 게 사회로 분노를 표출하는 행위 같아. 자신에게로 향할 때는 자해나 자살 정도에서 끝나니 그나마 다행이라고 해야지. 물론 개인에게는 불행한 일이지만."

재인이 나지막하게 말했다. 수연은 어느 새 속옷 도둑에 대한 것은 말끔히 잊은 듯했다.

"정신은 어떻게 해야 강해질까요?"

"글쎄, 정신을 고양시킬 무언가가 있어야 하지 않을까. 운동이나 음악, 독서라든가. 아니면 스스로에 대한 가치관이랄까, 인문학적 소양, 뭐 그런 게 갖춰져 있어야 할 것 같아. 우리가 흔히 말하는 의식 말이야. 물론 본능이 충동질하기는 하지만. 아무튼 잘 모르겠어. 다만 그게 무엇이든 속에 있는 것을 꺼내고 치유하는 데는 시간이 필요한 것 같아. 회복의 시간을 거쳐야 비로소 강해지는 것 같아. 그 시간들을 거치지 않아 몸이 아프거나 정신이 아픈 게 아닐까 싶어."

넋 놓고 대화하던 수연이 고개를 들어 시계를 보았다.

"벌써 아홉 시가 됐네. 아, 정말, 당장 갈아입을 속옷도 없다고요."

"그만 가자. 김 기사 아저씨에게 부탁해서 내일 시내 들렀다 오자. 일 끝나고 오는 길에 사야지, 별수 없잖아."

영미는 수연의 팔을 잡아끌었다. 수연은 투덜대며 일어났다. 재인은 방에 어지럽게 널려 있는 빈 술병과 먹다 남은 안주 쪽으로 시선을 돌렸다. 수연이 빈 술병을 치우려 하자 재인이 말했다.

"그냥 둬, 내가 치울게."

유리가 재인을 힐긋 보더니 자리에서 일어났다. 창문을 열었다. 찬바람이 와락 들어왔다. 그녀는 옷장에서 베개를 꺼내 탁탁 털었다. 재인이 말했다.

"지금 뭐하는 거니?"

"환기 시키는 중이에요."

"추우니 문 좀 닫아줄래?"

유리는 문을 닫는 대신, 창문 앞에 등을 기대고 섰다.

"선생님, 술 대신 책이라도 읽지 그러세요."

"책은 따분해."

"운동은요? 1층에 헬스장도 있고 탁구장도 있고 실내 배드민턴장도 있던데. 제가 같이 해 드릴 수도 있어요."

"운동은 피곤해."

"방금 전에 한 말과 다른데요. 정신력을 강하게 하려면 독서나 음악, 스포츠가 필요하다면서요."

재인이 유리를 올려다보았다. 자신이 들은 말을 이해하려고 애쓰는 사람처럼. 유리가 말을 이었다.

"제 일상은 왜 술 냄새와 함께 시작하고, 술 냄새와 함께 끝나는 거죠? 샘이 저 좀 도와주시면 안돼요?

유리는 슬퍼보였다. 질문을 재기하는 동시에 진심으로 재인의 도움을 요청하는 눈빛이었다. 재인은 말없이 술만 홀짝거렸다. 그녀는 마치 의식이 본능에 사로잡히지 않기 위해 애쓰는 사람 같았다. 마치 교만을 부림으로써 자신에게 영향을 줄 감정들, 이를테면 외롭다던가, 보고 싶다던가 하는 것들을 그 자신으로부터 떼어놓으려는 것 같았다.

관계의 전염성

1

그들은 모두 1층 로비에 모였다. 곧 질병관리본부의 중대발표가 시작될 예정이었다. 영미는 주변 사람들을 둘러보았다. 박 상병은 수연 옆에 딱 붙어 서서 귓속말을 하는 중이었고, 안 상병은 몰려나오는 하품을 참고 있었으며 정 일병만이 부동의 자세로 긴장감을 유지하고 있었다. 그들은 그다지 심각해 보이지도 않았고 불안해보이지도 않았다. 어쩌면 그들에게 바이러스는 먼 나라 이야기처럼 느껴지는 것인지도 모른다. 양천 시내에 나가기 전 자신이 그랬던 것처럼.

관리본부장이 브리핑을 시작했다.

"현재 우리나라 확진자는 필리핀 단체 여행을 다녀왔던 여행

객 중 12명, 그들의 가족과 지인 33명, 세계여성인권대회에 참여했던 3명과 그들의 지인 8명, 그 외 감염 경로가 불분명한 사람 2명, 싱가포르를 다녀왔던 1명을 포함 총 55명입니다. 이들은 모두 음압병상에서 치료 중입니다. 양천을 중심으로 비슷한 증상을 일으키는 사람이 다수 발견되고 있어 검사를 실시 중입니다. 또한 각 지역마다 선별진료소를 운영합니다. 의심 증세가 발견되는 경우 가까운 선별진료소나 보건소를 찾아 가시길 바랍니다. 그리고 오늘 정오부터 필리핀을 여행 자제에서 여행 금지로 상향 조정합니다. 이상입니다."

브리핑이 끝나자 기자들의 질문이 이어졌다.

"필리핀에 대한 여행 금지가 너무 늦은 것은 아닌가요? 아직 필리핀에서 여행 중이거나 돌아오지 못한 국민도 많은 것으로 알고 있습니다. 이들에 대한 조치는 어떻게 하실 겁니까?"

"발열체크와 문진표를 통해 유증사는 검사결과가 나올 때까지 격리할 것입니다."

기자가 무어라 이야기했지만 두 번째 질문자에게로 마이크가 넘어간 상태였다. 두 번째 질문이었다.

"검사키트가 부족하다는 말이 사실입니까?"

"아닙니다. 우리나라는 전 세계 어느 나라보다도 많은 양의 검사키트를 보유하고 있습니다."

"의심증세가 있는데도 아직 검사를 받지 못하는 이유에 대해서⋯⋯."

"자, 다음 질문 받겠습니다."

기자는 답변을 기다리는 눈치였지만 질문은 세 번째로 넘어갔다.

"양천은 군부대 밀집지역입니다. 만약 의심 유증상자가 확진자로 판정될 경우 어떤 조치를 취하실 겁니까?"

"자세한 내용은 검사 결과가 나오는 대로 다시 말씀드리겠습니다."

수연이 우려 섞인 목소리로 말했다.

"우리는 어떻게 되는 걸까요? 일은 할 수 있을까요?"

다들 최를 바라보았다. 최가 대답했다.

"일단 원에 연락해 볼게. 조금 기다려 봐."

최가 휴대폰을 들었다. 대위가 그를 막아섰다.

"제 얘기를 먼저 들어보시는 게 좋으실 텐데요."

최의 얼굴이 당혹감으로 일그러졌다. 하지만 그는 별다른 말을 하지 않은 채 텔레비전 화면으로 시선을 돌렸다. 텔레비전에서는 각 지역 자치 단체장이 지역별 상황을 전하느라 여념 없었다. 양천시에 대한 소식은 없었다. 대위가 텔레비전을 끄라고 지시했다. 정 일병이 텔레비전을 껐다. 대위가 말했다.

"지금부터 여러분도 제 지시를 따라주시기 바랍니다. 지금 부대 내 상황은 물론 양천 상황이 좋지 않으니 이곳에서 대기하시길 바랍니다. 상부에서 지시가 내려올 때까지 외출 금지입니다."

"네? 저희가 왜요?"

수연의 질문에 대위가 대답했다.

"여러분은 군부대 관할 내에 있으니까요."

"하지만 저희는 혈액원 소속이고 원의 지시를 따라야 할 것 같아요. 일이 여의치 않으면 서울로 갈 수도 있고."

"상부의 지시입니다. 여러분은 여기서 한 발자국도 나가실 수 없습니다."

"저희는 군인이 아니라니까요."

대위가 수연을 향해 시선을 내리꽂았다. 날선 목소리로 말했다.

"내 말이 말 같지 않습니까?"

그의 눈빛은 거칠면서도 단호했다. 마치 그녀를 짓누르려는 것처럼 강한 압력이 느껴졌다. 다들 숨을 죽였다. 괘종시계의 초침 소리만 재깍재깍 움직였다. 시계 속 호랑이가 앞발을 들고 덮칠 것처럼 위협했다. 대위가 말했다.

"지금 바깥은 전쟁입니다. 언제 죽을지 모르는 상황입니다. 지금 부대에서는 ……."

그는 더 이상 말을 잇지 못했다. 감정을 다스리고 있는 것 같았다. 잠시 후 그가 말을 이었다.

"지금 상황에 대해 자세하게 말해 줄 수 없어 유감입니다. 하지만 제 말을 믿고 따라 줘야 합니다. 여러분을 지켜드리기 위해

서입니다."

대위는 절박해보였다. 그의 표정만 봐도 바깥 상황이 급하게 돌아가고 있음을 알 수 있었다.

재인이 말했다.

"맞아요, 밖은 위험해요. 여기서 지켜보다가 안전하다고 느낄 때쯤 나가는 게 좋을 것 같아요."

유리도 재인의 의견에 공감한다고 말했다.

영미는 좀 더 정확한 소식을 알고 싶었다. 뉴스 내용은 정보가 부족했고 대위는 뭔가를 알고 있는 눈치였다. 하지만 선뜻 나서기도 어려웠다. 괜히 말을 꺼냈다가 출장 팀에게 좋지 않은 결과를 초래할 수도 있었다. 영미는 최를 쳐다보았다. 그의 의견이 궁금했다.

무엇인가 결심했다는 듯 최가 말했다.

"알겠습니다. 부대 지시에 따르겠습니다. 하지만 양천 지역 확진자 검사가 완료되는 시점까지입니다."

대위는 최를 향해 잠시 시선을 준 후 보초병들에게 명령했다.

"각자 자신의 자리로 돌아가도록."

"충성."

안 상병과 정 일병이 현관 쪽으로 걸어갔다. 박 상병은 수연의 허리를 쿡 찌른 후 주방으로 갔다. 수연이 주위를 둘러보더니 주방 쪽으로 걸음을 옮겼다.

영미는 로비 소파에 주저앉았다. 현재 처한 상황이 잘 납득되지 않았다. 이렇듯 무자비하게 격리를 통보받다니. 마치 몸속에 바이러스를 품고 있는 잠재적 범죄자가 된 것 같았다. 이 상황이 언제까지 이어질까. 답답했다. 창밖을 내다보았다. 하늘은 금세 눈이 쏟아질 것처럼 흐렸다. 저 멀리 어딘가에서 잿빛의 먹구름이 숨어 있다가 불시에 밀려올 듯 습한 기운이 감돌았다. 문득 희숙의 말이 떠올랐다.

"그 지긋지긋한 양천 출장을 지원했다는 거야? 거기는 일 년 중 5개월은 눈이 내려. 한 달 출장이랬지? 그건 모르는 거야. 어쩌면 두 달이 넘을 수도 있어. 아무튼 서둘러 일해야 할 거야. 눈에 갇히기 전에."

그 말뜻을 알 것 같았다. 출장길에 오른 지 2주일이 지났지만 일한 날은 고작 삼일 뿐이었다. 어쩌면 일도 하지 못한 채 원으로 돌아가거나 3개월, 혹은 4개월 후에 돌아갈 수도 있었다. 앞날이 공중 분해된 느낌이었다. 눈뿐만 아니라 바이러스까지도 우리를 포위했다. 한편으론 홀가분했다. 당분간 은호의 청혼에서 벗어날 수 있을 것이다. 그와는 결혼을 결심하는 일도, 헤어지는 일도 쉽지 않았다.

헤어지자는 그녀의 말에 은호는 알았어, 했다. 더 이상 그의 전화를 기다리거나 그를 위해 선물을 사고, 예뻐 보이기 위해 노력하지 않아도 된다는 사실이 그녀는 기뻤다. 그녀는 감정적으로 불안정했고 예민했다. 더 이상 감정 소비를 하지 않아도 된다는 사실에 안정을 되찾았다.

그런데 그가 찾아왔다. 어떻게 일하는 곳을 알아냈는지 궁금했지만 묻지 않았다. 혈액원이나 헌혈의 집에 일일이 전화를 했을지도 모를 일이다. 그의 손에는 꽃다발이 들려 있었다. 그는 다시 시작하자고 했다. 영미는 싫다고 했다. 그는 애써 미소를 지으며 저녁이나 같이 먹자고 했다. 하늘은 맑았고 바람은 시원했으며 벚꽃이 나부꼈다. 벚꽃은 눈처럼 흩날려 그의 어깨 위에도 그녀의 머리 위에도 하얗게 내려앉았다. 바람이 불때마다 꽃잎이 떨어졌고, 그는 꽃잎을 몸에 붙이고 그렇게 한참을 서 있었다. 그녀가 마음을 돌릴 때까지.

막 해가 지고 있었다. 붉은 노을에 눈이 시렸다. 어쩌면 노을 때문이었는지 모르겠다. 아님 벚꽃 때문이었을까. 영미는 그의 차에 몸을 실었고 그가 예약한 식당으로 갔다.

식당 앞은 호수였다. 산책로도 있었다. 예약 시간보다 조금 일찍 도착한 그들은 산책로를 걸었다. 갖가지 꽃과 조각품이 정원에 가득했고, 호수에서는 오리들이 분주하게 헤엄을 치고 있었다. 영미는 조금씩 마음이 누그러졌다. 그와 다시 만나도 되지 않을까 싶었다.

스테이크를 먹으며 그가 다시 만나자고 말했다. 다시 만나도 되지 않을까 하는 마음은 만나지 말아야지로 바뀌었다. 그는 자신이 그녀를 얼마나 좋아했는지, 헤어지고 나서 얼마나 힘들었는지에 대해 이야기했다. 그의 집요함에 영미는 조금씩 지쳐갔다. 스테이크는 질겼고 잘 넘어가지 않았다.

"잘 먹었어."

그녀는 자리에서 일어났다.

"어딜 가."

"집에."

"이건 아니잖아. 너는 그러면 안 돼."

그의 눈이 분노로 이글거렸다. 영미는 그 눈빛을 알고 있었다. 고집스런 눈빛, 자신이 하고 싶은 대로 하고야 말겠다는 눈빛. 영미는 진저리가 났다. 하지만 이런 눈빛을 보이는 그는 위험했다. 달래야 했다.

"생각 좀 해 보고. 나중에 연락할 게."

"언제?"

"생각 좀 해보고."

"내일까지 알려줘."

"응, 내일까지."

영미는 식당을 나갔다. 그가 따라왔다.

"데려다 줄게."

"괜찮아."

"바래다주고 싶어서 그래."

영미는 그의 차에 몸을 실었다. 머릿속에서 타지 말라는 경고음이 들렸다. 하지만 집으로 돌아가기에 그곳은 외딴 곳이었고, 시내버스도 보이지 않았다. 택시를 불러야 할지도 몰랐다. 큰 길이 보이면 차에서 내려야겠다고 그녀는 생각했다.

그가 차를 몰았다. 차는 큰길이 아닌, 비포장도로를 향해 달리고 있었다. 논과 밭, 나무들만이 보였다. 불안을 느낀 그녀는 내려달라고 부탁했다. 그는 말을 듣지 않았다. 한참을 달리다 멈춘 곳은 어느 허름한 농가 앞에서였다.

그곳 농가에서 영미는 꼬박 삼일을 갇혀 지냈다. 햇빛마저 차단된 집에서. 그곳에서 벗어나기 위해 영미는 그를 다시 만났다. 그에게서 벗어나기 위해 그를 사랑하는 척 연기했다. 연기가 아니고서는, 거짓이 아니고서는, 그의 속박에서 벗어날 수 없었다. 하지만 결혼은 아니었다. 그러나 거절하는 것은 더더욱 무서웠다.

영미는 하염없이 내리는 눈을 바라보았다. 눈은 나뭇가지와 산기슭, 땅 위로 수북하게 쌓이고 있었다. 바람이 불자 눈송이들이 흩날렸다. 공중에 잠시 머물다 땅 위로 내려앉는 눈송이들. 햇볕이 내리쬐면 땅으로 스며들고, 봄이 되면 흔적도 없이 사라지는 눈송이들.

영미는 모든 공간을 지우고 매번 새로 시작하는 그 무한한 반복을 넋을 잃고 바라보았다. 눈송이들이 마치 자신을 위로해 주고 있는 듯 했다. 세상을 사는 데는 어떤 목적이나 이유 같은 것이 없어도 된다고. 눈이 자연스럽게 쌓이고 녹듯 모든 일들은 자연스럽게 해결 된다고. 그랬으면 좋겠다. 이 겨울이 지나고 나면, 출장이 끝나고 나면 은호와의 만남도 자연스럽게 정리됐으면 좋겠다. 저 눈송이들처럼. 그럼에도 어떤 불운이 자신을 덮칠 것만 같았다.

2

눈은 사흘 동안 쉬지 않고 내렸다. 나무들은 바다 위의 섬처럼 눈 위에 떠 있었다. 매일 반복되는 백색의 풍경들, 지루하게 견뎌야하는 시간들. 언제부턴가 이곳의 시간은 더 이상 흐르지 않는 듯 했다. 마치 모든 사건들로부터 동떨어져 있는 것 같았다. 낮밤의 구분조차 의미 없었다. 보초병들의 근무를 통해서 시간의 변화를 느낄 뿐이었다.

그들은 매일 아침 식사를 마치면 뉴스를 시청했고, 뉴스가 끝나면 눈을 치우러 나갔다. 눈을 치우면 언제나 그렇듯 별장 앞에 서서 보초를 섰다. 저녁이 되면 별장으로 돌아왔고 자신들의 방으로 갔다. 밤이 되면 눈이 내렸고 아침이 오면 눈을 치웠고, 오후가 되면 보초를 섰고 밤이 되면 또 다시 눈이 내렸다. 이곳의 시간은 눈을 치우고 눈을 지켜보는 두 개의 시간이 밤낮처럼 이어지고 있을 뿐이었다.

다른 점이라고는 뉴스에서 들려오는 소식뿐이었다. 아침 여덟 시, 저녁 아홉 시, 하루 두 번 로비로 사람들이 모였다. 바깥소식을 듣기 위해서였다. 치커바이러스는 병원과 요양원, 종교시설을 중심으로 빠르게 확산 중이었다. 확진자가 무려 1만 명을 넘어섰다. 병상이 모자라 국가 연수원을 격리시설로 썼지만 역부족이었다. 단체 생활을 하는 곳에서 한 명이라도 감염자가 나오면 코호트 격리에 들어갔다. 국내뿐 아니라 전 세계가 바이러스로 골머리를 앓았다. 의료마비로 인해 제때 검사를 받지 못하는 나라들이 늘어났고, 너무 많은 사망자로 인해 미처 사망자 숫자를 세지 못하는 나라들도 있었다. 영안실과 화장터는 자리가 없었다. 입국 제한을 하는 나라가 늘어나고 있었다. 의료인이 부족하다는 말도 들렸다.

영미는 자원봉사 의료인을 구한다는 말을 들었을 때 한편으로 안심했고, 한편으로 죄책감을 느꼈다. 도와줄 수 없는 상황에 가슴 아팠고, 안전하게 갇혀 있을 수 있다는 것에 내심 기뻤다. 무엇이 옳은지, 어떻게 행동해야 하는지 알 수 없었다. 다만 하루라도 빨리 이 상황이 진정되거나 백신이 개발됐으면 하는 마음뿐이었다.

뉴스에서는 양천 지역 확진자가 15명이라고 말했다. 산천어축제를 다녀온 가족과 지인들이라고 했다. 근처 부대에서도 확진자가 2명 나왔다고 했다. 확진자가 나온 내무반 병사들은 모두 격리 중이며, 바이러스가 잠잠해 질 때까지 군인들은 외출은 물론 외박이나 면회도 금지였다.

영미는 15명이라는 숫자를 바라보았다. 믿어지지 않았다. 코피를 쏟던 사람들과 병색이 완연한 얼굴로 겁에 질려 있던 사람들이 생각났다. 그들은 단지 아픈 사람들인 걸까.

정부에서는 현재 치료 방법을 찾고 있으며, 우선은 증상이 나타나면 증상을 없애는 치료를 진행 중이라 했다. 다행인 것은 우리나라 국민의 치사율이 10% 정도라는 것. 치커 섬의 30%에 비하면 낮았지만 그래도 위험한 수치임에는 틀림없었다. 정부에서는 치사율을 낮추기 위해 노력 중이며 자연 회복되는 경우도 일부 있다고 말했다. 평소 건강관리를 잘하고 영양을 잘 챙긴 사람들은 회복도 빠르다는 말을 덧붙였다. 특히 기저질환자나 고령자에게 치명적이니 각별히 조심하라고 당부했다.

뉴스를 시청하던 대위가 말했다.

"양천에서는 폭설로 인해 무너진 인가가 많습니다. 사망자가 속출했고 도로 피해도 막심합니다. 뿐만이 아닙니다. 별장 앞 계곡 길도 산사태로 막혔습니다."

뉴스를 끝까지 시청해도 눈에 대한 소식은 없었다. 오직 치커 바이러스 이야기뿐이었다. 폭설로 인한 재산 피해나 부상자 소식을 기대한 것은 아니었지만 너무 이상했다. 사람들이 집단으로 죽었는데도 언급조차 없었고, 눈사태로 고립됐는데도 아무도 몰랐다. 원에서도 연락이 없었다. 출장 간 직원들을 잊고 있는 듯했다. 눈은 마치 이곳에서만 내리는 듯했고 이곳 사람들은 점점 외부 사람들에게 잊혀져 가는 것 같았다.

대위가 말을 이었다.

"우리는 이곳에 갇혔습니다. 도로는 봄이 돼야 복구할 수 있습니다. 이제 휴대폰도 터지지 않을 겁니다. 비상용 안테나가 소실됐거든요. 앞으로 연락은 로비의 비상 전화로만 할 수 있습니다. 하지만 이곳의 소식을 바깥으로 전하는 것은 금지입니다. 지금부터 제 허락 없이는 전화를 사용할 수 없습니다. 전화 내용도 감시할 것입니다. 안부 외에는 그 어떤 말도 전할 수 없습니다. 원에서도 알고 있습니다. 여러분은 치카바이러스로 인해 격리 중이므로 연락을 자제해 달라 부탁했습니다."

대위가 잠시 말을 끊고 숨을 가다듬었다. 비밀 이야기를 들려주듯 은근한 목소리로 말했다.

"솔직하게 말씀드리면 양천 지역은 아마 지역민 전체가 바이러스에 걸렸는지도 모릅니다. 그 때문에 정부에서 은밀하게 통제 중입니다. 양친 지역 전체가 격리 중이죠. 바깥으로 나가는 도로는 모두 막혔고 군인들이 지키고 있습니다."

영미는 대위의 말을 믿어야 할지 의문이 들었다. 수연도 마찬가지인 듯했다. 그녀는 입을 달싹이면서도 말을 입 밖으로 꺼내지 못했다. 대위에 대한 두려움이 그녀의 모든 말과 행동을 통제

하는 듯했다. 재인의 목소리가 들렸다.

"그걸 어떻게 믿으라는 거지요?"

"정 궁금하면 나가 보십시오. 계곡 길만 벗어나도 알게 될 겁니다. 그 어디로도 가지 못한다는 것을."

"너무 이상하잖아요. 요즘 세상이 어떤데. 인터넷만 켜면 전 세계 소식을 알 수 있어요. SNS로도 개인 소식을 전할 수 있고요. 그런데 폭설을 숨기고, 확진자를 숨기고 사망자 소식을 숨긴다는 것이 가능해요?"

영미는 대위의 말이 사실이 아니길 바라면서도 사실일까 봐 두려웠다. 대위 말이 들렸다.

"숨기려면 숨길 수 있는 게 세상이죠. 지금 양천 지역은 시내 전체가 인터넷 불통에 전화 불통입니다. 기지국이 무너졌다는데, 글쎄요. 그뿐인 줄 아십니까? 정부에서 바이러스에 대한 허위 정보나 자가 격리 등 권고 사항을 무시하면 5천 만 원 이하의 벌금이나 징역 6개월에 처한다고 발표했습니다. 정부 발표 외 그 어떤 정보나 소문도 믿지 말라면서요. 추측성 기사를 작성할 경우 기자들과 신문사 역시 손해배상 청구를 하겠다고 했습니다. 어때요? 좀 믿음이 가나요?"

대위는 의기양양했다. 너무나 확신에 찬 표정과 말이었기에 영미는 자신도 모르는 사이 그의 말에 고개를 끄덕이고 있었다. 대위가 보초병들을 향해 말했다.

"오늘부터 눈을 치우지 않아도 된다. 탑에 올라가 바깥 사항을 주시하는 걸로 대체한다. 단 두 명 중 한 명은 절대 로비를 벗어나면 안 된다. 이상."

"충성."

대위가 출장 팀을 보며 말했다.

"모두 지시 사항에 잘 따라주시길 바랍니다."

유리가 말했다.

"잠시만요. 질문 있습니다. 전화는 언제 하면 되는 거죠? 아무 때나 가능한가요? 할머니에게 전화해야 하거든요."

"비상전화기는 금고 안에 넣어 둘 겁니다. 아침 식사와 점심 식사, 저녁 식사 후 30분 간 금고 밖으로 꺼내 놓을 겁니다. 병사들의 입회하에 전화하십시오."

"무슨 사회주의 국가도 아니고, 이건 좀 너무 하네. 내용까지 감시한다는 것은."

최가 투덜거렸다.

"여긴 군대입니다. 여러분은 지시에 따라야 할 의무가 있습니다."

"하지만."

"자, 그만."

대위가 한 손을 들어올렸다. 더 이상의 질문은 용납하지 않겠다는 듯. 말을 마친 그는 1층에 있는 자신의 집무실로 갔다. 뭔가 아직 숨기는 게 있는 듯 보였지만 이곳에 있는 동안 대위의 통제를 받는 것은 당연했다. 하지만 최는 불만이 많아 보였다. 정 일병의 팔을 툭 치며 말했다.

"너는 전화기 잘 지키고. 사람 감시하는 게 제일 힘들어. 뜻대로 돼야 말이지."

정 일병은 혐오스럽다는 듯 최를 쳐다보더니, 최가 만졌던 자신의 팔을 털어냈다. 최가 말했다.

"너, 결벽증 있지?"

"아닙니다."

"아니기는. 이런 것은 익숙해져야 해."

최가 또 다시 어깨를 툭 치며 말했다. 정 일병 얼굴이 붉으락푸르락해졌다. 정 일병이 뭐라 말 하려는 찰라 김 기사가 최의 팔을 잡았다.

"그만 올라가자고."

못이기는 척 계단을 오르면서 최가 말했다.

"대위 말이야, 어디서 명령 질이지. 내가 지 부하야, 뭐야?"

"군 별장이잖아. 참아."

"애초에 사인한 것이 잘못이었어. 펜션이나 민박집을 예약 했어야 했는데."

"그나마 여기 있었기 때문에 살아 있는 건지도 몰라. 시내에서 못 봤어? 장례버스와 줄 서 있는 사람들. 나는 사실 좀 무섭더라.

감염될까 봐"

영미는 마트에 줄 서 있던 사람들의 기괴한 표정을 떠올렸다. 두려움마저 전염된 듯한 표정과 행동들. 그 사람들을 따라 물건을 산 것이 과연 옳은 일이었을까. 그 두려움이 사실로 확인됐을 때는 잘한 일이 되지만 사실이 아닌, 거짓이나 추측, 헛소문으로 판명됐을 때는 어리석은 일이 된다. 모든 일은 결과로 판단되니까. 다행히 마트 장보기는 잘한 일이 됐지만 그건 불안을 해소하고 싶어서였다. 사재기가 불안을 해결하는데 도움이 된다면 사재기는 불안을 해소하는 처방제가 된다.

중요한 것은 그 사람들 모두 자신도 모르는 사이 격리되었다는 사실이었다. 폭설로 인한 기지국 파손이라니, 뉴스에도 나오지 않는 그 사실을 양천 사람들은 믿을까. 어쩌면 뉴스보다 그 사실을 믿을지도 모른다. 폭설로 갇힌 것은 사실이니까. 눈앞의 진실을 외면하기란 쉬운 일은 아니다.

불현듯 영미는 사재기를 하지 않은 사람들이 걱정됐다. 모든 길이 통제돼 마트에서 더 이상 먹을 것을 판매하지 않는다면, 그들은 어떻게 되는 걸까? 우리는 괜찮은 걸까. 이곳에서 언제까지 지내야 하는 걸까. 만약 우리 중 누군가가 바이러스에 감염됐다면 치료도 받지 못한 채 죽어야 되는 걸까. 두려움이 엄습했다. 지금까지 겪었던 모든 일들이 아주 평범하게 느껴질 정도였다.

3

영미는 아무 것도 하고 싶지 않았다. 그 어떤 것에도 흥미가 없었다. 그녀의 관심사는 오로지 바이러스뿐이었다. 그녀는 채널을 돌려가며 바이러스에 관련된 뉴스만 보았다. 반복되는 내용임에도 늘 처음 듣는 것처럼 새로웠다. 아니, 새로운 소식을 듣기위해 뉴스를 봤지만 하루 종일 똑같은 내용만 이어졌다. 혹시라도 놓친 것이 없나, 주의를 기울였지만 놓친 것이 무엇인지조차 알지 못했다. 아마도 그녀는 양천에 대한 소식을 기다렸는지도 모른다. 어쩌면 대위의 말이 사실이 아니길 확인받고 싶었는지도 모른다. 하지만 며칠이 지나도 양천에 대한 소식은 들을 수 없었다. 소식을 알 수 없으니 더욱 불안했다. 양천 사람들은 잘 살아가고 있는 걸까. 우리는 어떻게 되는 걸까.

반대로 수연은 외부 소식에는 별 관심이 없었다. 그녀는 통신이 끊긴 이후 뉴스도 잘 보지 않았다. 밖으로 나가지도 못하는데 뉴스는 봐서 뭐해, 투덜거릴 뿐이었다. 그녀는 무료한 듯 책을 읽다가, 잠을 자다가, 라디오를 듣다가 생각난 듯 한 번씩 투덜거리고는 했다. 205호에서 화투를 발견한 후로 김 기사와 더불어 고스톱으로 소일을 했다. 이러다가 출장비 다 날리겠어, 한탄하면서도 무료함을 달래기엔 최고라며 고스톱을 찬양했다. 아마도 그녀는 지금도 화투에 빠져 있을 것이다. 요즘은 밥 먹는 시간만 제

외하고 늘 205호에 모이는 것 같았다. 유리도 가끔 끼는 듯했다. 그녀는 재인과의 동거가 불편해서 그들 사이에 끼는 것 같았다.

답답해진 영미는 로비로 나갔다. 정 일병이 보였다. 정 일병은 인공 야자수 앞에서 잎사귀를 뚫어져라 쳐다보고 있었다. 영미는 슬그머니 옆으로 가 소파에 앉았다. 정 일병은 그녀가 소파에 앉는데도 알아채지 못했다. 그의 시선은 오로지 나무의 줄기를 향해 있었다.

영미는 나뭇가지를 향해 시선을 옮겼다. 배배 꼬인 나뭇가지는 나무를 휘감으며 위쪽을 향해 뻗어 있었다. 마치 뱀이 똬리를 틀고 있는 듯 했다. 나뭇가지에는 작은 구멍이 수두룩했다. 그 구멍은 뱀눈 같았다. 누군가 새긴 게 분명해 보이는 갈색 눈. 홍채는 검은 점들이 그득했고 까만 동공은 블랙홀 같았다. 대위가 떠올랐다. 마치 높은 곳에서 모든 것을 투시하고 있는 듯한 눈빛, 자신이 절대자라도 된 듯한 표정.

갑자기 정 일병 손이 벌벌 떨렸다. 그는 손에 무언가를 꼭 쥐고 있었는데 커다란 바늘 같기도 했고 작은 드라이버 같기도 했다. 그가 손을 들자 손에 들고 있는 것이 보였다. 한 뼘 길이의 쇠꼬챙이였다. 그는 쇠꼬챙이로 나뭇가지를 꾹꾹 찔렀다.

영미는 자신도 모르게 탄식했다. 정 일병이 고개를 돌렸다. 그는 과부하에 걸린 기계처럼 잠시 그녀를 내려다보다가 정신이 돌아온 듯 쇠꼬챙이를 주머니에 넣었다. 당혹스런 빛이 역력했다.

그녀는 끈질기게 그를 살폈다. 가슴 밑바닥에 숨겨져 있는 원한의 강도와 성격에 대해 가늠하며. 그는 그녀의 눈을 피해 괘종시계를 바라보았다. 그녀는 무슨 말이든 해야겠다고 생각했다.

"저녁은 먹었니?"

"먹었습니다."

"안 상병은?"

"탑에 올라갔습니다."

"같이 보초 안 서?"

"요즘은 혼자 보초 섭니다. 대위님이 자유롭게 하라고 해서요. 곧 교대할 겁니다."

경직돼 있는 그의 모습이 안쓰러웠다. 아니, 깊은 원한에 사로잡혀 있는 듯한 그의 눈빛이. 영미는 자신의 얘기를 하기 시작했다. 그가 듣든, 듣지 않듯 상관없었다.

"나는 늘 삶의 온기 가까이 있고 싶었어. 그런데 바다 한가운데서 나무토막을 붙잡고 살아가는 기분이야. 정 일병은 그렇게 살지 않았으면 좋겠어."

정 일병이 그녀를 내려다보았다. 그녀는 뭔가 더 이야기를 나누고 싶었다. 어디 사냐고 물어볼까, 최가 늘 하는 것처럼 가족 관계를 물어보고 학교를 물어보고 여자 친구에 대해 물어볼까.

언뜻 최에게서 들었던 말이 생각났다. 정 일병은 외동아들에 서울에서 대학을 다녔다고 했다. 디자인이 전공인데 전공과 잘 맞지 않는다는 말도 들었다. 왜 전공과 맞지 않는지 물어 볼까. 하고 싶은 일이 무엇인지 물어볼까. 막 입을 열려는데 수연의 목소리가 들렸다.

"어, 정 일병, 205호로 커피 네 잔만 가져다줄래?"

수연이 계단 중간에 서서 손을 흔들었다. 정 일병은 난감하다는 듯 서 있었다.

"네가 가져가."

수연이 입을 삐죽이며 말했다.

"정 일병이 한두 번 커피 배달했나요? 갑자기 왜 그래요?"

영미는 정 일병을 쳐다보았다.

"정말이야?"

정 일병이 머리를 긁적였다.

"부탁을 거절하기가 좀 어려웠습니다. 이곳에 마냥 혼자 있는 것이 심심하기도 했습니다."

영미는 수연을 보며 말했다.

"앞으론 네가 해."

"알았다고요."

수연이 계단을 내려왔다.

"그만 하십시오, 제가 가져다 드리겠습니다."

정 일병이 식당 쪽으로 몸을 돌렸고 수연이 고맙다고 말한 뒤 재빨리 계단을 올라갔다.

수연의 모습을 보자 심란했다. 요즘 일을 안 해서인지, 너무 오랫동안 갇혀 있어서인지 모든 것이 엉망이었다. 규율이니, 선후배니 하는 것은 사라지고 지극히 일상적인 관계만 남은 것 같았다. 한숨이 절로 나왔다.

그때 안 상병의 말소리가 들렸다.

"뭐해, 정 마담. 얼른 커피 배달 가야지."

정 일병이 얼굴을 붉히면서 안 상병을 쳐다보았다. 항의하는 것 같기도 했고 그만 하라고 부탁하는 것 같기도 했다. 안 상병이 장난스럽게 말했다.

"밖에서 기다릴게. 배달하고 잠시 보자."

영미가 말했다.

"뭔데. 나도 가면 안 돼?"

"김 간호사님은 안 됩니다. 지금 시간이 밤 열시거든요. 외출은 군인들에게만 허용됩니다."

"그럼, 언제 탑 구경 좀 시켜 줄 수 있어?"

"네, 물론입니다."

안 상병이 능글능글 웃었다. 속을 알 수 없는 놈, 영미는 야자수를 향해 고개를 돌렸다. 구멍이 숭숭 뚫린 나뭇가지들이 눈에 들어왔다. 하늘을 향해 뻗어 있지만 결코 하늘에 닿을 수 없는 잔가지들. 마치 사람의 앙상한 손가락 같았다. 살려달라고 손 내미는 정 일병의 외침 같았다.

문득 농가에서의 일이 떠올랐다. 압착기에 넣어 나쁜 기억을 짜내버렸다고 생각했는데 또 다시 고이는 것 같았다. 언제쯤이면 기억에서 자유로워질까. 눈이 저절로 녹아내리듯 기억도 저절로 녹아버릴 수는 없는 걸까. 아마도 그럴 수 없을 것이다. 은호를 기억 속에서 지워버리기 전에는. 이렇듯 아파하면서 결혼까지 생각하고 있다니. 생각하면 할수록 한심했다. 자신을 지키기 위한 방법이 그를 사랑하는 척 연기하는 것이라니. 어쩌면 정 일병도 자신을 지키기 위한 수단으로 나뭇가지에 상처를 입히는 것인지도 몰랐다.

4

영미는 밤새 잠을 이룰 수 없었다. 위가 뒤틀리는 통증과 함께 두통이 밀려왔다. 식은땀이 온몸을 적셨다. 시계를 보았다. 새벽 세 시가 넘은 시각이었다. 그녀는 잠을 청해 보았지만 잠이 오지 않았다. 흉통은 점점 심해졌다. 통증을 진정시키려 가슴을 두드렸다. 몸에게 마음이 보내는 신호인 것처럼 간절하게. 그럼에도 통증은 나아지지 않았다. 치커바이러스인것은 아닐까. 시내에서 감염됐다면 지금쯤 증상이 나타날 시기였다. 대위가 이 사실을 알게 되면 어떤 조치를 취할까. 격리시킬까. 아니면, 감금. 어쩌면 별장 안 모든 사람들이 위험에 노출 된 것인지도 모른다. 대위에게 말할까. 일단 약을 먹고 기다려 볼까. 수연은 괜찮은 걸까. 괜찮을 것이다. 아직까지 방에 들어오지 않은 것을 보니. 아마도 205호에서 화투를 치고 있을 것이다.

영미는 헛구역질을 했다. 자꾸만 목구멍으로 무엇인가가 넘어오려 했다. 체온계와 해열제, 진통제가 필요했다. 그녀는 자리에서 일어나려고 안간힘을 썼다. 자꾸만 몸이 고꾸라졌다. 온 몸이 허공 속에 붕 떠 있는 것 같았다. 이불 속에서 버둥거리는데 이상한 소리가 들렸다. 달그락 달그락, 문 두드리는 소리 같기도 했고 열쇠 따는 소리 같기도 했다. 어쩌면 바람 소리인지도 몰랐다. 복도 창문이 열려져 있는 걸까. 아니면 다른 곳에서 나는 소리일까. 영미는 소리에 귀를 기울였다. 달칵, 소리와 함께 누군가 안으로 들어왔다. 수연일까. 아니, 수연은 아니었다. 조용하지만 묵직한 소리였다. 발소리가 잠시 숨을 죽이고 멈춰 있다가 조용히 걸음을 옮겼다.

발소리가 그녀 앞에서 멈췄다. 몸을 낮추더니 그녀의 얼굴 가까이 자신의 얼굴을 갖다 댔다. 아마도 잠을 자는지 확인하는 것 같았다. 그녀는 새근새근, 숨소리를 냈다. 발소리가 몸을 일으키더니 서랍장 쪽으로 걸어갔다. 그녀는 슬며시 눈을 뜨고 발소리를 쳐다봤다. 창문 틈으로 들어오는 불빛에 사람의 형체가 희미하게 보였다. 대위였다. 큰 키에 다부져 보이는 체격, 유난히 넓은 어깨. 틀림없었다. 대위는 서랍장 문을 열더니 안을 뒤져 속옷을 꺼냈다. 속옷을 달빛에 비춰보더니 주머니에 구겨 넣고 밖으로 나갔다. 조용히 문이 닫혔다.

내가 잘 못 본 것일까. 그래, 식은땀에 열까지 있으니 환청에, 환각까지 생긴 거야. 계속 대위 생각만을 했으니 헛것이 보인 것뿐이야. 그녀는 생각했다. 이 증상은 치커바이러스가 틀림없었다. 대위에게 말해야 했다. 다른 사람에게 피해를 주는 일 따위는 없어야 했다. 나는 어떻게 될까. 격리 당한 채 아무도 모르게 죽음을 맞이해야 하는 걸까. 이곳은 치료 시설이 없으므로 그게 최선의 방법일 것이다. 혼자서 죽는 일만큼은 피하고 싶었다. 하지만 그건 나중의 일이었다. 우선 감추지 않고 솔직하게 고백하는 것이 먼저였다.

문득, 재인과의 대화가 떠올랐다. 물품 음란증에 관한 정신병리학적 문제들. 대위가 정상이 아니라면. 내가 본 것이 사실이라면, 대위는 정신적으로 문제가 될 만한 일을 겪었던 것인지도 모른다. 과연 대위에게 우리들의 안위를 맡겨도 되는 걸까.

물론 사람은 누구나 약간의 문제를 가지고 있었다. 평범한 듯 특별해 보이는 개인적 문제들. 만약 대위의 문제가 크게 염려할 것이 없는 단순한 증세라면. 내면화된 개인적 취향이라면 인정해줘야 하지 않을까. 대위의 문제를 특별함으로 취급한다면 수연도, 유리도 문제들을 가지고 있는지도 몰랐다. 수연은 남자와의 연애를 6개월 이상 지속하지 못했으며, 이별 후 혼자 있는 기간도 2주일을 넘기지 못했다. 마치 남자친구가 자신의 생존 조건이라도 되듯 남자에게 매달렸다. 유리는 오만함과 교만함으로 똘똘 뭉쳐 있었지만 그것 또한 버려진 것에 대한 방어기제 일지도 몰랐다.

또 다시 흉통이 시작됐다. 숨 쉬는 것조차 힘들었다. 영미는 힘겹게 자리에서 일어나 서랍장에서 비상 약을 꺼냈다. 물이 없었다. 그녀는 스웨터를 걸쳐 입고 주머니에 약을 넣었다. 휘청거리며 밖으로 나갔다. 계단을 내려가는 길이 꼬불꼬불한 산속 길을 걷는 것만 같았다. 누군가 곁에서 부축해 주었으면 싶었다. 겨우 로비로 내려가 약을 털어 넣고 물을 마셨다. 팔다리의 힘이 빠졌다. 그녀는 의자에 주저앉아 이마에 흘러내린 땀을 닦았다.

바람 소리가 들렸다. 바람은 폭풍 같은 소리를 냈다. 바람이 휘돌아 나갈 때마다 창문이 깨질 듯한 소리를 내며 흔들거렸다. 어딘가에서 짐승 우는 소리가 들렸다. 눈이 오면 사슴이랑 노루, 멧돼지가 별장 앞을 어슬렁거린다고 박 상병이 말했다. 어쩌면 멧돼지인지도 몰랐다. 멧돼지를 생각하자 좀 무서웠다.

영미는 천천히 걸음을 옮겼다. 어딘가에서 수연의 웃음소리가 들렸다. 205호에서 고스톱을 하고 있는 줄 알았는데 아닌 모양이었다. 소리는 체력 단련실 쪽에서 흘러 나왔다. 이 늦은 시간까지 뭘 하는 걸까. 운동하는 걸까. 수연과 함께 방으로 갈까. 그녀는 힘겹게 걸음을 옮겼다. 체력 단련실 문을 열었다. 어스름한 불빛 아래 수연과 박 상병이 있었다. 수연은 윗 가슴이 드러나 있었고 박 상병이 수연의 가슴에 얼굴을 묻고 있었다. 수연이 간지럽다는 듯 웃었다. 그녀는 조용히 문을 닫았다.

계단을 향해 발걸음을 옮겼다. 다리가 후들거렸다. 그녀는 계단에 주저앉았다. 로비 뒤쪽 문이 덜렁거렸다. 요란한 소리가 났다. 문은 닫힐 듯 닫히지 않았고, 바람이 불 때마다 불안스럽게 쿵쾅거렸다. 그 소리가 신경을 거슬렸다. 심장이 쿵쾅쿵쾅 곤두박질치는 듯했다. 쿵쾅쿵쾅, 영미는 더 이상 참을 수가 없었다. 계단 난간을 잡고 일어서서 문을 향해 걸음을 옮겼다. 곧 숨이 멎을 듯 가슴이 오그라들었다. 문을 닫으면 가슴의 소란도 사라질 것 같았다.

문 앞에 도착했다. 문을 닫으려는데 말소리가 들렸다. 화가 많이 난 듯한 목소리였다. 영미는 문고리를 잡고 밖을 내다보았다. 안 상병이었다. 안 상병이 정 일병 멱살을 잡고 후려쳤다. 그래도 분이 안 풀리는지 옆구리를 걷어찼다. 정 일병은 쓰러질 듯 위태롭게 서 있다 눈 위로 고꾸라졌다. 안 상병이 숨을 몰아쉬었다.

"이 자식이, 너 내가 몇 시까지 오라 했어? 십 분이나 날 기다리게 해. 십 분이 얼마나 긴 시간인지 느끼게 해 주지."

안 상병이 정 일병의 정강이를 걷어찼다. 정 일병이 안 상병을 노려보았다.

"눈 내리깔아."

안 상병은 문 앞에 비스듬히 놓여 있던 삽을 집어 들었다. 그리곤 삽으로 정 일병의 등을 내리쳤다. 정 일병이 배를 움켜잡았다.

"그러니까, 좋게 말할 때 들었어야지."

갑자기 안 상병이 정 일병의 얼굴을 토닥거렸다. 정 일병이 뿌리치자 그는 삽의 뾰족한 부분으로 그를 톡톡 건드렸다. 등과 허리와 다리와 발목, 머리와 목 언저리를. 정 일병이 몸을 움츠렸다. 안 상병이 나무를 가리키며 말했다.

"저리로 가."

정 일병이 비틀거리며 일어섰다. 안 상병이 노끈으로 정 일병을 나무 기둥에 꽁꽁 묶었다. 그리고 바지를 벗겼다. 정 일병은 치욕스럽다는 듯 몸을 떨었다. 곧 뭔가가 기억났다는 듯 주머니에 손을 집어넣으려 안간힘을 썼다. 하지만 맘대로 되지 않는 듯했다. 몸을 움직이면 움직일수록 끈이 더 조여 오는지 인상을 썼다. 안 상병이 말했다.

"어디서 인상을 써. 지각한 벌이다. 30분만 여기 있어라."

바람이 문을 밀어 쾅, 소리가 났다. 소리는 별장을 흔들 듯 요란했다. 문이 닫혔다.

영미는 헛구역질을 했다. 뭔가가 속에서 부글부글 끓어올라 자신의 몸을 불태우는 것 같았다. 식도와 입안이 타 들어갈 것처럼 아팠다. 우욱 소리를 내며 안에 있는 것을 비워내려 했지만 음식물은 나오지 않았다. 붉은 피만 한 움큼 쏟아졌다. 머리가 핑 돌았다. 눈앞이 희뿌옇게 변했다. 대리석 바닥이 얼굴에 달라붙었다. 영미는 바닥을 떼어내려 했지만 바닥은 얼굴에서 떨어지지 않았다. 갑자기 졸음이 쏟아졌다. 눈을 감았다.

5

눈을 떴을 때 영미는 천정의 꽃무늬 벽지가 자신에게로 쏟아진다고 느꼈다. 벽지에는 녹색 바탕에 흰 꽃들이 새겨져 있었는데, 그곳에서 가느다란 빛이 새어나왔다. 빛은 흰색이었다가 노란색이었다가 녹색으로 바뀌었다. 빛들이 춤을 추었다. 흰색과 노란색과 녹색이 섞여 연두 빛이 되었다가 붉은 빛이 되기도 했다. 정신이 혼미했다. 오한이 일었고 식은땀이 났다. 가슴을 쥐어짜는 듯한 통증은 일정한 간격을 두고 주기적으로 반복됐다. 자꾸만 구토감이 일었다. 걱정스럽다는 듯 수연이 말했다.

"좀 괜찮아요? 겉옷도 안 입고 잠옷 차림으로 돌아다니면 어떡해요? 독감에 걸렸잖아요."

수연의 목소리가 분명한데도 다른 사람이 말하고 있는 것 같았다. 수연이 조심스럽게 말했다.

"선생님, 괜찮아요. 물 좀 드실래요?"

영미는 고개를 끄덕였다. 수연이 그녀를 부축했다. 벽에 기대

앉아 물을 마셨다. 목이 따끔거렸다. 물을 삼키는 것조차 힘겨웠다.

"무슨 잠을 그렇게 오래 자요? 지금 몇 신줄 알아요? 오후 8시예요. 거의 16시간을 내리 잤어요. 뭐 좀 먹을래요?"

수연이 미음을 떠먹여 주었다. 음식물이 들어가자 조금 살 것 같았다. 수연의 얼굴이 눈에 들어왔고, 꽃무늬 벽지도 제대로 보였다.

"도대체 그 시간에 왜 그곳에 있었던 거예요?"

새벽에 일어났던 일이 환시이거나 환청인 줄 알았다. 수연의 말을 듣고서야 영미는 희미하게 전 날 밤 일이 떠올랐다. 하지만 자신이 본 것이 사실인지 확신이 서지 않았다.

"머리가 아파서 약 먹으려고."

"많이 아팠죠? 어찌나 놀랬던지."

"넌 어디 있었던 거야?"

"205호에 있었지요."

"그랬구나. 걱정했잖아."

"선생님, 정말 괜찮죠? 혹시 치커바이러스 일까봐 걱정 했잖아요. 하지만 그날 같이 외출했던 사람들 모두 괜찮은 걸 보면 아닐거예요. 만일 선생님이 감염됐다면 저희들도 증상이 있어야 하잖아요. 아닐 거예요. 잠복기가 2주일이라고 하는데 우린 2주일이 지났잖아요. 아니겠죠? 선생님만 아프다는 게 말이 안돼요. 아닐

거예요. 증상이 심해지면 3일 안에 코피를 쏟는다고 했잖아요."

수연은 치커바이러스가 아닌 이유에 대해 설명했지만 그녀가 아니라고 말하면 말할수록 치커바이러스인 것만 같았다. 그럼에도 영미는 의구심이 일었다. 아픈 사람이 자신 밖에 없다는 사실이. 왜 다른 사람들은 괜찮은 걸까. 수연과 유리, 김 기사와 최, 그들도 지금쯤이면 증상이 발현돼야 했다. 어쩌면 수연 말대로 지독한 독감에 걸린 것은 아닐까. 그것이 아니라면 별장 안 사람들 모두 바이러스에 이미 노출된 것인지도 몰랐다. 치료를 받지 못한다면 우리 중 일부는 죽게 될 것이다.

노크 소리가 들렸다. 곧 유리와 재인이 들어왔다. 그녀들은 근심스런 얼굴로 영미를 내려다보았다. 자리에 앉자마자 재인이 체온계로 열을 체크했다. 재인이 심각한 얼굴로 말했다.

"어쩌면 좋아. 아직 38도야. 토할 것 같고 배도 아플 거야. 빨리 가라앉아야 할 텐데. 그나저나 왜 앉아 있는 거야."

"미음을 먹느라고요."

수연의 대답에 재인이 말했다.

"누워 있어."

영미는 자리에 누웠다. 유리가 얼음 팩을 수건에 싸 머리에 얹어 주었다.

"열이 내리면 괜찮을 거야."

재인이 낮은 음성으로 말했다.

수연이 얼음 팩을 보면서 물었다.

"얼음 팩은 어디서 가져온 거예요?"

"어디긴, 헌혈버스에 있잖아. 응급처치에 필요한 것은 다 있어. 수혈이 필요하면 혈액형 검사를 해서 피를 공급해줄 수도 있지."

영미는 눈물이 핑 돌았다.

"고마워요."

"왜 그래, 쑥스럽게. 내가 아프면 모른 척 할 거야?"

재인이 말했다. 영미는 그동안 술을 마신다는 이유로 그녀를 오해하고 알콜 중독자로 몰아간 것은 아닌가 하는 생각이 들었다. 앞으로는 소문만으로 사람을 추측하고 속단하는 일은 하지 말아야겠다고 생각했다.

유리가 영양제를 옷걸이에 매달았다. 의료용 트레이 위에 알콜 솜과 24게이지 바늘이 놓여 있었다. 재인이 영미의 팔에 바늘을 꽂았다. 영양제의 속도를 조절하면서 말했다.

"이거 맞고 한숨 자고 일어나면 괜찮을 거야."

"저, 방 따로 써야 하는 것 아니에요?"

"왜?"

"전염될까 봐요."

"괜찮아. 치료하면 되지. 우린 간호사잖아. 필요한 상비약도 있고. 우리끼리 믿고 의지해야지."

재인이 영미를 꼭 안아주었다. 그 순간 그녀는 '나는 치커바이러스가 아니구나' 하는 엉뚱한 생각이 들었다.

재인이 텔레비전을 켰다. 9시 뉴스가 나오고 있었다. 국내 확진자가 2만 명을 넘어섰다고 아나운서가 말했다. 양천 지역에서도 50여 명의 확진자가 발생했고, 군부대 내에서도 10여명의 확진자가 나왔다. 전국적으로 확산되는 속도가 점점 빨라졌다. 외국도 심각했다. 모든 국가들이 출입국을 금지했고 자가 격리를 의무화 했다. 군인과 경찰이 시민을 감시하고 통제하는 나라들이 늘어갔다.

"이 안에 있는 게 잘된 일일까요? 양천에서 사람들이 죽어가고 있는데 안전하게 지낼 곳이 있다는 게 안심이 되기도 하고. 정말 모르겠어요. 마음이 왜 이렇게 변덕스러운지."

수연의 말에 재인이 대답했다.

"우리한텐 잘된 일이야. 나는 그렇게 생각해. 만약 다른 곳에 머물렀다면 이 보다 더 상황이 안 좋았을 거야."

"그랬겠죠."

수연이 혼잣말처럼 중얼거렸다.

영미는 정신이 아득해졌다. 잠시 잠잠했던 흉통이 다시 시작됐다. 벽지의 꽃들이 노란색으로 보였고, 곧 숨이 멎을 듯 가슴이 답답했다. 이대로 죽는다고 생각하니 좀 억울했다. 차라리 양천 시내에서 사람들을 치료하다 죽었어야 했다. 그랬더라면 영웅은 되지 못하더라도 의인은 될 수 있었을 것이다. 죽어가고 있다는 사실보다 이대로 아무것도 모른 채, 무엇 때문에 죽는 지도 모른 채 죽는다는 사실이 더 무서웠다. 살아난다면, 이 아픔에서 벗어난다면 무엇이든 할 수 있을 것 같았다. 영미는 재인을 보며 말했다.

"살려 주세요. 너무 아파요."

재인이 주사를 꺼냈다.

"진통제야. 곧 괜찮아 질 거야."

그날도, 그다음 날도, 그 이후로도 며칠 동안 주기적인 흉통을 겪으며 영미는 열에 들떠 지냈다. 차라리 죽어버릴까, 싶은 순간도 있었다. 하지만 그녀는 삶에 대한 애착이 심한 편이었다. 은호에게 납치당해 삼일을 갇혀 지냈을 때도 그녀는 희망을 버리지 않았다. 끝내 버릴 수 없었던 삶에 대한 의지가 그녀를 살게 했고, 거짓말을 하게 했고, 은호에게 돌아가게 했다. 이렇게 허무하게 죽어버릴 수는 없었다. 그녀는 아주 평범하게 오래도록 살고 싶었다. 결혼도 하고 싶었고 아이도 낳고 싶었다.

6

영미는 수연과 함께 식당으로 내려갔다. 수연은 더 쉬라고 말했지만 바깥 공기가 그리웠다. 좀 더 솔직하게 말하자면 별장 구석구석은 물론 방과 몸 전체를 소독기에 넣어 돌리고 싶은 심정이었다. 그녀 자신이 내뿜는 호흡이 감염인자가 되어 별장 곳곳에서 바이러스를 퍼트릴 것만 같았다. 하지만 내색할 순 없었다. 그 말을 내뱉는 순간 확진자로 분류될 것만 같았다. 어딘가에 감금당한 채 홀로 외로이 죽어갈 것만 같았다.

만약 진단시트가 있었더라면 어땠을까. 재인이나 수연이 검사를 진행했을 테고, 아마도 그녀는 확진되었을 것이다. 어쩌면 지금 검사를 할 수 없는 상황이 다행인 지도 몰랐다. 검사를 하기 전까지는 속단할 수 없으니까. 어쨌든 열도 내렸고 흉통도 사라졌다. 식은땀도 나지 않았다. 기분은 상쾌했고 맛있는 음식이 먹고 싶었다. 달콤한 케이크나 마카롱 같은 것. 피자나 통닭, 닭발 같은 음식이 그리웠다.

식당 안에서는 김 기사와 최, 정 일병과 안 상병이 식사하고 있었다. 영미는 그들의 반찬을 힐긋거렸다. 반찬은 김치와 뭇국, 스팸뿐이었다. 다른 반찬은 보이지 않았다. 뭔가 맛있는 반찬을 기대한 그녀는 실망스러웠다. 그나마 다행인 것은 스팸이라도 있다는 사실이었다. 그녀는 식판 위에 음식을 담았다.

곧 박 상병이 나왔다. 그는 식판을 들고 수연에게로 오더니 수연의 한쪽 팔을 슬며시 잡았다. 수연은 눈을 흘기며 박 상병 허리에 자신의 엉덩이를 슬며시 부딪쳤다. 영미는 주위를 돌아봤다. 누가 볼까 걱정됐지만 아무도 관심을 갖지 않았다.

영미는 빈 테이블에 앉았다. 수연이 환하게 웃으며 옆자리로 와 앉았다. 박 상병은 앞자리에 앉았다. 그가 최를 보며 말했다.

"오늘로써 음식 재료가 모두 떨어졌어요. 쌀과 김치가 아직 좀 남아 있기는 하지만 곧 떨어질 거예요."

"걱정되네. 남은 음식을 계산해서 배분해야 하는 것 아니야."

"그러지 않아도 됩니다. 대위님께서 아끼지 말라 하셨습니다."

"거의 다 먹었다면서. 모두 다 함께 굶어죽자는 거야?"

"저도 잘 모릅니다. 다만 대위님이."

"자네는 알지도 못하면서 앵무새처럼 종알대는 거야."

"대위님께서…… 알려주시겠지요."

"그 놈의 대위, 대위, 귀에 딱지 않겠어. 어휴 빨리 이곳에서 나가야지. 내가 꼭 그 놈의 부하가 된 것 같다니까."

"듣기 거북합니다. 막말은 하지 않았으면 좋겠습니다."

정 일병이 말했다.

"내가 언제 막말을 했다고 그래. 이건 막말이 아니라 진담이야."

최의 말에 정 일병의 시선이 흔들렸다. 그는 무슨 말인가를 하려다 문 쪽으로 시선을 던졌다. 재인과 유리가 들어오는 중이었다. 유리는 주위를 둘러보다 박 상병을 발견하고 잠시 멈칫했다. 회피라기보다는 동정에 가까운 태도였다. 박 상병은 몸을 움찔하면서도 눈만은 유리를 좇고 있었다.

정 일병이 잠시 숨을 가다듬은 후 말을 이었다.

"최 선생님, 어른이면 어른답게 행동하십시오."

"뭐?"

최가 자리에서 벌떡 일어났다. 식판이 옷자락에 걸려 엎어졌다. 국물이 테이블을 적시며 바닥으로 흘렀다. 최가 얼굴을 찌푸렸다. 안 상병이 자리에서 일어섰다. 재빨리 휴지를 건네며 정 일병에게 눈짓을 했다. 정 일병은 그 자리에서 꼼짝도 하지 않고 앉아 있었다. 안 상병이 명령조로 말했다.

"정 일병, 사과해"

정 일병은 고집스레 앉아 있었다. 안 상병이 재차 말했지만 그는 대답하지도, 움직이지도 않았다. 해볼 테면 해보라는 듯이. 안 상병의 눈빛이 흔들렸다. 안 상병이 말했다.

"지금부터 식판을 치운다. 실시."

안 상병이 둘만의 신호인 듯, 엄지와 검지 손가락을 펴 총 쏘는 흉내를 냈다. 마치 폭력이 아니고서는 대화를 하지 못하는 사람처럼 서툴고 어색해 보이는 동작이었다. 정 일병은 곧 바로 반응했다. 자리에서 벌떡 일어나 최의 식판을 주웠으며 음식물 분리수거까지 했다. 뿐만이 아니었다. 정 일병은 김 기사와 수연과 안 상병의 식판까지 깔끔하게 치웠다. 사람들은 당연하다는 듯 그가 자신의 식판을 가져가도록 내버려두었다. 마치 손님과 종업원처럼. 어느새 그는 우리 모두의 일병이 되어 있었다.

수연이 시계를 보더니 텔레비전을 켰다.

"뉴스 시간이에요."

다들 자리에 앉아 텔레비전을 시청했다.

마침 양천 지역에 대한 뉴스가 나오고 있었다. 양천에서는 어젯밤 폭설로 인해 산사태와 주택, 도로가 유실됐다고 아나운서가 말했다. 무너진 인가와 건물이 50채가 넘으며 사망자를 구조할 수 없는 상태라고 전했다. 또한 축사가 무너져 가축들까지 떼죽음을 당했으며 치커바이러스 확진자도 2백여 명을 넘어섰다고 보도했다.

현재 군인들이 투입돼 무너진 주택과 건물을 수색하며 사망자를 찾아내고 있지만 장례를 치를 형편이 못 돼 공동묘지에 묻고 있다는 말도 전했다. 사망자 가족들에게는 사망통지서를 보낼 것이며, 치커바이러스가 잠잠해진 후 공동 장례식을 치를 계획이라고 했다. 가족들은 국가 비상사태에 개인적 감정으로 이기적 행동을 하기 보다는 이타적 행동으로 위기 상황을 이겨낼 수 있도록 협조 바란다는 당부도 했다.

뭔가 이상했다. 시간이 뒤죽박죽 엉킨 것 같았다.

"폭설로 인한 산사태라니요. 그건 열흘 전이잖아요."

수연이 말했다. 수연의 말대로라면 그동안 산사태나 폭설 따위는 없었다.

언제 왔는지 대위의 말이 들렸다. 그는 마치 이 모든 사항을 알고 있다는 듯 말했다.

"맞아요, 열흘 전. 하지만 어제도 눈이 내렸죠. 양천의 축사들과 집 몇 채가 무너진 것도 어제였어요. 정부 발표가 모두 거짓인 것은 아니죠. 다만 무너진 집에는 죽은 자들이 방치된 채 있었습니다. 축사를 관리할 사람이 없어 동물들이 굶어 죽어갔죠. 축사 밖으로 탈출한 동물들도 있었습니다. 그런 집과 축사만을 골라 눈사태를 가장해 무너뜨린 거예요. 펑, 펑, 펑. 폭발음이 굉장했죠. 도시를 뒤흔들 정도였답니다. 누가 그랬을까요?"

영미는 대위의 입만을 쳐다보았다. 그가 말했다.

"이 지역 거주자는 대부분 노인들입니다. 카페 사장도, 모텔 주인도, 마트 사장과 직원들도 대부분 노인들이죠. 젊은 사람은 20%도 채 되지 않습니다. 그나마 주말이면 군인들과 그들을 면회 온 사람들로 인해 거리가 활기를 띄지만 평일 거리는 한산합니다. 모든 것이 아주 느리고 답답하게 흘러가죠. 그들 중 대부분은 정부의 말을 맹신하고 규칙을 준수하며 순응합니다. 전쟁을 겪었거나 전쟁에 대해 알고 있는 세대니까요. 아마도 자가 격리 중에 많은 노인들이 죽어갔을 겁니다. 시신들 썩는 냄새가 양천시를 뒤덮었죠. 더 이상 감출 수 없는 지경이 되자 정부에서 머리를 굴린 거죠. 자신들의 과오를 들키지 않고 확진자 수를 늘리지 않으면서 은밀하게 처리할 수 있는 방법을 찾은 겁니다. 어떻게 그런 일이 가능하냐고요? 이곳은 밖으로 나갈 수도, 안으로 들어

올 수도 없는 곳입니다. 폭설로 인한 도로 유실, 아주 좋은 핑계거리죠. 의료시스템이 마비된 게 아니라 시스템을 마비시킨 거라고 말할 수 있습니다. 왜냐하면 모든 사람들을 방치하는 건 아니기 때문입니다. 검사하러 오는 사람들 중 완치율이 높은 사람들 위주로 병실에 입원시킵니다. 병실이 모자란다고요? 물론 그 말도 맞습니다. 하지만 다분히 정부 의도가 깃든 겁니다. 133으로 전화를 하면 나이와 성별, 증상을 묻습니다. 가까운 의료기관을 추천해 주는 경우도 있지만 대부분 집에서 격리하라고 얘기합니다. 자 질문, 어떤 사람들에게 의료기관을 추천해 줄까요? 또 어떤 사람들에게 자가 격리하라고 말할까요? 아시겠습니까? 지금 우리가 처한 상황을. 정부의 문제점은 초기 대응의 실패, 바로 그 증거가 양천인 셈입니다. 이로써 정부는 자신들의 잘못을 은폐하고, 방역시스템과 의료시스템이 제대로 돌아갈 수 있게 만든 거죠. 여러분은 행운인 줄 아십시오."

다들 조용했다. 뭔가 생각이 있는 듯했지만 섣불리 자신의 생각을 말하지 못했다. 정부 발표가 비록 열흘이나 늦었지만 산사태로 인해 주택과 도로, 축사가 붕괴됐다는 대위 말은 사실이었다. 다만 그 사실을 정부에서 교묘하게 조작했다는 게 영 꺼림칙했다. 정부 발표를 믿지 못한다면 앞으로 모든 것을 의심해야 했다. 숨겨진 저의를 파악하기 위해 애써야 했다. 머리가 지끈거렸다. 우리는 집으로 갈 수 있는 걸까.

재인이 물었다.

"먹을 것이 떨어져 간다고 들었어요. 우리는 이제 어떡해야 하는 거죠?"

대위가 말했다.

"사냥을 할 겁니다."

"네?"

"그 전에 해야 할 일이 있습니다. 오늘 우리는 밖으로 나가 별장 앞 철문 쪽에 담을 쌓을 것입니다."

"네?"

"담은 눈으로 쌓을 겁니다. 별장 마당에 있는 눈을 모두 철문 앞으로 옮깁니다. 그 위에 물을 끼얹으면 밤사이 기온이 떨어져 얼게 됩니다. 우리는 아무도 침입하지 못하는 우리들만의 성을 갖게 되는 셈이죠."

"왜 그래야 되는 거지? 그건 노동력 낭비 같은데."

최였다. 대위는 최의 말을 무시한 채 말을 이었다.

"질문은 받지 않습니다. 지금부터 모두 밖으로 나갑니다."

대위의 눈빛은 거역하기 어려운 강력한 힘을 내포하고 있었다. 그들은 모두 이끌리듯 밖으로 나갔다.

정 일병이 비품실에서 군인용 점퍼와 장갑, 모자, 삽을 가지고 나왔다. 각자 옷을 입고 삽을 하나씩 들었다. 대위가 영미를 보면서 말했다.

"김 간호사님은 쉬셔도 됩니다. 아직 몸이 회복되지 않았을 테니까요."

"바깥바람이 그리워서요. 그냥 구경하고 싶은데, 안 될까요?"

"그렇게 하십시오."

최가 끼어들었다.

"저, 이 대위. 어제 저녁부터 몸이 으슬으슬하고 열도 나는 것 같은데, 나도 좀 쉬면 안 될까?"

대위가 다가왔다. 손등으로 최의 이마를 짚어보더니 말했다.

"걱정 마십시오. 쓰러지면 잘 치료해 드리겠습니다."

최는 무어라 말하려 했지만 대위의 기세에 눌려 삽을 들었다.

수연과 재인, 유리가 리어카에 눈을 담으면 정 일병과 안 상병이 철문 앞으로 가져가 눈을 부었다. 박 상병과 김 기사가 쏟아부은 눈을 편평하게 고르는 작업을 했다. 최는 투덜대며 유리 옆에 서서 눈을 폈다. 대위는 그 모든 일을 지켜보며 군용 의자에 앉아 있었다.

영미도 대위 옆에 놓인 군용 의자에 앉아 그 모든 광경을 지켜보고 있었다. 가만히 있자니 누가 열심히 일하는 지, 누가 일하기 싫어하는 지, 누가 딴 생각을 하는지 훤히 들여다보였다.

원형감옥이 생각났다. 영국의 한 철학자가 죄수를 효과적으로 감시할 목적으로 고안해 낸 감옥. 건물을 원형으로 지어 죄수들의 방을 배치한 후, 한 가운데 망루를 설치해 그 안에서 모조리

들여다볼 수 있는 구조의 감옥이었다. 감시창은 밖에서 볼 수 없도록 어둡게 만들어 죄수들은 감시자가 없어도 불안에 떨 수밖에 없었다.

대위가 우리를 효과적으로 감시하고 처벌하기 위해 감옥을 만드는 것은 아닐까 하는 생각이 들었다. 우리는 이미 감옥 안에 있는데도 불구하고 대위는 더 단단한 감옥을 지으려 하는 것이다. 바깥으로부터 우리를 지킨다는 말은 어쩌면 정부 발표처럼 주객이 전도된 상황인지도 몰랐다. 아니다, 대위를 믿어야 했다. 위기 상황임이 분명했고 대위는 아직 우리에게 그 어떤 위협도 가하지 않았다.

영미는 대위를 힐긋 보았다. 그는 볼이 발그레해져 유리만을 보고 있었다. 그 눈빛에는 자기애가 듬뿍 담겨 있었다. 그가 지키려는 것이 유리였을까. 아니면 다른 무엇? 별안간 열에 들떠 헛것을 보았던 밤, 살며시 방에 들어왔던 대위의 모습이 생각났다. 그 밤, 본 것은 무엇이었을까. 속옷이 없어진 건 확실했다. 다만 확신할 수 없는 건 기억이었다. 영미는 아직도 그날 밤 자신이 본 것이 꿈인지 현실인지 구분할 수 없었다.

어느새 대위의 시선은 수연에게로 옮아져 있었다. 유리를 보는 것과는 다른 눈빛이었다. 유리를 보는 시선이 경탄이라면 수연을 보는 시선은 욕망이었다. 작지만 글래머한 몸을 가진 수연은 종종 남자들의 시선을 받고는 했다. 그녀는 그 시선을 늘 불쾌하게 여겼다. 대위는 탐욕스러운 시선으로, 마치 수연의 몸을 발 가벗기려는 듯 샅샅이 훑고 있었다. 영미는 왠지 모를 불안감을 느꼈다. 앞으로 예상하지 못할 일이 닥쳐올 것만 같았다. 치커바이러스보다 더 무서운 일이.

7

드디어 담이 완성됐다. 하얗게 쌓아올린 담은 철문보다 높았고 철문마저 막아버렸다. 격리가 끝나면 언제든 나갈 수 있을 거라 믿었는데 이제는 그것마저도 박탈당한 것 같았다.

대위는 흡족한 표정으로 얼음 담을 바라보며 말했다.

"그동안 고생하셨습니다. 오늘은 사냥을 할 겁니다. 여러분은 맛있는 고기를 먹게 될 것입니다."

사냥이라는 말이 생소했지만 영미는 질문하지 않았다. 대위에 대한 막연한 두려움이 앞섰기 때문이었다. 하지만 최는 연장자로서의 의무감과 출장 팀 팀장으로서 자신의 위치를 자꾸만 확인받고 싶어 했다. 최가 질문했다.

"어떻게 하겠다는 거지? 덫이라도 놓을 셈인가? 아니면……."

대위가 최에게 총을 겨누며 말했다.

"이 총으로."

최가 뒷걸음질 쳤다.

"총을 막 쏴도 되는 거야? 탄약은? 그것 다 나라 재산이잖아. 카운트 안 해?"

"제가 알아서 합니다."

"뭘 알아서 한다는 거야? 걱정되니까 묻는 건데."

최는 자신의 말에 동조해 달라는 듯 주위 사람들을 쳐다보았다. 김 기사는 먼 산을 바라보고 있었고, 재인은 신발 앞코로 바닥의 눈을 파헤치고 있었다. 유리와 수연은 오직 대위만을 바라보고 있었다. 안 상병과 정 일병은 총을 들고 당장이라도 쏠 듯한 자세로 서 있었다.

대위는 높낮이가 없는 차분한 음성으로 말했다.

"이봐, 최 팀장. 죽고 싶지? 죽고 싶어 미치겠지? 너 하나쯤 죽여도 아무도 몰라. 나는 그저 보고만 하면 돼. 뭐라고 보고 할까? 치커바이러스로 인해 죽었다고 할까. 아니다. 산사태로 인해 매몰되었다고 해야겠어. 아니지. 양천을 강타한 원인불명의 병으로 죽었다고 하는 게 좋겠어. 내 말 똑똑히 들어. 지금부터 내 말에 불복종하거나 딴지를 걸면 바로 당겨버릴 거니까."

최는 순간적으로 뭔가를 알아차린 것 같았다. 이곳이 군 별장이라는 것, 아무도 도와줄 사람이 없다는 것, 어쩌면 쥐도 새도 모르게 죽을 수도 있다는 사실을. 그는 겁에 질린 얼굴로 가만히 서 있었다. 대위가 말했다.

"대답 안 해? 알겠어?"

최가 고개를 끄덕였다.

"목소리가 안 들린다. 다시."

"알겠어."

"소리가 작다. 다시."

"알겠다고."

"존댓말로 대답한다. 실시."

"네."

최의 목소리는 들릴 듯 말 듯했다. 대위가 말했다.

"전부터 얘기하고 싶었는데 네가 뭔데 반말이야? 네가 뭔데 내게 이래라 저래라 하는 거냐고. 지금부터 나이, 지위, 성별, 상관없다. 알겠나?"

"네, 충성."

정 일병이 대답했다.

"한 사람 목소리밖에 안 들린다. 알겠나?"

"네, 충성."

안 상병과 박 상병이 큰 소리로 대답했다. 다른 사람들은 그들의 목소리에 자신의 목소리를 실었다. 그 중 최의 목소리가 가장 쩌렁쩌렁했다. 최는 본능적으로 위험을 감지했는지도 몰랐다. 대위가 말했다.

"그 증거로 오늘부터 정 일병이 내 다음이다. 나의 모든 명령과 지시는 정 일병을 통해 전달할 것이다. 알겠나?"

"네, 충성."

안 상병의 얼굴이 기묘하게 일그러졌고 정 일병의 얼굴에서는 빛이 났다. 억압에서 해방된 듯한 표정이었다. 아니, 그의 표정은 쇠꼬챙이로 나뭇가지를 찌를 때의 그 분노, 그 원한이 풀려난 표정이었다. 그는 천천히 우리를 둘러보았는데 표정이 싸늘했다. 마치 로봇에게서 인간의 감성을 빼내 버린 것처럼. 정 일병은 더 이상 우리 모두의 일병이 아니었다. 언제든 총을 쏠 수 있는 저격병으로 돌변한 것 같았다.

대위가 별장 뒷산을 향해 눈길을 주며 말했다.

"저 뒷산엔 산짐승들이 우글거린다. 노루, 사슴, 꿩, 토끼, 멧돼지까지. 아마 여러분도 종종 봤을 것이다. 노루나 사슴이 먹을 것을 찾아 내려오는 것을. 우리는 기다렸다가 그들이 사정거리 안에 들어오면 총으로 팡, 쏘면 된다."

잠시 호흡을 가다듬은 후 대위가 말을 이었다.

"지금부터 보초병들은 교대로 탑을 지킨다. 탑의 망루에서 산짐승을 발견하면 즉시 알린다. 여러분도 마찬가지다. 어디서든 산짐승을 발견하면 즉시 무전기로 알린다. 이상."

대위가 정 일병에게 눈짓했다. 정 일병이 무전기를 나눠주며 사용방법을 알려주었다. 그 사이 대위는 자신의 집무실을 향해 걸어갔고 안 상병은 탑을 향해 걸음을 옮겼다. 탑은 별장 뒤쪽으로 동그랗게 솟아 있었는데 별장 안에서도 갈 수 있는 연결 통로가 있었다. 아마도 폭설로 인해 밖으로 나가지 못할 경우를 대비해 만든 것 같았다.

무전기를 받아 든 출장 팀은 켰다, 껐다를 반복하며 서로의 말이 잘 들리는지 성능을 확인했다. 그것은 마치 소통수단이 없는 원시체제에서 사용하는 무기이자 감시도구 같았다. 도대체 대위는 우리 모두를 군인화 시키려는 걸까. 이 무전기는 단지 산짐승을 잡기 위한 신호를 보내는 도구에 지나지 않는 걸까. 영미는 신호를 보내지 않을 생각이었다. 굳이 자신이 합류하지 않더라도 대위는 사냥을 할 것이고, 굶어 죽는 일 따위는 없을 것이다.

곧 무전기에서 노루가 내려왔다는 안 상병의 보고가 들렸다. 대위가 튀어 나왔고, 정 일병과 박 상병이 총을 들고 노루를 쫓았다. 얼떨결에 영미도 그들을 쫓았다. 노루를 잡고 싶어서라기보다는 돌아가는 상황이 궁금했다. 어떤 일이 벌어지는지 확인하고 싶었다.

대위가 멈춰 섰다. 손으로 신호를 보냈다. 정 일병과 박 상병도 멈춰 섰다. 그들은 숨소리조차 내지 않고 조용히 서서 총을 겨누었다.

새끼 노루였다. 새끼 노루가 눈밭에서 뒹굴고 있었다. 그 뒤에는 어미 노루가 있었다. 위험을 감지한 어미 노루가 새끼 노루를 향해 급박하게 울부짖었다. 새끼 노루는 어미를 힐긋 쳐다볼 뿐 꼼짝도 하지 않았다. 어미 노루는 안절부절 못한 채 군인들 쪽으로 시선을 주었고, 곧 새끼 노루 쪽으로 다가갔다. 얼굴을 비비면서 무어라 이야기하는 듯했다. 다정하면서도 불안해 보이는 몸짓이었다. 그때였다. 탕, 총소리가 났다.

새끼 노루가 쓰러졌다. 하얀 눈 위에 붉은 핏자국이 선연했다. 어미 노루가 애절한 소리를 냈다. 울부짖음이 산에 부딪혀 메아리로 되돌아왔다. 눈가루가 흩날렸다. 온 산이 울부짖는 듯했고, 하얀 눈이 죽음을 애도하는 듯했다. 어미 노루는 새끼 노루 주변을 뱅뱅 돌다 입으로 새끼 노루의 몸을 물었다. 새끼 노루를 끌고 산 쪽을 향해 걸음을 옮겼다. 핏방울이 길을 만들었다.

탕, 탕, 탕, 연이어 총소리가 들렸다. 어미 노루도 쓰러졌다. 쓰러지면서도 새끼 노루의 몸을 놓지 않았다. 그 순간, 영미는 보고 말았다. 어미 노루의 눈을. 새끼 노루를 향해 괜찮다고 보듬어주고 위로해 주는 눈빛을. 두려움에 떨면서 어미만을 바라보는 새끼 노루의 슬픈 눈빛을. 끊기지 않은 호흡을 애써 내뱉으며, 마치 살려달라고 비는 듯한 새끼 노루의 애절한 눈빛을.

박 상병이 오라고 손짓했지만 가까이 갈 수 없었다. 눈 위에 붉게 번지는 피와 노루를 가까이서 볼 수 없었다. 대위가 새끼 노루를 들쳐 업었다. 박 상병과 정 일병이 어미 노루를 함께 들었다. 그들은 노루의 몸을 들쳐 업고 식당을 향해 걸음을 옮겼다. 그들의 군복에서도 붉은 피가 흘러 내렸다. 그들이 걷는 걸음마다, 그들이 내딛는 발자국마다 붉은 피가 고였다.

생존이 누군가를 죽이고 얻는 것이라는 것을, 내가 살기 위해 죄 없는 노루 가족을 죽여야 한다는 사실을 절감한 순간이었다. 영미는 그때 별장에서의 불행을 감지했고, 삶의 변화를 감지했다. 또한 어쩔 수 없이 끌려 다녀야 하는 삶도 있다는 것을 깨달았다.

8

주방 싱크대 앞에는 열 개의 접이식 군용 의자가 동그랗게 놓여 있었다. 그 중앙 바닥에 노루 두 마리가 아무렇게나 내팽개쳐져 있었다. 어미 노루는 숨을 멈춘 것 같았지만 새끼 노루의 숨은 아직 붙어 있었다. 새끼 노루의 쌕쌕거리는 숨소리가 주방의 모든 소리를 빨아들였다. 그 소리를 타고 저녁노을이 창틈으로 침입했다.

불도 켜지 않은 공간, 이제 막 해가 진 어스름한 오후의 끝, 조리도구 앞에 그들은 서 있었다. 바닥은 어미 노루가 내뿜는 피로 흥건했고 검붉은 피가 꾸물거리며 수채 구멍으로 쓸려 내려가고 있었다. 노을의 붉은 빛이 노루의 피와 뒤엉켜 세상에 없던 빛깔을 창조하고 있었다. 그들은 무엇을 해야 할지 모르는 사람들처럼 서로의 얼굴을 탐색했다. 유리의 얼굴 위에도, 재인과 수연의 얼굴 위에도 붉은 노을이 반쯤 걸려 있었다. 최의 얼굴에는 검붉은 그림자가 일렁거렸다. 대위가 말했다.

"모두 자리에 앉으십시오."

대위의 말에 홀린 듯 모두 자리에 앉았다.

대위가 바닥에 칼을 던지며 말했다.

"우리는 지금부터 피를 깨끗하게 하는 의식을 거행합니다. 한 사람씩 교대로 칼을 집어 들고 노루의 목을 따 그 피를 마십시오."

영미는 선뜻 그의 말이 이해되지 않았다. 다른 사람들도 마찬가지인 듯했다. 모두들 설명을 요한다는 표정으로 대위를 쳐다보았다.

"피를 마시는 순간 우리는 어른이 되는 겁니다. 동물의 피도 마셔보지 못한 사람을 어찌 어른이라고 할 수 있겠습니까. 어찌 존경을 받을 수 있겠습니까?"

영미는 그의 말에 수긍하지 않았지만 반발하지도 않았다. 최를 향해 총을 겨눴던 그의 표정이 생각났다. 모두가 잠든 새벽 몰래 방에 들어와 속옷을 움켜쥐었던 그의 손도. 그에게 어떤 모습이 감춰져 있을지 알 수 없었다. 그를 자극한다는 것은 어쩌면 목숨을 내놓아야 하는 일인지도 몰랐다. 아직은, 아직은 죽고 싶지 않았다. 그 누구보다 더 간절하게 살고 싶었다. 대위가 말했다.

"누구부터 시작하겠습니까?"

말없이 앉아 있던 정 일병이 칼로 노루의 목을 벴다. 흘러내리는 피를 그릇에 담아 벌컥벌컥 마셨다. 그 잔을 안 상병에게 주었다. 잔을 받아든 안 상병이 칼로 노루의 목을 벴다. 피를 받아 마셨다. 박 상병이 그대로 따라했고, 잔은 최의 손에 들려 있었다. 최는 머뭇거리다 대위를 쳐다보았다. 대위의 눈빛은 사냥하는 자의 눈빛, 포식자의 눈빛이었다.

최는 몸을 떨면서 앞으로 나갔다. 눈을 감고 노루의 목을 찔렀다. 헛구역질을 몇 번 하더니 피를 마셨다. 그의 얼굴이 파랗게 질렸다. 잔은 김 기사를 지나 유리에게로 넘어왔다. 유리는 표정의 변화 없이, 예의 우월감이 가득 담긴 시선으로 노루를 바라본 후 칼을 찔렀다. 마치 장난감 칼로 인형의 몸을 찌르듯, 부드럽게. 그리고 피를 마셨다. 몸을 떨던 수연도, 자신은 못할 것 같다고 귓속말을 했던 재인도 자신의 차례가 오자 군말 없이 의식을 거행했다. 영미 역시 목을 베고 피를 마셨다.

피비린내가 목을 타고 올라와 구토감을 유발했지만 영미는 참았다. 피를 먹는 불쾌감보다 대위의 명령을 위반했을 때 감수해야 하는 공포가 더욱 컸다. 다들 잘 참고 있는데 혼자만 의식을 거행하지 못한다면 자신은 집단에서 아주 외로울 게 뻔했다. 영미는 그저 베고 먹었다. 자신이 무엇을 하는지도 모른 채.

대위가 만족스럽다는 듯 말했다.

"아버지는 흑염소 목장을 운영했습니다. 한 달에 두 번씩 관광버스가 사람들을 태우고 목장을 방문했죠. 그들은 생피를 원했습니다. 아버지는 제게 흑염소의 목을 베게 했죠. 아직 죽지 않은 짐승의 피를 마시는 것. 그것이야 말로 몸의 피를 맑게 하고 사람의 정신을 강인하게 만들죠."

순간 피의 힘을 믿었던 교황과 의사들이 떠올랐다. 오래 전부터 사람들은 피에 열광했다. 로마시대 귀족들은 젊고 씩씩한 검투사의 피를 마시면 회춘한다고 믿었고, 이집트의 파라오는 병을 고치기 위해 피로 목욕을 했다. 만성 신장질환으로 사경을 헤매던 교황은 소년들의 피를 빼서 먹기도 했다. 한 산부인과 의사는 위암으로 죽어가던 환자에게 400ml의 혈액을 주입했고 환자가 살아났다. 그 후 여러 산부인과 의사들이 분만하다 피를 흘린 산모들에게 수혈을 시도했지만 확률은 30%에서 40%에 불과했다. 사람마다 혈액형이 다르다는 사실을 모른 채로 수혈했으니까 그 성공률은 엄청난 것이었는지도 모른다.

그 의사 전에는 개를 가지고 실험한 의사도 있었다. 그는 개에게 상처를 줘 죽기 직전까지 피를 흘리게 했다. 그 후 다른 개의 목에 있는 동맥을 죽기 직전의 개에게 연결했다. 그리고 혈액을 주입했다. 죽기 직전의 개는 어느 정도 회복할 수 있었다. 그에 고무된 의사는 환자의 혈관에 개의 피를 주입했다. 그 환자는 숯 검정 같은 소변을 눈 후 죽었다.

누군가 그런 미신적인 행위, 피의 치료를 믿었는지도 모른다. 그래서 혈액을 연구했고 혈액의 원리를 깨우쳤으며 혈액형을 발견했을 것이다. 결국에는 치료방법도 찾아냈을 것이다. 한 번에 뺄 수 있는 피의 무게가 몸무게에 따라 다르다는 것도.

그 의사들은 살지도 모른다는 추측으로 사람에게 혈액을 주입했을까. 아니면 신념 때문에 실험을 했던 것일까. 추측과 신념은 다른 문제다. 그럼에도 어떤 이들은 추측만으로 자신의 신념을 옳은 것이라 믿는다. 그들은 잘못된 자신의 신념 때문에 사람들을 희생시켜도 된다고 생각 하는 것일까. 아니면 그들의 희생을 토대로 어떤 결과를 만들어내고 싶었던 것일까.

그토록 오랜 시간이 지났음에도 아직까지 피의 힘을 믿는 사람이 존재한다는 사실이 기이했다. 그것도 바로 눈앞에 있다는 사실이. 아니, 어쩌면 그 누구보다 더 우리는 피의 힘을 믿는 사람들인지도 모른다. 군부대를 돌면서 피를 채집하고, 필요한 사람들에게 나눠주니까. 어쩌면 대위와 우리는 크게 다르지 않을지도 모른다. 피를 대하는 방식이 다를 뿐.

대위가 말했다.

"오늘은 우리 모두 새 힘을 얻었으니 그 기념으로 제가 소원을 한 가지씩 들어 주겠습니다. 단, 제가 들어줄 수 있는 소원이어야 합니다."

갑작스런 질문에 영미는 당황했다. 소원이라니. 이곳을 나가고 싶었다. 별장이 아닌 바깥으로. 자장면과 탕수육, 햄버거와 피자가 먹고 싶었고 치킨도 먹고 싶었다. 떡볶이, 김밥, 순대, 족

발…… 영미는 그만 피식 웃고 말았다. 소원을 말하라는데 겨우 생각한 것이 먹을 거라니.

유리가 말했다.

"저 혼자만의 방을 원합니다."

대위가 호탕하게 웃었다.

"좋아요. 맘에 드는 소원이군요. 오늘부터 각자 방을 하나씩 쓸 수 있도록 조치하겠습니다. 또 없습니까?"

영미는 혼잣말하듯 중얼거렸다.

"자장면과 탕수육이 먹고 싶어요."

대위가 박 상병을 쳐다보았다. 박 상병이 대답했다.

"밀가루는 조금 남은 게 있는데 소스가 없습니다. 하지만 노루 탕수육은 가능합니다."

대위가 말했다.

"저녁은 노루 탕수육입니다. 아, 숯불구이도 함께. 또 없습니까?"

재인이 말했다.

"전화 말인데요. 감시받지 않고 편하게 할 수는 없을까요?"

대위의 안색이 변했다. 그가 말했다.

"앞으로 전화는 하루 한 번 저녁 식사 후 30분으로 제한합니다. 각자 걸 수 있는 시간은 5분 남짓이군요. 자 다른 소원은?"

그 뒤로 아무도 말을 잇지 않았다. 하기야 소원을 들어주는 자가 자신의 맘대로 소원을 고르는데 누가 소원을 말할 수 있을까.

대위가 선심 쓰듯 말했다.

"3층 VIP룸을 공개하겠습니다. 그곳에는 총 3개의 룸이 있는데 제가 방 하나를 사용하고 다른 방은 여러분이 교대로 사용하게 될 것입니다. 다만 조건이 있습니다. 게임을 할 것입니다. 게임에서 이기는 사람에게 방을 쓸 수 있는 자격을 드릴 겁니다."

"하기 싫으면 안 해도 되는 거지요?"

재인이 질문했다.

"그게 가능하다면요. 가능할 수도, 불가능할 수도 있습니다. 누가 내게 게임을 걸어오면 거절할 수 없으니까요."

"어떤 게임이죠?"

"비밀입니다. 하지만 게임 당사자는 곧 알게 될 겁니다."

그는 의미심장한 말을 남기고 자리에서 일어섰다. 그가 떠나자 주방을 떠돌던 긴장감이 일시에 사라졌다.

영미는 주위를 가만가만 둘러보았다. 사람들 얼굴에는 얼룩덜룩한 핏빛 노을과 검은 그림자가 반반씩 걸려 있었다. 그들의 등 뒤로 산 끝에 걸려 넘어가기 직전의 노을이 주위를 물들이며 사라져가는 모습이 보였다.

곧 어둠이 찾아왔고 불을 켤 시간이었다. 하지만 아무도 일어서거나 불을 켜지 않았다. 주방 바닥 쪽으로 눈길을 주는 사람도 없었다. 박 상병만이 몸을 일으켜 노루에게 다가갈 뿐이었다. 노루 탕수육이라는 임무를 받은 박 상병은 어떠한 수단을 쓰더라도 완수해야 할 것이다.

영미는 노루 쪽으로 시선을 돌렸다. 모두의 죄이자 죄의 증거, 그래서 보고 싶지 않은 새끼 노루였다. 그럼에도 보지 않을 수 없는 흔적이었다. 이리저리 찔리고 베인, 죽는 순간까지 고통을 호소했던 눈 맑은 짐승. 영미는 새끼 노루의 몸을 가만히 만졌다. 아직 온기가 느껴졌다. 정 일병이 말했다.

"김 간호사님, 죄책감 느끼실 것 없습니다."

"어미랑 새끼, 둘 다 죽일 필요는 없었는데."

"아마 저들에게는 그게 나았을 것입니다. 서로를 그리워하며 살아가지 않아도 되니까요. 오늘 일은 잊고 들어가 쉬십시오."

영미는 이전에 경험했던 모든 것들이 한 순간에 파괴되었음을 느꼈다. 이런 세계가 이토록 가까이 있었다니. 숨 막힐 듯 진부한 일상 속에, 손만 뻗으면 닿을 수 있는 곳에 존재하고 있었다니. 새끼 노루의 시신은 심오하고 야릇한 현실을 대변해주고 있는 듯했다. 죽음에 대한 삶의 우월성보다 더 원초적인 것은 없으며 인간들이 세운 화려한 기술과 진보는 환상에 불과하다고. 그러한 것들은 현실을 감추는 수단일 뿐임을 치커바이러스가 증명해 주고 있는 듯했다.

원형 감옥

1

3층 문이 열렸다. 영미는 복도에 서서 주위를 둘러보았다. 불과 계단 몇 개를 올랐을 뿐인데 이곳은 다른 세상이었다. 마치 황실 전용 박물관이나 미술관으로 들어온 듯 고풍스러운 곳이었다. 바닥에는 붉은 카펫이 두텁게 깔려 있었고, 양쪽 벽에는 고급 액자가 일정한 간격으로 걸려 있었다. 액자 아래로는 아크릴판으로 둘러싸인 도자기가 놓여 있었다. 천정은 스테인드글라스 유리로 뒤덮여 있었는데 명화가 그려져 있었다.

영미는 한 발자국도 옮기지 못한 채 멍하니 서 있었다. 갑자기 시간의 강을 넘어 다른 공간에 들어온 듯했다. 시간의 흐름이 느껴지지 않았고, 너무나 고요해 자신만이 다른 공간에 내던져진 것 같았다. 희미하게 들려오는 동료들의 숨소리와 발자국 소리가 아니었다면 2층으로 내려갔을지도 몰랐다. 모든 게 비현실적으로 느껴졌고, 타인의 삶을 훔쳐보고 있는 듯한 야릇한 기분이 들었다.

"방 구경을 할까요?"

대위가 왼쪽 방문을 열고 말했다. 룸으로 들어가는 문은 왼쪽 입구에 하나, 오른쪽 입구와 중간에 하나씩 있었다. 대위를 따라 안으로 들어갔다. 그곳은 상상을 뛰어넘는 곳이었다. 천정에는 대형 샹들리에가 걸려 있었고, 바닥에는 고급 카펫이 깔려 있었다. 한쪽으로는 작은 무대가 설치돼 있었으며 그랜드 피아노와 악보대가 보였다. 유럽 귀족의 파티장 분위기를 물씬 풍겼다. 또한 오른쪽 끝으로는 당구대가 두 대 놓여 있었고, 뒤쪽으로는 스크린 골프장까지 갖춰져 있었다.

무대 옆쪽으로 넓은 바가 보였다. 바 뒤편에 놓여 있는 장식장 안에는 각종 술이 빼곡하게 전시돼 있었고, 천장에는 칵테일 잔이 종류별로 걸려 있었다. 재인의 눈이 생기롭게 빛났다. 재인이 말했다.

"게임에서 이기면 술도 마실 수 있나요?"

대위가 대답했다.

"물론이죠. 여기 있는 것은 다 누릴 수 있습니다."

재인은 게임에 적극적으로 가담할 기세였다. 바에 전시된 술에서 시선을 떼지 못했다.

바를 지나 복도로 나가자 복도 오른쪽으로 문이 두 개, 왼쪽으로 문이 두 개가 보였다. 왼쪽 첫 번째 문은 화장실로 통했고, 두 번째 문은 대위가 공개하지 않았다. 자신이 쓸 방이라고 했다. 오른쪽 첫 번째 방은 영화관람실이었고 두 번째 방은 음악감상실이었다. 20명은 족히 앉을 듯 했다.

대위가 복도 끝으로 걸어갔다. 길이 끝나는 곳에 문이 있었다. 그 문을 열자 휴양지의 섬으로 이동한 듯한 착각이 일었다. 삼면이 통 유리창으로 되어 있는 커다란 수영장이었다. 왼쪽 창 아래로는 아름드리 야자수가 창을 가리고 있었고, 그 앞으로 파라솔과 썬 베드가 놓여 있었다. 썬 베드 옆에는 작은 테이블이 놓여 있었고, 비치타월과 오일 등이 가지런히 놓여 있었다.

영미는 맞은편 산 쪽으로 시선을 돌렸다. 그 산은 지금까지 자신이 보았던 산이 아니었다. 산의 한쪽을 깎아 폭포수가 흘러내리게 했고, 그 옆으로 작은 나무와 바위가 아기자기하게 꾸며져 있었다. 꽁꽁 언 폭포수와 그 뒤를 감싼 하얀 산, 적당한 간격을 두고 자태를 뽐내는 조경수들. 마음이 저절로 풀어졌다. 당장이라도 물속으로 들어가고 싶었다.

대위가 야자수 뒤쪽으로 갔다. 그곳의 유리문을 밀자 그곳은 야외 온천탕이었다. 대나무가 빽빽하게 들어 서 있어 벽처럼 노천탕을 막아주고 있었다. 탕에는 뜨거운 물이 고여 있었다. 그 때문에 대나무는 하얀 입김을 내뿜으며 몸에 붙은 눈을 털어내고 있었다. 하늘과 바람과 눈과 자연을 온전히 즐길 수 있는 곳. 게임에서 이긴다면 여유롭게 쉴 수 있지 않을까, 하는 생각이 불현듯 들었다.

갑자기 끼익, 소리가 났다. 노천탕의 하늘과 벽이 닫히고 있었다. 그 소리에 대나무가 흔들거렸다. 대나무가 흔들릴 때마다 가랑비가 흩뿌려지는 소리가 들렸다. 그 소리와 더불어 정체 모를 소리들이 한꺼번에 쏟아졌다. 마치 빗속을 뱀이 스윽 지나가는 것 같았고 호랑이가 어슬렁대며 걸어 다니는 것도 같았다. 느리지만 규칙적으로 다가오는 발소리. 영미는 공포에 휩싸였다.

이곳은 누군가 매일 정리를 하는 듯 깨끗했다. 마치 관리인이 따로 있는 듯 했다. 이렇게 멋진 장소를 대위 맘대로 공개해도 되는 걸까. 이곳의 위치조차 발설하지 못하게 하면서. VIP 룸이라는데, 그 VIP가 알게 되면 어떻게 되는 걸까. 점점 바깥으로 나가는 일이 묘연해지는 것 같았다.

대위의 목소리가 들렸다.

"이곳에서는 언제든지 온천탕을 즐길 수 있습니다. 문을 닫으면 실내 온천탕, 문을 열면 노천탕이 되죠."

그의 손에는 리모컨이 들려 있었다. 그가 말을 이었다.

"이 리모컨은 야자수 나뭇가지 사이에 둘 겁니다. 취향대로 사용하십시오."

수연이 불쑥 말을 꺼냈다.

"게임에서 이기면 이 시설을 이용할 수 있다는 거죠?"

"물론입니다."

"빨리 시작했으면 싶어요."

대위가 미소 지었다.

재인은 술 때문에, 수연은 온천 때문에, 유리는? 영미는 유리를 힐긋 보았다. 그녀의 얼굴에서도 어떤 기대감이 숲속의 샘물처럼 자연스럽게 흘러나오는 중이었다. 어떤 꾸밈도, 위선도 보이지 않았다. 3층의 시설이 그녀에게 생명의 온기를 불어넣어 준 것 같았다.

"자, 여러분이 교대로 묵을 방을 보여드리지요."

대위가 앞장서서 나갔다. 명화와 도자기가 놓여 있는 복도에서 맞은 편 방문을 열었다.

맞은 편 방은 파티장이 있는 방의 딱 절반 크기였다. 가정집 하나를 통째로 가져다놓은 듯 했다. 넓은 거실에서는 눈 내리는 풍경을 볼 수 있었으며 모든 가구가 최고급으로 세팅돼 있었다. 거실은 물론 다이닝룸의 가구와 주방 싱크대까지. 방마다 작은 거실과 드레스 룸, 월풀 욕조가 딸려 있었고, 간이 주방 시설도 갖춰져 있었다. 마치 취향에 따라, 따로 또 같이 취사선택할 수 있는 곳이었다. 특이한 것은 파우더 룸 안쪽에 비밀공간이 있다는 점이었다. 벽장인 듯 보이는 곳의 문을 밀자 큰 침대가 놓여 있는 방이 나왔다. 한쪽에는 샤워실도 있었다. 왜 옷장 뒤편에 방을 꾸며 놓았는지 궁금증이 일었지만 깊이 생각하지 않기로 했다. 이곳은 기억하면 안 될 장소였다.

복도 끝 두 번째 방도 첫 번째 방과 똑같은 구조였다. 비밀공 간마저도. 마치 복사본을 보고 있는 듯한 야릇한 기분이 들었다. 그랬음에도 3층이 주는 안락함을 누리고 싶었다. 이런 곳이라면 격리되었다는 사실조차 잊을 수 있을 지도 몰랐다. 무엇보다 좋은 점은 복도 끝에 비상용 문이 있었는데 그곳은 수영장과 노천 탕으로 이어져 있었다. 파티장이 갖춰져 있는 대위의 방을 통하지 않고서도 언제든지 수영장을 이용할 수 있었다.

대위가 말했다.

"이 방에 머무는 사람은 언제든 수영장과 노천탕을 이용해도 좋습니다. 단, 비상용 문을 이용해야 합니다."

수연이 와우, 소리 질렀다. 수연의 소란스러움에 전염됐는지 재인도 웃음을 터트렸다. 유리만이 적막에 싸여 있었다. 그녀는 자신의 앞날에 대해 고민하는 것 같기도 했고, 자신 앞에 놓여 있는 작은 행운을 반드시 잡겠다고 다짐하는 것 같기도 했다.

그 사이 대위는 자신의 방으로 들어갔고, 수연과 재인은 계단을 내려가는 중이었다. 유리는 생각에 잠긴 채 그 뒤를 따르고 있었다. 몇 걸음 옮겼을 때 누군가 영미를 붙잡았다. 정 일병이었다. 그가 나직한 목소리로 말했다.

"만약에 말인데요, 이곳에서 한 명을 없애야 하는 상황이 생긴다면 누구를 지목하고 싶으세요?"

영미는 정 일병을 쳐다보았다. 정 일병이 머리를 긁적이며 말했다.

"아, 제 말이 지나쳤다면 이해해주세요. 그러니까 우리 중 같이 살고 싶지 않은 사람을 고른다면 누구를 고르고 싶습니까?"

영미는 머뭇거렸다. 그녀는 항상 무엇인가를 고르는 일이 힘겨웠다. 은호는 그녀에게 결정 장애가 있다고 말하기도 했다. 그의 말이 사실인지도 몰랐다. 정 일병이 주위를 살피며 말했다.

"대위님이 말한 게임이 시작됐습니다. 물론 말씀하시지 않아도 됩니다. 하지만 피해갈 수 없습니다. 피할 수 없다면 잘 생각해 보십시오. 누가 제일 거슬립니까?"

"지목 당한 사람은 어떻게 되는 거지?"

"모든 일이 일어날 수 있고, 아무 일도 일어나지 않을 수도 있습니다. 대위님의 결정에 따라 다르겠죠."

"모든 일이라니, 그 일이 어떤 일인지 알 수 있을까?"

"그건 저도 모릅니다."

차라리 외면하고 싶었다. 3층에서의 생활이 다른 사람을 해치고 얻는 것이라면 지금처럼 지내는 편이 나을 것이다. 정 일병이 다그쳤다.

"누나, 누구라도 말씀해 주세요. 저는 누나에게 아무런 일도 일어나지 않았으면 좋겠어요."

영미는 정 일병을 가만히 쳐다보았다. 요즘 단 둘이 있을 때 그는 누나라고 종종 말했다. 그가 누나라 부르면 그녀는 정말 그의 누나가 된 것 같았고, 그에게 힘이 돼주고 싶었다.

영미는 잠시 고민하다 대답했다.

"박 상병. 그가 수연의 마음을 가지고 장난치는 것 같아 불쾌해."

정 일병이 흡족한 미소를 지었다.

영미는 자신이 금지된 일에 말려들고 있다는 것, 아니 대위가 끌어들이고 있다는 것을 직감했다. 그 일이 어떤 일인지 알 수 없었지만 다른 사람을 위험에 빠트리는 일일지도 모른다는 생각이 들었다. 이 일로 인해 어쩌면 살아가는 내내 죄책감에 시달리게 될 지도 몰랐다. 누군가를 원망하거나, 누군가의 원망 속에서. 그럼에도 불구하고 지명하지 않을 수 없었다. 미래보다는 현재가 중요했다.

2

또다시 폭설이었다. 영미는 로비 소파에 앉아 눈 내리는 광경을 보고 있었다. 바이러스와의 싸움도 힘겨운데 눈사태까지 대비해야 하자니 암담했다. 대위는 이곳이 눈에 잠기는 일은 없을 거라고 말했다. 별장 자리는 원래 사찰 자리였는데, 사찰이 눈피해를 입은 것을 본적이 있냐고 되묻기도 했다. 그의 말을 듣고 보니 그런 것도 같았다.

복도 계단이 시끌벅적해졌다. 수연과 재인, 유리가 내려오는 중이었다. 김 기사와 최, 박 상병도 곧 모습을 드러냈다. 시계를 보았다. 밤 아홉 시였다. 수연이 텔레비전을 켰다.

뉴스에서 우리나라 확진자 수가 2만 명이 넘었다고 보도했다. 모든 식당과 카페, 놀이시설은 영업금지를 당했다. 행사나 모임, 종교시설에 대한 집합금지 명령이 내려졌으며 학교는 휴교에 들어갔다. 고속버스나 열차 운행도 중단됐다. 확진자가 천명 아래로 떨어질 때까지 강경한 대응을 하겠다고 정부에서 발표했다. 외국 소식도 온통 비극적인 소식뿐이었다. 연일 확진자 수가 증가했고, 모든 국민이 자가 격리중인 나라도 있었다. 국경이 통제됐고, 교통이 마비됐으며 사람들은 일자리를 잃었다.

이 와중에 어떤 이들은 자연이 인류에게 보내는 경고가 바이러스라고 주장했다. 오존층이 파괴됐고 북극 얼음이 녹는 중이었다. 대기에서는 초미세먼지가 극성이었고 기후는 점점 예측하기 어려워졌다. 바이러스는 이러한 환경에서 살기 싫다는 자연의 몸부림이라고 했다. 재인이 말했다.

"저 말이 사실일지도 몰라. 바이러스가 지나가면 인류는 새로운 대안을 모색해야 할 거야. 환경을 파괴하지 않으면서 자연과 함께 살아갈 방법 말이야. 앞으로도 계속 히말라야 산맥을 보고, 깨끗한 강과 맑은 하늘을 볼 수 있는 방법 말이야."

"과연 그럴 수 있을까요? 각 나라마다 내수를 살리기 위해 속도 경쟁을 벌일 텐데요. 멈춰 섰던 공장 라인은 밤낮없이 돌아갈 테고."

수연의 말에 재인이 대답했다.

"아주 작지만 반드시 변화가 있을 거라 생각해. 발전이 없는 민족이라면 아마도 멸망하겠지. 앞으로 기업들은 인공 지능 개발에 적극적으로 투자할지도 몰라. 인공지능이 강의는 물론 바이러스 치료에도 뛰어든다고 생각해봐. 감염의 위험에서 우리는 해방되는 거야. 의료 장비 소요도 줄어들겠지."

"그건 정말 환상적인데요. 감염병만 돌면 가장 고생하는 건 의료인이니까요. 그걸 인공지능이 대신해 준다면."

"그렇게 되지 않을까. 또 인공지능이 공장 생산 라인에 있다고 생각해봐. 공장이 멈추는 일도 없을 테지."

"좀 잔인한데요. 안 그래도 인공지능 때문에 일자리가 줄어드는데."

"지금 상황을 봐. 바이러스에 제대로 대응하는 나라들이 있기나 한지. 국가에서 이를 계기로 사회 시스템을 어떻게 바꿔나갈지 나는 몹시 궁금해."

"우리나라처럼 초기 대응을 감추기 위해 눈사태로 위장하는 나라도 있고요. 우리나라에 미래가 있을까요?"

갑자기 유리가 대화에 끼어들었다.

"저는 환경이니 인공지능이니 하는 말을 들으면 막 화가 나요. 저는 하루하루 살아가는 게 전쟁이거든요. 먹고 살기도 힘든데 환경이라니요. 인공지능이라니요. 환경이고 뭐고 빨리 모든 게 원상태로 돌아갔으면 좋겠어요. 할머니가 잘 계시는지도 궁금하고."

"할머니는 아직도 병원에 입원 중이니?"

잠자코 듣기만 하던 영미가 질문했다.

"네. 사고를 당한 이후 계속 아파요. 얼마 전에는 넘어져 엉덩이뼈가 골절됐어요."

"저런, 이곳에 갇혀 있어서 많이 걱정되겠네."

"저만 갇혀 있는 게 아니니까요. 하지만 선생님들 이야기 듣고 있자면 화가 나요. 저와는 상관없는 일이니까요. 인공지능이 활성화되면 결국 피해를 보는 것은 저 같은 사람일거예요."

유리가 심드렁하게 대답했다. 재인이 막 말을 꺼내려는 찰라 최의 목소리가 들렸다.

"재인아, 요즘 집에 연락은 하는 거야?"

다들 최를 쳐다보았다. 영미는 요즘 최가 말하는 것을 거의 들은 적이 없었다. 대위에게 경고를 들은 그날 이후 그는 침묵을 지켰다. 그 사이 그는 볼 살이 볼록하게 부풀어 있었다. 밤새도록 술을 마신 것일까. 왜 그렇게 얼굴이 부어오른 건지 알 수 없었다. 최가 말을 이었다. 그는 한 호흡에 말하는 것이 힘겨운지 중간 중간 말을 끊었다 다시 했다.

"어제 집에 전화했는데…… 콜록, 콜록 와이프가 묻더라. 교수님이 걱정 많이 한다고……. 왜 연락 안하는 거야?"

"아, 하기 싫어서요."

재인이 짧게 대답했다.

최가 혼잣말 하듯 중얼거렸다.

"요즘 몸이 아파서인지…… 콜록, 콜록. 집 사람과 아이들이 자꾸 보고 싶어. 못 해준 것만 생각나고…… 콜록, 콜록. 재인도 연락 좀 하고 지내."

최의 목소리는 쇳소리가 강했고 말할 때마다 기침과 함께 암모니아 냄새를 풍겼다. 재인이 그만 하라고 눈치를 줬지만 그는 말을 이었다.

"처제 같아서 그래…… 콜록, 콜록. 아니, 사실 처제지 뭐. 집 사람이 가장 아끼는 동생이니까…… 콜록, 콜록."

수연이 걱정스럽다는 듯 물을 가져다주었다. 그는 한 모금 들이켰다. 재인이 말했다.

"괜찮아요? 쉬셔야 할 것 같은데."

"오늘은 그동안…… 하고 싶었던 말 다 하고 싶어. 콜록, 내일은 꼭 전화해. 알겠지?"

"그분들은 저하고 상관없는 사람들이에요. 서류로만 부모인데요, 뭘."

"나중에 후회할지도 몰라."

"글쎄요, 과연 그럴까요? 그 분들을 생각하면……."

재인은 말없이 인공야자수를 바라보았다. 차분함과 명백한 무관심이 깃들어 있는 눈빛이었다. 마치 자신만이 자신의 문제를 해결할 수 있다고 고집스럽게 항의하고 있는 것도 같았다.

최는 그녀의 움직임을 눈으로 쫓다가 갑자기 숨이 막힌 듯 컥, 소리를 냈다. 재인이 고개를 돌렸다. 걱정과 우려가 담긴 목소리로 말했다.

"본인 몸이나 잘 챙기세요. 남 걱정하지 말고."

"걱정 마…… 콜록. 내 몸은 내가 알아서 해. 콜록, 콜록."

"방으로 돌아가세요. 아무래도 치료를 받아야 할 것 같아요."

"이런다고…… 콜록, 콜록. 죽지 않아. 봐, 살아 있잖아. 콜록, 콜록."

"어, 왜 그러세요?"

재인의 목소리가 커졌다. 그와 동시에 최가 가슴을 쥐어뜯으며 고꾸라졌다. 수연이 다가갔다. 코끝에 손을 갖다 대더니 말했다.

"숨을 쉬지 않아요."

영미는 최 가까이 다가가 심장에 귀를 갖다 댔다. 들리지 않았다. 그 사이 수연이 별장 로비에 있던 심실제세동기를 가져왔다.

영미는 재빨리 최의 가슴에 전기패드를 부착시켰다. 심장에 전기 충격을 가했다. 최의 입에서 바람 빠진 소리와 함께 하얀 거품이 올라왔다. 코와 눈, 입에서는 핏물이 흘러내렸다. 최의 바지춤으로도 피가 고였다. 아마도 최의 몸에 있는 모든 구멍에서 피가 나오는 듯했다. 재인은 울부짖으며 연거푸 전기충격을 가했다. 하지만 최의 심장은 끝내 돌아오지 않았다.

3

땅은 꽁꽁 얼어 있었다. 그들은 최의 마지막 길을 배웅해 주는 최고의 선물인양 삽질을 시작했다. 영미는 삽질을 할 때마다 손이 곱아 들어가는 느낌이었고, 머리카락이 딱딱하게 굳어가는 걸 느꼈다. 호흡을 할 때마다 입김이 하얗게 번졌다. 볼이 따끔거렸고 갈라진 입술에서는 피가 났다. 하지만 시신 앞에서 그 정도는 아무 것도 아니었다.

영미는 최가 고통을 호소하지 않았다는 사실에 가슴이 아팠다. 숨이 멎을 것 같은 고통, 흉통과 목마름, 갈증, 고열을 어떻게 그는 이겨냈을까. 아니면 갑자기 아픔이 찾아온 것일까. 아무도 말하지 않았지만 최의 죽음이 바이러스 때문이라는 것을 그들은 알고 있었다. 어쩌면 모두 감염됐거나, 감염이 진행 중이거나, 이미 감염됐다 나았는지도 몰랐다.

정 일병이 최의 시신을 반듯하게 눕혔다. 그들은 돌아가며 최의 몸에 흙을 뿌렸다. 이렇듯 갑작스런 죽음이 실감나지는 않았지만 그의 시신은 온 몸으로 자신이 죽었다는 것을 증명해 주고 있었다. 영미는 그의 죽음을 통해 죽음이 코앞에 들이닥쳤다는 것을 실감했다. 언제, 어떤 식으로 죽을지 알 수 없었다. 당장 죽을 수도, 내일 죽을 수도 있었다. 가족들을 다시는 못 볼 수도 있었다. 기댈 사람은 바로 옆에 있는 팀원들뿐이었다.

재인이 오열했다. 영미는 재인에게 다가가 그녀를 꼭 껴안았다. 눈물이 터져 나왔다. 수연도 어깨를 들썩거렸고, 유리도 어깨를 들썩거렸다. 눈물은 멈춰지지 않았다. 김 기사가 그만 들어가자고 등을 떠밀 때까지 그렇게 그들은 한참을 서 있었다. 나중에는 왜 우는지조차 몰랐다. 그저 한 인간의 덧없는 죽음 앞에서, 그것도 바로 눈앞에서 죽어간 죽음 앞에 보내는 최대한의 예우였다.

장례식을 마치고 로비 소파에 기대앉았다.

다들 말이 없었다. 김 기사가 간간이 마른기침을 했고, 수연이 걱정스런 눈빛으로 그를 쳐다보았다. 수연이 고백하듯 말했다.

"치커바이러스 일까요?"

"글쎄, 그럴지도 모르지."

김 기사가 대답했다. 그는 얼굴이 발그레했고 수척했다. 터져 나오는 기침을 막기 위해 입에 손을 댄 후 고개를 돌렸다. 치커

바이러스일까. 아니다, 장시간 추위에 노출됐기 때문일 것이다. 김 기사 뿐 아니라 모두들 얼굴이 발그레했다. 어쩌면 별일 아닐지도 몰랐다. 수연이 말했다.

"전에, 선생님이 며칠 앓아누웠을 때 저도 사실 몸이 안 좋았어요. 목구멍이 까끌까끌했고, 입맛도 없었고, 자꾸 기침이 쏟아져 나오더군요. 그런데 이상하게도 아프진 않았어요. 생사의 귀로에서 싸움을 하고 있는 듯한 선생님 때문이었는지도 몰라요. 제 아픔이 너무 보잘 것 없게 느껴졌거든요. 선생님 낫는 모습을 보면서 저 역시 몸이 개운해졌어요. 선생님에게서 증상이 옮았던 것이라 저는 생각했어요. 마치 임신한 아내를 보면서 남편도 같이 입덧하는 것처럼. 그런데 최 팀장님을 보니 그게 아닐지도 모른다는 생각이 들어요. 그는 왜 아픔을 숨겼을까요? 증상을 이야기하고 치료를 받았다면 살 수 있었을지 모르잖아요."

재인이 중얼거렸다.

"이러고도 우리가 간호사라 할 수 있을까? 눈앞에 있는 환자도 못 알아 봤으면서."

"그동안 많은 일이 있었잖아요. 주위를 돌아볼 여유가 없었어요. 담을 쌓았고, 사냥을 했고……."

수연이 위로하듯 말했다.

"맞아…… 선생님들 잘못이 아니야……. 잘못이 있다면 아마도 최 자신에게 있었겠지."

김 기사가 말했다. 말하면서 그는 중간 중간 말을 끊었는데 몹시도 힘든 듯했다. 유리가 김 기사를 보며 말했다.

"아저씨 괜찮아요? 아파 보이는데."

"괜찮아, 찬바람을 오래 쐐서 그래."

말하면서 그는 기침을 계속 했다. 그는 기침을 멈추려고 애썼지만 제어하지 못했다. 기침은 쉴 새 없이 터져 나왔고 얼굴빛은 점점 창백해졌다. 코끝에서는 콧물이 뚝뚝 떨어졌다. 수연이 휴지를 건네주었다. 그는 다가오지 말라고 손짓하며 옷소매로 코를 훔쳤다.

수연이 말했다.

"대위는 최의 죽음을 보고할까요? 원에 뭐라 해야 하죠?"

영미는 재인을 쳐다보았다. 최가 죽음을 맞이했으니 팀장은 재인이 되는 셈이었다. 그의 죽음을 보고하는 것도 그녀의 일이었다. 그녀는 아직 충격에서 벗어나지 못한 듯 했다. 수연이 말했다.

"어려운 일이네요. 정확한 죽음은 진단해 봐야 알 수 있을 텐데, 지금은 무리잖아요. 또……."

갑자기 수연이 말을 멈췄다. 고개를 들어보니 대위가 서 있었다.

"최의 죽음은 산사태로 인한 매몰입니다. 시체를 찾을 수 없었다고 원에 보고하십시오."

재인이 대위를 올려다보았다. 시간의 저편에서 방금 돌아온 듯 아련한 눈빛이었다. 대위가 말을 이었다.

"이곳은 비밀시설입니다. 외부인이 알면 안 됩니다. 최의 매장을 알리는 순간, 이곳의 위치가 드러납니다."

"하지만, 가족들에게 너무 잔인하잖아요."

"걱정 마십시오. 양천 합동장례식 때 올 수 있도록 조치하겠습니다."

"하지만, 그건 진실이 아니잖아요."

"이곳에, 이 시기에, 진실이 있다고 생각하시는 겁니까?"

"그래도 이건 아니에요. 멀쩡한 시신을 두고."

"억울하십니까?"

"……."

"지금 양천 시내에서 죽어가는 수많은 사람들은, 그 사람들은 억울하지 않을까요? 최뿐만이 아니에요. 다들 그렇게 쓸쓸하게 죽었다고요. 그럼 바이러스로 인해 사망했다고 할까요? 시신 처리 과정에서 전염될까 봐 시신도 제대로 처리하지 못했다고 할까요? 아무 곳에나 묻어버렸다고 이야기할까요? 정신 차리십시오."

재인의 눈에 무언가가 어른거렸다. 그녀는 추궁하듯 말했다.

"대위님, 대위님은 최가 아픈 걸 알고 계셨나요?"

"지금 최의 죽음을 제 탓이라고 보는 겁니까?"

"……."

"그렇게 생각하는 겁니까?"

재인은 그저 대위를 쳐다볼 뿐이었다.

대위가 말했다.

"그건 최 자신의 문제입니다. 자신의 몸은 자신이 지키는 겁니다. 다들 명심하십시오. 누가 대신 지켜주는 게 아니란 말입니다."

"만약, 만약에 말인데요. 최의 죽음이 치커바이러스 때문이라면 어떡하죠?"

"바이러스일 확률이 높죠. 여러분은 바이러스가 창궐할 때 시내에 갔다 왔으니까요. 그건 누구나 예상할 수 있는 일입니다. 그런데, 만약 바이러스라면 해결방법이 있습니까? 우리는 이미 같은 피를 마셨고, 같은 그릇을 사용했고, 같은 방을 썼습니다. 살 사람은 살고 죽을 사람은 죽겠지요. 이미 모두 감염됐는지도 몰라요. 잠복기에 따라서 좀 다르겠지만요. 세상살이가 다 그런 것 아닙니까? 강한 자는 살아남고 약한 자는 죽을 수밖에 없습니다."

대위가 영미를 내려다보았다. 그 눈빛에는 의미심장한 질문이 담겨 있었다. 마치 그녀가 바이러스의 원인인 것만 같은. 하지만 그 어떤 원망이나 우려도 담겨 있지 않았다. 오히려 살아나서 기분이 어떠냐고 묻는 것 같았다. 자신도 바이러스를 이겨냈다고 말하는 것도 같았다.

4

정 일병의 초대로 VIP룸에 간 것은 최의 장례식 다음날이었다. 그곳에는 이미 유리와 수연, 정 일병과 안 상병, 박 상병까지 모여 있었다. 일행 중 그곳에 없는 사람은 재인과 김 기사뿐이었다. 재인은 초대받지 못한 걸까. 영미는 물어보려다 입을 다물었다. 대위의 목소리가 들렸다.

"지금부터 게임을 시작하겠습니다. 게임을 하기 전 세 분의 여성은 저를 따라 오십시오."

대위가 걸음을 옮겼다. 우리는 그의 뒤를 따랐다. 그가 바 안쪽으로 걸어갔다. 길게 내려온 커튼을 열어젖혔다. 주방이 보였고, 커다란 냉장고가 보였다. 영미는 냉장고 문을 열었다. 안은 텅 비어 있었다. 하지만 선반에는 파스타 면과 각종 소스와 통조림이 가득했다. 이 정도면 새로운 요리를 맛볼 수 있을 것이다.

그가 주방 안쪽의 문을 밀었다. 무겁고 단단해 보이는 그 문은 요리 재료들을 보관하는 거대한 냉동 창고처럼 보였다. 요리 대결이라도 시키려는 걸까. 아니면 냉동고에서 오래 버티기 게임이라도 하려는 걸까. 설마, 영미는 고개를 저었다.

그곳은 스튜디오였다. 벽에는 다양한 배경이 그려져 있는 롤 스크린이 세워져있었고, 조명 기구와 카메라까지 구비되어 있었다. 그는 스크린이 있는 곳까지 곧장 걸어 들어갔다. 스크린이 있는 곳이 벽인 줄 알았는데 그 뒤에 문이 있었다. 문을 열고 안으로 들어갔다. 그곳은 파우더 룸이었다. 화장대가 두 개 있었고, 그 위에는 각종 화장품 도구가 진열돼 있었다. 안쪽 드레스 룸에는 각종 드레스가 걸려 있었다. 대위가 말했다.

"옷을 갈아입고 나오십시오. 원하는 것은 무엇이든 해도 됩니다. 단 십 분 안에 나와야 합니다."

대위가 나갔다.

"와우, 이 옷 좀 봐."

수연이 탄성을 질렀다. 태어나서 처음 보는 화려한 옷들이었다. 마치 결혼식 피로연이나 사교 파티에서 입을 법한 이브닝드레스는 물론, 바니걸스 의상, 스튜어디스 의상, 오피스 걸 의상에 학생 교복까지, 이건 마치 코스프레 쇼를 하기 위한 룸 같았다.

수연은 하얀 이브닝드레스를 입었다. 상반신은 목을 덮었고, 하반신은 넓게 퍼져 있어 몸의 굴곡이 잘 드러나지 않는 디자인이었다. 그녀는 길이가 길어 걷는 게 불편하다고 투덜댔지만 하이힐을 신을 수 있어 다행이라고 말했다. 그곳에는 사이즈 별로 하이힐도 구비되어 있었다.

유리는 몸매가 드러나는 베이지 빛 인어드레스를 입었다. 지금 아니면 언제 입어 볼 수 있겠냐면서, 맞춘 것처럼 몸에 딱 붙는다면서 좋아했다. 그녀는 몹시 들떠 있었다.

영미는 검은 벨벳 드레스를 선택했다. 다른 색상은 눈에 많이 띄는데 검은 색 옷은 그것뿐이었다. 구두도 검은색을 골랐다. 최를 위해서였다. 단 며칠만이라도 그의 죽음을 애도하고 싶었다.

수연이 스튜디오 문을 밀면서 말했다.

"파티를 하려는 걸까요?"

유리가 대답했다.

"저는 너무 기대돼요. 요즘 좀 지루했거든요."

"너는 공무원시험 공부하면 되잖아."

"잘 집중이 안 돼요. 바깥소식도 궁금하고. 아무튼 기분이 이상해요. 지구 멸망은 아닌데 곧 멸망이 올 것 같다고나 할까요. 괜히 우울해지고. 기분 전환을 하고 싶은데 나갈 수도 없고. 아무튼 답답해서 미칠 지경이에요."

"다 왔어, 조용히 해."

영미가 바의 커튼을 열어젖히며 말했다.

안에서는 음악이 은은하게 흘러나왔다. 테이블 위에는 칵테일과 스테이크, 감자튀김이 놓여 있었다. 영미와 유리는 정 일병 옆에 자리를 잡고 앉았다. 수연은 바 안쪽으로 가 박 상병 옆에 바짝 붙어 앉았다.

대위가 건배를 외쳤다. 술을 마시고 스테이크를 먹으며 그들은 잠시 모든 것을 잊었다. 지금이 게임 중이라는 것도. 최가 죽었다는 사실도. 마치 현재 이 시간만이 존재하듯 대화를 이어갔다. 눈앞에 있는 박 상병의 행동이 약간 거슬렸을 뿐 모든 것이 괜찮았다.

박 상병이 손으로 장난을 치는 지 수연의 몸이 배배 꼬였다. 이러지 말라고 수연이 눈짓했다. 박 상병은 아랑곳하지 않았다. 그의 손은 수연의 등을 쓰다듬다가 가슴을 헤집고 있었다. 마치 그곳에 둘 밖에 없다는 듯. 영미는 눈을 돌렸다. 대위와 눈이 마주쳤다. 그는 몹시 불쾌한 표정으로 박 상병을 노려보고 있었다. 마치 자신의 집을 무단으로 침입한 침입자를 보는 듯 했다. 대위가 박 상병에게 지시했다.

"안주가 필요해. 새우가 있던데 새우튀김 하나."

박 상병은 아쉽다는 듯 수연의 팔을 쓰다듬으며 일어섰다.

정 일병이 보드카 잔에 술을 따랐다. 대위가 말했다.

"최를 위하여."

"최를 위하여."

다들 건배를 외쳤다. 마치 최의 죽음을 애도하는 자신들만의 특별한 방식인 것처럼 술을 마셨다. 술은 부드럽게 목울대를 통과했다. 영미는 기분이 달떠 올랐다. 오랜만에 느끼는 자유로운 분위기 때문인지 억압되어 있던 뭔가가 풀려 나가는 것도 같았다. 최는 술 속에도 있었고, 안주 속에도 있었으며 그들의 말 속에도 있었다. 최를 핑계로 그들은 서서히 취해가고 있었다.

한참 취기가 오르고 어지럼증을 느꼈을 때, 대위가 말했다.

"지금부터 게임을 시작할거야."

어느새 대위는 반말이었다. 대위의 말이 이어졌다.

"아마 정 일병이 질문을 던졌을 거야. 질문은 사람에 따라 조금씩 달랐지만 본질적으로 같은 질문이었지. 우리 중에서 한 사람을 선택해야만 하는 것. 지금부터 정답을 발표해 소원을 들어줄 거야. 이 게임의 이름을 '소원성취게임'이라고 해 두지."

소원성취게임? 우리 중에서 없어도 되는 한 사람을 선택하라고 해서 박 상병을 선택했다. 그렇다면 박 상병을 제거라도 하겠다는 걸까? 뭘까? 영미는 갑자기 온몸이 으슬으슬 떨리기 시작했다. 냉기가 몰려왔다. 사슴의 목을 칼로 찌르고 피를 받아 마셨던 광경이 떠올랐다. 노을이 사람들 얼굴을 적시고, 사슴의 피가 바닥을 적시고, 사슴의 까만 눈망울이 가슴에 아로 새겨졌던 순간. 그 순간, 칼을 휘두를 수 있었던 것은 광기였을까. 공포였을까. 혹은 살기 위한 몸부림이었을까. 그런 순간을 다시 맞이하게 될 줄은 상상도 하지 못했다.

부드러운 목소리로 대위가 말했다.

"다들 자신이 한 말을 기억할 거야. 첫 번째 질문. 우리 중에서 가장 위협이 되는 사람이 누구냐는 질문에 유리라고 대답한 사람이 있어. 누구 일까?"

유리가 왜? 영미는 의아했다. 대위가 말했다.

"너무 아름다워서 해가 된다고 그 사람은 말했어."

영미는 수연을 쳐다보았다. 그 말을 한 사람이 수연일 것만 같았다. 대위가 말했다.

"영미 정답."

영미는 대위를 올려다보았다. 자신은 아무 말도 하지 않았는데 대위는 마치 자신의 생각을 들은 것처럼 말했다.

"입으로 말하기 어려우면 영미처럼 눈짓으로 가리켜도 돼. 자 다음 질문, 우리 중에서 없어도 되는 한 사람을 고르라는 질문에 그 사람은 박 상병을 지목했지. 이유는 수연의 마음을 가지고 장난치는 것 같아서 싫다고 했어. 그 말을 한 사람은 누구일까?"

영미는 두려움에 사로잡혔다. 마치 누군가 자신의 속을 들여다보고, 죄를 들춰내려는 것 같았다. 수연이 말했다.

"유리입니다. 유리는 저와 박 상병이 사귀는 것을 질투하니까요. 쟤는 모든 남자들이 자신을 좋아하는 줄 착각하거든요."

"땡, 틀렸어."

영미는 고개를 숙였다. 자신이 한 말임에도 불구하고 지목 당할까봐 겁이 났다. 아무도 모르게, 조용히 이 상황이 지나가기만을 빌었다. 대위가 말했다.

"기회는 한 번 뿐이야. 다음 질문, 이 안에서 죽이고 싶은 한 사람을 고른다면 안 상병이라고 대답한 사람이 있어. 이유는 받은 만큼 되 갚아주고 싶어서. 누구일까?"

영미는 평정심을 되찾았다. 자신이 한 말을 아무도 모른다는 사실에 안도했다. 그녀는 한숨을 내쉰 후 정 일병을 향해 고개를 돌렸다. 대위가 말했다.

"이번에도 영미가 맞췄네. 다음 질문, 우리 중에서 상대방에게 가장 피해를 주는 사람이 수연이라고 대답한 사람이 있어. 이유는 참을성이 부족해서. 누구일까?"

수연을 겨냥한 것이라면 유리일 것이다. 영미는 유리를 쳐다보았다. 대위가 말했다.

"딩동댕, 이번에는 두 사람이나 정답을 맞췄네. 영미와 수연."

영미는 수연을 쳐다보았다. 그녀는 원망스런 눈길로 유리를 바라보고 있었다. 기분이 처참해졌다. 덫에 걸린 기분이었다. 대위는 도대체 무슨 생각으로 이 게임을 시작한 걸까. 그것도 최의 죽음을 추모하려는 듯 분위기를 한껏 끌어올린 후에. 우리를 와해시키려는 것일까? 아니면 자신의 입지를 굳히기 위해 누구를 희생시키려는 것일까.

영미는 주위 사람들을 둘러보았다. 안 상병은 정 일병을 노려보고 있었고, 수연은 박 상병을 쳐다보다가 절망스런 표정으로 고개를 떨구었다. 박 상병은 골똘히 생각에 잠겨 있었는데, 누가 자신을 지목했는지 알아내려고 안간힘을 쓰는 것 같았다. 유리만이 자신과는 상관없는 일인 것처럼 행동했다. 그녀는 자신의 아름다움이 평범하지 않다는 것을 알고 있었고, 아름다움을 드러낸다면 그 누구도 자신을 해하지 않을 것임을 믿고 있는 것 같았다. 대위가 말했다.

"자, 다음 문제. 같이 자고 싶은 한 사람을 고르라는 질문에 유리라고 대답했어. 이 말을 한 사람은 누구일까?"

영미는 자신도 모르게 박 상병을 쳐다보았다. 대위가 말했다.

"딩동댕, 이번에도 영미가 맞췄네. 자, 마지막 문제. 이 문제는 좀 전의 질문과 같아. 정답만 다르지. 수연이라고 답했어. 누구일까?"

다들 박 상병을 쳐다보았다. 하지만 영미는 그 말을 한 사람이 그가 아니라는 것을 알고 있었다. 왜냐하면 유리와 자고 싶어 한 사람이 박 상병이었으니까. 그렇다면 대위를 제외하고 남은 사람은 단 한 명이었다. 안 상병, 영미는 안 상병을 쳐다보았다. 대위의 목소리가 들렸다.

"딩동댕, 영미 정답. 자, 지금부터 나를 따라오도록."

5

대위는 붉은 카펫이 깔려 있는 복도로 나갔다. 오른쪽 첫 번째 룸으로 들어갔다. 룸의 모습은 며칠 전 봤던 모습과 달랐다. 소파 테이블은 한쪽 끝으로 옮겨져 있었고 바닥에는 카펫만 깔려 있었다. 이상한 것은 조명 기구와 카메라가 소파 옆에 있다는 사실이었다. 대위가 소파에 기대앉으며 말했다.

"영미는 상을 줘야 되겠지. 이리로 와서 앉아. 다른 사람들은 어떻게 할까?"

영미는 자리에 앉아 그를 쳐다보았다. 그의 시선은 정 일병을 향해 있었다. 그가 고개를 끄덕거리자 정 일병이 박 상병에게 다가갔다. 귓속말로 뭔가를 지시했다. 박 상병이 카메라 뒤로 가서 섰다.

대위가 말했다.

"지금부터 소원을 들어줄 거야. 안 상병, 너 말이야. 수연이 궁금하다고 했지. 하고 싶은 대로 해봐."

수연은 안 상병이 아닌 박 상병을 쳐다보았다. 무척 고통스러워보였다. 그녀는 박 상병이 왜 자신을 선택하지 않고 유리를 선택했는지 믿을 수 없다는 듯, 넋이 나가 있었다. 반면 박 상병 눈빛은 이글거렸다. 수연에 대한 미안함과 안 상병에 대한 불쾌함으로 끓어오르는 듯했다. 그는 화를 삭이려는 듯 숨을 몰아쉬다 카메라 뒤로 몸을 숨겼다.

대위가 재차 말했다.

"자, 실시."

안 상병은 걸음을 옮길 듯 몸을 달싹이다 가만히 서 있었다.

"이거, 너무하지 않아요? 저 갈래요."

수연은 출입구를 향해 걸음을 옮겼다. 정 일병이 그녀 앞을 막아섰다. 그녀는 정 일병을 피해 몸을 움직였지만 항상 그녀의 앞에는 정 일병이 대기하고 있었다. 그녀는 울먹이며 정 일병을 향해 주먹을 뻗었다. 하지만 그녀의 주먹은 허공을 맴돌았고 몸은 발을 잘못 디딘 것처럼 휘청거렸다.

대위가 정 일병에게 눈짓했다. 정 일병이 안 상병에게 다가갔다. 개머리판으로 안 상병의 머리를 후려쳤다. 안 상병은 일병 따위에게 맞아서 분해 죽겠다는 표정으로 꼿꼿이 서 있었다. 정 일병은 안 상병이 쓰러질 때까지 사정없이 발길질 했다. 어디선가 본 듯한 풍경이었다. 맞고 짓밟히고 쓰러지던. 쇠꼬챙이처럼 단단하고 날카롭던 눈빛. 끝없이 순환되는 폭력의 굴레를 영미는 목격하고 있었다. 누가 피해자이고 피의자인지 알 수 없는 이상한 세계였다.

대위의 목소리가 들렸다.

"안 상병 실시."

안 상병은 다리를 질질 끌며 수연에게 다가갔다. 수연은 뒷걸음질 치다 바닥으로 넘어졌다. 안 상병이 그녀를 일으키려 했지만 그녀는 누워서 꼼짝도 하지 않았다. 두 눈을 꼭 감고 두 손으로 바닥을 꼭 잡은 채. 안 상병의 눈빛이 흔들렸다. 그 틈을 놓치지 않고 정 일병이 다가갔다. 안 상병의 등을 후려쳤다. 한 번, 두 번, 세 번. 안 상병의 입에서 비명이 터져 나왔다. 곧 그는 돌변했다. 잘 조련된 말처럼, 본능에 충실한 동물처럼 그녀에게 달려들었다. 수연은 발버둥 쳤지만 옷은 찢겨지고 상반신이 노출됐다. 안 상병은 수연의 몸을 짓누른 채 하얀 드레스를 걷어 올렸다.

두려움이 엄습했다. 영미는 주위 사람들을 살폈다. 대위는 흐뭇한 표정으로 그 모든 것을 지켜보고 있었고, 유리는 식탁 의자에 앉아 물을 마시고 있었다. 그녀는 수연의 불행을 그저 무덤덤하게 받아들였다. 자신과는 상관없다는 듯. 영미는 유리가 어떤 사람인지, 어떻게 살았는지 돌연 궁금했다. 무엇이 저토록 그녀를 냉정하게 만들었을까.

"자, 카메라맨 바꿔서. 이번에는 박 상병과 유리가 연기 하도록. 안 상병이 영상을 찍고. 실시."

갑작스런 말에 안 상병의 정신이 돌아온 듯했다. 그는 의아한 표정으로 대위를 쳐다보았다. 대위는 아랑곳하지 않고 말했다.

"박 상병 실시."

그제서야 안 상병은 자신의 옷을 고쳐 입고 자리에서 일어섰다. 수연은 바닥에 누워 어깨를 들썩이고 있었다. 그녀의 흐느낌이 실내를 가득 채웠다. 그녀는 드레스로 얼굴을 가린 채, 모든 의욕을 상실한 사람처럼 가만히 누워 있었다. 그래서인지 드레스만 보였다. 찢기고 뜯어져, 겨우 몸을 가린 드레스. 소매에는 빨간 립스틱이 묻어 있었고, 뜯어진 치마 끝자락엔 몇 개의 발자국이 선명하게 찍혀 있었다.

영미는 수연에게 다가가 드레스를 당겨 몸을 가려준 후 데리고 일어섰다. 수연이 비틀거리며 걸음을 옮겨 소파에 앉았다. 수연은 고개를 푹 숙였다. 이곳에 있는 모든 사람들이 원망스러운 듯 했다. 잡고 있던 영미의 손마저 슬그머니 뿌리쳤다.

정 일병이 박 상병에게 다가갔다. 박 상병은 몸에 용수철이 붙어 있기라도 한 듯 튕기듯 유리에게로 갔다. 유리는 할 테면 하라는 듯 박 상병을 쳐다보았다. 박 상병은 유리의 기세에 눌려 가만히 서 있었다. 유리가 대위를 보며 말했다.

"내가 제일 싫어하는 놈이 이 놈이라고요. 상대는 제가 골라요. 왜 남자들 소원만 들어주는 거죠? 제 소원은요?"

박 상병은 당황한 표정으로 대위를 쳐다보았다. 대위가 대답했다.

"네 소원은 이미 이뤄졌잖아. 너는 수연이 사람들에게 피해를 준다고 말했잖아. 그래서 앞으로 피해를 줄 수 없도록 한 거야. 그런데 수연의 소원은 뭐였더라. 우리 중에서 가장 위협이 되는 사람이 유리라고 했던 것 같은데. 그렇다면 수연의 소원도 들어줘야 되지 않을까. 어떻게 해야 네 아름다움이 위협이 되지 않을까. 수연과 똑같은 방법으로 너를 벌줘야 할까. 아니면 더 잔인한 방법으로, 수연 네가 대답 해봐."

수연이 고개를 들었다. 유리를 쳐다보았다. 절규에 가까운 음성으로 말했다.

"저보다 더 잔인한 방법을 원해요."

대위가 말했다.

"들었지? 이 정도로는 안 되겠는데. 더 잔인한 것을 원한다잖아. 이봐, 유리. 더 버텨봐야 좋을 것 없어. 이 정도면 서로에게 좋지 않을까. 수연도 덜 억울할 테고. 그렇지 수연?"

"더 잔인한 것을 원한다고요."

"들었지? 결정은 네가 해. 아니, 박 상병이 해."

수연이 박 상병을 노려보며 말했다.

"저 자식도 그 정도로는 안 된다고요."

"나도 그렇게 생각해. 왜냐하면 우리 중에서 없어도 되는 사람을 고르라는 질문에 영미가 박 상병을 지목했거든. 그 이유는 수연 마음을 가지고 장난치는 것 같아서 싫다고 했어. 그러니까 박 상병의 소원을 들어주지 않는 게 벌이 될 수 있잖아. 그렇겠지? 이봐 수연. 네 생각은 어때?"

수연은 대답 대신 영미를 쳐다보았다. 왜, 진즉에 얘기해 주지 않았냐고 묻는 눈빛이었다. 영미는 고개를 돌렸다.

"그냥 박 상병을 없앨까? 영미 소원도 들어줄 겸. 아니지. 그건 너무 쉽잖아. 아무튼 다른 방법을 생각해 볼게. 정 일병, 네가 유리와 하는 게 어때?"

"네, 충성."

정 일병이 총을 내려놓았다. 어찌나 신속하게 움직이는지 놀라울 따름이었다. 대위가 말했다.

"됐어, 너는 총이나 들고 있어. 안 상병, 이번에도 네가 해라."

안 상병이 놀란 표정으로 유리를 쳐다보았다. 유리가 말했다.

"네? 안 상병이라고요. 싫어요."

"그럼, 원하는 사람 있어?"

"대위님."

대위가 말을 더듬었다.

"누구…… 나?"

"네."

"아, 나는 곤란해. 다른 사람으로 골라."

"싫은데요."

그녀는 당돌했고 고집스러웠다. 그럼에도 대위는 웃고 있었다. 수연이 몸을 바르르 떨며 영미 귀에 대고 속삭였다.

"아무튼, 나는 쟤가 너무 싫어요."

영미는 수연의 손을 꽉 잡았다. 그녀는 뿌리치지 않았다. 대위의 목소리가 들렸다.

"그건 안 돼. 좋아. 그렇다면 누드 사진은 어때? 이봐 수연. 네 생각은 어때?"

"안 돼요. 성관계 영상이어야 해요. 다른 건 안 돼요."

"안 된다잖아."

대위가 말했다.

유리는 천천히, 보라는 듯 당당하게 옷을 벗었다. 그녀는 한 손으로 가슴을 가리고 다른 손으로 아랫부분을 가린 채, 미소 지었다. 그것은 불가사의할 만큼 충격적인 미소였다. 너무 미묘해서 해석하기 어려운, 지금까지 알고 있었던 그녀에 대한 모든 것을 무너뜨리는 미소였다. 마치 이 순간을 기다려온 것은 아닐까 싶을 정도로 짓궂음이 묻어 있었다. 또한 그 미소에는 어떤 흥분이 엿보였다. 성적 흥분이라고 부르기에는 너무 모호한 어떤 것. 상처에 모욕을 덧붙이려는 듯한 행동. 유리가 대위를 바라보며 말했다.

"좋아요. 원한다면요."

대위의 얼굴이 홍조로 물들었다. 경직된 얼굴과 단호한 시선 아래로 드러나는 붉은 기운. 야릇한 활기와 교활함이 사진처럼 선명하게 영미 눈에 아로새겨졌다. 저 붉음은 무엇을 의미하는 걸까? 진실은 대체 무엇일까? 그가 원한 것은 유리였을까? 아니면. 그는 무엇을 위해 이 게임을 벌이는 걸까.

수연이 나지막한 목소리로 중얼거렸다.

"칼로 베어버리고 싶어요."

수연의 눈에는 살기가 가득했다.

영미는 디에고 벨라스케스의 누드화를 식칼로 일곱 군데나 난도질한 여자를 떠올렸다. 그 여자는 런던 내셔널 갤러리에 뛰어들어 그림을 난도질했다. 그녀의 이름은 메리 리처드슨이었고, 여성 참정권 운동을 위해 결성된 여성사회정치동맹의 회원이었다. 그녀는 이 단체를 이끌던 팽크허스트의 구속에 항의하기 위해 그림을 훼손했다. 디에고 벨라스케스의 누드화는 가장 아름 답다고 손꼽히는 걸작이었으며, 영국민이 가장 사랑하는 누드화 였다.

6

그날 밤 일이 잊히지 않았다. 영미는 거울과 탁자, 물건들까지 도 음모를 꾸미고 있는 듯한 환상에 시달렸다. 그렇다. 그건 아마 도 꿈이거나 환상일 것이다. 그것이 사실이라면 우리 모두 정신 질환자이거나 현실 도피자일 테니까. 영미는 러닝머신 위로 올라 갔다. 속력을 높이고 뛰다보면 잡념들이 사라질 것이다. 지쳐 쓰 러질 때까지 운동하다보면 뜬 눈으로 밤을 지새우는 일도, 머릿 속을 휘젓는 악몽도 점차 사라질 것이다.

그날 밤 이후로 모든 것이 변했다. 수연은 방에만 틀어 박혀 있었고 유리는 거리낌 없이 자신이 하고 싶은 대로 행동했다. 그 누구의 간섭도 받지 않았고, 그 누구의 말도 듣지 않았다. 자신을 속박하고 있던 무엇인가를 내던진 사람처럼 홀가분해 보였다.

영미는 천천히 걷다가 조금씩 속도를 높였다. 뛰기 시작했다. 숨이 차올랐다. 발이 미끄러졌다. 속도를 늦추고 몸의 균형을 잡 았다. 천천히 숨을 고르며 다시 뛰기 시작했다. 뛰는 것만이 전부 이며 살아남는 방법인 것처럼 뛰는 것에 몰입했다. 한참을 뛰다보니 갈증이 났다. 달리기를 멈추고 물 세 잔을 연거푸 마셨다. 갈증은 사라지지 않았다. 몇 잔을 더 마셨지만 가슴 깊은 곳에서 부터 올라오는 갈증은 그대로였다.

가슴을 쥐어뜯으며 쓰러졌던 최가 생각났다. 전기충격에 피를 토하던 그의 마지막도. 원망스런 눈빛으로 쏘아보던 수연과 유리의 불안한 눈빛이 겹쳐졌다. 유리는 웃고 있었지만 검은 동공은 공포로 뒤덮여 있었다. 예측하기 어려운 낯선 상대를 만났을 때의 두려움이었다. 유리는 정말 괜찮은 걸까. 괜찮은 척, 홀가분한 척 연극하고 있는 것은 아닐까.

영미는 체력 단련실에서 나왔다. 현관문을 밀고 밖으로 나갔다. 위쪽에 달려 있던 고드름이 둔탁한 소리를 내며 바닥으로 떨어졌다. 위쪽을 올려다보았다. 수정바늘을 박아놓은 듯 고드름이 매달려 있었다. 그것들이 심장을 겨누는 듯했다. 무언가가 끊임없이, 자신을 꾸짖는 듯한 어떤 환청이 들렸다. 하지만 영미는 생각을 밀어냈다. 내면의 소리에 귀 기울이는 것은 어리석은 짓이었다. 그 소리에 귀를 기울이면, 자신이 지켜왔던 옳고 그름의 기준이 조각나 버릴 것 같았다.

영미는 종유석처럼 생긴 고드름을 살짝 튕겨 보았다. 서로 다른 높이의 소리가 났다. 그 중 하나를 따서 손에 들었다. 그것을 들자 무기를 획득한 것 같은 기분이 들었다. 날카로운 고드름 칼, 괜히 웃음이 났다. 그녀는 마치 앞에 상대방이 있기라도 한 것처럼 찌르는 흉내를 냈다. 손끝에서 물방울이 떨어졌다. 상대를 찌르기도 전 녹아내릴지도 모른다. 무기인 듯 보이지만 무기가 될 수 없는 칼.

영미는 고드름 칼을 들고 후문으로 이어진 산책로 쪽으로 걸음을 옮겼다. 자작나무가 보였다. 나무들도 얼음을 달고 가만히 서 있었다. 바람이 불자 얼음 결정들이 흩날렸다. 그것들이 얼굴에 와서 부딪쳤다. 얼굴이 아렸지만 영미는 고개를 돌리지 않았다. 누군가 더 세게 때려주었으면 싶었다. 아무것도 하지 않고 구경만 한 자신을 용서할 수 없었다. 아니, 영미는 줄곧 자신이 아니어서 다행이라는 생각을 했다. 이 시간이 빨리 지나가기만을 빌었다.

그녀는 눈 위에 찍혀 있는 발자국을 발견했다. 누군가 방금 지나간 듯 했다. 그녀는 발자국 위에 자신의 발자국을 포개면서 걸음을 옮겼다. 아무 소리도 들리지 않았다. 자신의 발자국 소리와 가쁜 숨소리 외에는. 온 세상이 정적 속에 잠들어 있는 듯했다. 세상의 끝이 있다면 지금 보고 있는 세상이 끝일지도 모른다는 생각이 불현듯 들었다.

걷다보니 최의 무덤이었다. 최는 자신의 죽음을 알았을까. 마치 유언처럼 재인에게 했던 말들이 떠올랐다. 가족들에게 잘해, 나중에 후회해. 어쩌면 그는 자신의 죽음을 예감했는지도 모른다. 고통을 숨겼지만, 자신이 바이러스를 앓고 있다는 것을 짐작했을 것이다. 왜 숨겼을까. 우리에게 말해 주었더라면 좋았을 텐데. 우리에게는 증상을 완화시켜 줄 약이 있었고, 링거액도 있었으며, 주사액도 있었다. 내가 나았듯 그도 충분히 나을 수 있었을 것이다. 그를 그렇게 보낸 사실이 영미는 안타까웠다.

살아 있을 때 그에게 했던 모든 행동과 말들이 후회스러웠다. 좀 더 잘할 수 있었는데, 의심하지 않고 믿어줄 수 있었는데. 영미는 그에게 뭔가를 주고 싶었다. 눈에 고드름 칼이 보였다. 순간, 그의 무덤 앞에 칼을 바치고 싶었다. 하지만 칼은 어느새 손과 하나가 되어 있었다. 손바닥에 착 붙어 떨어지지 않았다. 떼내려 하면 할수록 통증이 심해졌다. 그래, 이 정도 아픔 없이 죽은 자에게 선물을 줄 순 없지, 영미는 스스로를 위로하며 뜨거운 입김을 불어 넣었다. 드디어 고드름 칼이 손바닥에서 떨어졌다. 영미는 칼을 무덤에 내려놓으며 속삭였다.

"무서워하지 마세요. 이곳은 얼음 감옥이니까 이 칼이 도움이 될 거예요."

말하고 나니 마음이 좀 후련해졌다. 그의 죽음을 아주 조금은 받아들일 수 있을 것 같았다.

영미는 고개를 들어 뒷산으로 시선을 돌렸다. 모든 것들이 새하얀 눈으로 뒤덮여 있었다. 형체만 어렴풋이 구분할 수 있는 눈의 세계. 바람결에 눈이 흩뿌리는 소리가 들렸다. 바람은 나뭇가지를 흔들고, 뺨을 스친 후 다리 사이를 빠져 나갔다.

그녀는 탑을 향해 걸음을 옮겼다. 앞서 지나간 발자국이 탑으로 이어져 있었다. 탑과 가까워질수록 바람은 사그라들었다. 주변이 고요했다. 공기마저 가두어 버린 듯한 별장, 잔가지들조차 소리 내기를 두려워하는 것 같았다.

영미는 탑의 문을 밀었다. 동그랗게 나선형으로 이어져 있는 계단이 보였다. 계단을 얼마큼 올라가야 망루까지 갈 수 있을까. 그녀는 계단을 굽어보았다. 그때였다. 정 일병의 목소리가 들렸다.

"선생님, 제가 한 가지 질문해도 될까요? 만약 이곳에서 필요없는 한 사람을 고른다면 누구일까요?"

"제가 가장 쓸모없는 사람이에요."

재인의 목소리였다. 영미는 소리에 귀를 기울였다.

"음, 의외인데요. 가장 하고 싶은 일은 뭡니까?"

"술이 필요해요. 참, 전에 게임을 한다고 하지 않았나요? 제게 술을 줄 수 있나요?"

"물론입니다. 오늘 밤 3층으로 오십시오. 기다리겠습니다."

아마도 정 일병은 재인과 김 기사에게만 질문을 하지 못했던 것 같았다. 그래서 그들은 초대를 받지 못했을 것이다. 최의 죽음은 급작스러웠고 아무도 예상하지 못했던 일이었으니까.

영미는 뒤돌아섰다. 소리 나지 않게 숨죽이며 그곳을 빠져 나왔다. 본관을 향해 빠르게 걸음을 옮기다 멈춰 섰다. 누군가 자신을 감시하고 있는 것 같았다. 나무들 사이와 철조망 사이에서 하얀 눈빛들이 자신을 쏘아보고 있는 것 같았다. 잎사귀들이 바스락대며 몸을 비볐다. 눈송이들이 흩날렸다.

영미는 앞으로 걸어갔다. 눈빛들이 자신을 옭아매는 것 같았다. 내딛는 걸음마다, 숨 쉬는 호흡마다 눈빛들이 깃들어 있었다. 그 눈빛들이 말을 걸었다. 그녀는 눈을 감았다. 아득한 너머, 어둠 속에서 뭔가가 툭 튀어 나와 자신의 목을 잡아챌 것만 같았다. 그녀는 비명을 지르고 싶었지만 소리조차 나오지 않았다. 무기가 필요했다. 고드름 칼을 찾았다. 보이지 않았다. 그녀는 안절부절못한 채 주위를 두리번거렸다. 자신을 지켜줄만한 어떤 물건, 어떤 수단이 필요했다.

한때 그녀는 무엇인가를 보고 공포를 느끼는 것이라 생각했다. 그러나 그렇지 않다는 것을 알게 되었다. 말이 없어도, 볼 수 없어도 숨을 멎게 하는 공포를 느낄 수 있다는 것을. 소리만으로도 소름끼치도록 두려워질 수 있다는 것을. 그날 밤 대위의 지휘 아래 했던 게임처럼.

7

영미는 식당에 앉아 혼자 밥을 먹었다. 주위에는 아무도 없었다. 최의 죽음 이후 9시 뉴스 시간에도 사람들은 더 이상 로비로 모이지 않았다. 밥을 먹을 때도 각자 조용히 먹었고, 대화를 하는 일 따위도 없었다. 수연은 아예 식당으로 내려오지도 않았다. 영미는 수연의 안부가 궁금했지만 그녀를 만나는 것이 두려웠다.

영미는 215호로 갔다. 재인이 3층에 다녀왔는지 궁금했고, 만약 다녀왔다면 무슨 일이 있었는지 알고 싶기도 했다.

재인은 혼자 텔레비전을 보며 키득거리고 있었다. 영미는 재인의 안색을 살폈다. 재인은 피곤해 보였고, 목 사이로 푸르스름한 멍이 보였다.

"이 멍은 왜 생긴 거예요?"

"나도 몰라. 어젯밤 3층에서 술을 좀 많이 마셨는데 기억이 안 나. 오랜만이라 절제하지 못했거든."

"게임을 했나요?"

"아니 뭐, 게임이랄 것도 없던데. 내가 나를 지목했으므로 무효라고, 대위가 말했어. 술이나 먹고 가라고."

"그랬군요."

"너는? 뭐 별일 없어? 게임은 했니?"

"저도 별일 없었어요. 곧 하겠죠."

영미는 얼버무렸다. 대위는 그녀에게 3층에서 잘 것을 제안했지만 아직 결정하지 못했다. 예기치 않은 일을 당하게 될까봐 불안했고, 그 일을 감당할 자신도 없었다. 재인이 말했다.

"참, 대위가 3층에 와서 쉬라고 말했어. 혼자 머물기 싫으면 원하는 사람과 함께 와도 된다고. 그런데 이상한 소리를 했어. 그 한 명이 너였으면 좋겠데."

"저요."

"응, 그럴 자격이 있는 사람은 너뿐이라고 하던데. 그리고 다른 말도 했는데 기억이 안나. 술을 너무 많이 마셨나봐. 아직도 머리가 깨질 듯 아파."

"속 편해지게 주사 놔 드릴까요?"

"됐어. 주사는 뭐. 쉬면 돼."

영미는 재인의 만류에도 불구하고 주사액을 가져와 그녀의 팔에 놔 주었다. 병을 앓고 난 이후 영미는 그 누구보다 재인에게 너그러웠다. 재인이 말했다.

"우리 오늘 밤부터 같이 가서 잘까? 어차피 비어 있는 방이잖아."

영미는 3층에 올라간다는 사실만으로 속이 메슥거렸다.

재인이 말을 이었다.

"요 며칠 수연과 유리가 보이지 않네. 각자 방을 쓴 이후로 서먹해졌어. 유리야 혼자 잘 지내겠지. 이상한 건 수연이야. 걔는 원래 말이 많았잖아. 혼자 있기를 싫어했고. 박 상병 때문인가. 늘 박 상병과 붙어 다니느라 그런 걸까."

"요즘은 그렇지도 않아요. 박 상병과 멀어진 것 같아요."

"아, 그래서 안 보이는구나. 실연의 상처 때문에. 곧 괜찮아질 거야. 걔는 원래 그렇잖아. 이번에는 좀 오래 사귀나 했더니."

영미는 자리에서 일어나 창문을 열었다. 공기를 깊이 들이마셨다. 신선한 공기가 안으로 들어왔다. 눈부시게 반짝이는 눈과 맑게 갠 연녹색의 하늘. 하얀 얼음 담과 나무들. 나무들은 마치 몸이 잘린 상태로 담 위에 세워져 있는 듯 했다. 문득 그녀는 자신의 삶도 나무들처럼 잘린 상태로 멈춰져 있다는 생각이 들었다. 일상의 반복은 성장을 통해 조금씩 새로워지는 건지도 모른다. 그러나 은호에게 감금당한 이후, 그녀의 삶은 늘 거기에 멈춰져 있었다. 그 기억에 또 다른 기억이 보태졌다. 혼란과 의심, 불신으로 채워졌던 그날 밤의 일. 이렇듯 나쁜 기억만 가지고 살아가야 할까. 좋은 기억 하나쯤은 있어야 되지 않을까. 영미는 재인을 돌아보았다. 재인과 함께라면 3층에서 지낼 수 있을 것이다.

"그래요, 선배. 오늘 밤 3층으로 가요. 사우나도 하고, 수영도 해요."

"그래, 올라가자. 최 때문에 요즘 많이 우울했거든."

재인은 얼굴이 푸석푸석했고 부어 있었다. 최로 인한 슬픔 때문에 더 많은 술을 마셨을 것이다. 영미는 화제를 돌렸다.

"참, 김 기사 아저씨는 잘 지내죠? 요즘 통 보이질 않네요."

"어제 김 기사도 만났어. 그 역시 이곳에서 제일 필요 없는 사람은 자신이라고 대답했나 봐."

"대위가 뭐라던가요?"

"아무 말도. 아 맞다. 그냥 지금처럼 조용히 살면 된다고. 그랬던 것 같아."

"같이 술 마셨나요?"

"아니, 김 기사가 쉬고 싶다고 말했어. 최 때문인가. 많이 수척해졌더라."

"네? 아무래도 김 기사에게 가봐야겠어요. 신경 쓰여요. 해열제와 항생제, 링거액 아직 남았죠?"

"저기 서랍 열어봐."

영미는 서랍을 열었다. 그곳에 응급처치용 약상자와 링거액, 주사액이 있었다. 그녀는 종류별로 가방에 챙겨 넣었다. 만약 아픈 거라면 최를 보냈듯 허무하게 그를 보내고 싶지 않았다. 무엇보다 그는 원으로 데려다줄 버스 기사였다. 그가 없다면 버스를 몰 사람도, 밖으로 데려다줄 사람도 사라질 것이다.

그녀는 205호 앞에서 방문을 노크했다. 대답이 없었다. 손잡이를 살며시 돌려 보았다. 문이 열렸다. 안으로 들어서자마자 기침소리가 방을 가득 채웠고, 역겨운 냄새가 확 풍겼다. 김 기사는 방 한가운데 이불을 덮고 누워 있었다. 이불에서는 구토의 흔적이 남아 있었고 그가 몸을 들썩일 때마다 푹 익힌 치즈냄새가 진동했다. 환기가 필요했다. 그녀는 창문을 열고 그에게 다가갔다.

체온계를 확인했다. 38.5도였다. 열을 내리는 게 급선무였다. 그녀는 얼음 팩을 수건으로 싸 그의 머리와 겨드랑이 사이에 끼워 주었다. 링거액을 옷걸이에 걸은 후 그의 팔에 주사를 꽂았다. 해열제와 항생제도 주입했다. 괜찮아져야 할 텐데. 그녀는 김 기사를 내려다보았다. 그는 거의 움직임이 없었다. 간간이 들리는 기침 소리만 아니면 죽은 사람이라고 착각될 정도로 축 늘어져 있었다.

문소리가 들렸다. 재인이었다.

"아저씨는?"

"열이 심해요. 기침도 잦고."

"처치는?"

"했어요."

"며칠은 지켜봐야 되겠지."

"그러려고요."

"치커바이러스겠지."

"증상으로 봐서는요. 이상한 건 잠복기가 너무 길어요."

"나도 그 점이 의심스러워. 정부 발표는 최대 2주라고 했잖아. 그런데 거의 한달 정도 됐지."

"네, 혹시 정부 발표보다 잠복기가 훨씬 긴 게 아닐까요?"

"그럴 수도 있고. 아니면 우리 모두 몸속에 바이러스를 가지고 있는지도 몰라. 바이러스가 어떤 조건, 예를 들어 극심한 스트레스라던가 면역력이 급속하게 떨어졌다던가, 당뇨나 고혈압 신장 질환 같은 기저질환을 만났을 때 활성화 되는 게 아닌가 싶어."

"무섭네요. 저는 다 나은 걸까요? 이러다 또 다시 활성화 되는 건 아닐까요?"

"그건 아무도 모르겠지. 백신이 나오기 전까지는."

"우린 모두 잠재적 보균자라는 말이군요."

"그래, 바이러스는 몸 속 깊은 곳에 숨어 있다가 기회를 노리는 건지도 몰라."

"사악한 본능 같군요."

"그래, 사악하기 그지없지."

갑자기 재인은 무엇인가 생각났다는 듯 말했다.

"참, 너 뉴스 못 들었지?"

"……."

"다양한 방법으로 치료법을 찾고 있는데, 현재 가장 효과가 좋은 게 혈장 치료래."

"그렇다면 제 혈장이 필요하겠군요."

"그렇지. 너는 병을 앓고 나았으니까."

"만약 완치된 게 아니라면요."

"일단 믿어봐야지. 우리는 할 수 있는 한 최선을 다해야 하고."

영미는 고개를 끄덕였다. 자신의 혈장이 김 기사의 상태를 호전시킬 수 있다면 해 봐야 했다. 결과는 모르겠지만. 재인이 빙그레 웃었다.

"아마 네 혈장이면 김 기사는 금세 털고 일어날 거야."

영미는 재인의 팔을 잡아끌었다.

"빨리 채취하러 가요."

혈장치료가 도움이 된다면, 김 기사 상태가 호전되고 최와 같은 억울한 죽음이 더는 발생하지 않게 될 것이다. 헌혈버스에는 혈장을 채취할 장비가 있었고 영미는 감염된 후 회복됐다. 이것은 행운이었다.

8

김 기사는 혈장 치료 후 몰라보게 좋아졌다. 기침도 잦아들었고 열도 내렸다. 가끔 농담도 했다. 그의 회복에 가장 먼저 축하를 보낸 것은 대위였다. 대위는 치료방법을 찾았으니 바이러스에 대한 공포로부터 벗어날 수 있게 되었다면서 좋아했다. 또 영미와 재인에게 3층에 올라와 지내라고 말했다. 자신이 주는 상이라고 했다.

영미와 재인은 3층 손님방으로 올라갔다. 때맞춰 박 상병이 토끼탕을 끓여 주었다. 언제부턴지 영미는 토끼탕을 봐도, 노루 스테이크를 봐도 어떤 감정도 일지 않았다. 가끔 새끼 노루의 슬픈 눈빛이 생각났지만 금세 잊었다. 이건 단지 소고기나 돼지고기, 닭고기처럼 고기일 뿐이었다. 죽어가는 과정을 보았느냐, 보지 않았느냐의 차이일 뿐이었다. 피의 의식 이후 그들은 더 이상

사냥에 동원되지 않았다. 사냥하는 것은 대위와 정 일병 뿐이었다. 안 상병도 사냥터에 가지 못했다. 그는 탑 위에 올라가 보초를 서거나 망보는 일을 했다. 안 상병과 정 일병의 관계는 역전되었고, 이제는 그 누구도 정 일병에게 막말을 하거나 심부름을 시키지 못했다.

3층에서의 생활은 호화스러웠다. 토끼탕 뿐만 아니라 별식도 넘쳐났다. 3층 식품 창고에는 각종 음료수와 캔, 술과 안줏거리가 넘쳐났다. 재인은 술을 마실 수 있다는 사실만으로 흡족해했다. 대위는 3층 손님방에 머무는 동안 먹고 싶은 것이 있으면 언제든 먹어도 된다고 말했다. 격리에도 계급이 있다는 사실을 영미는 알게 되었다.

아쉬운 점이 있다면 맘대로 드나들 수 있는 곳이 수영장과 사우나실 뿐이라는 점이었다. 파티 룸으로 향하는 문은 언제나 안쪽에서 굳게 잠겨 있었고, 그곳을 이용하고 싶으면 정 일병에게 무전기로 연락해야 했다. 물론, 수영장을 통해 그곳으로 갈 수 있었지만 그들은 자제했다. 어느새 그들은 대위의 명령에 복종하고 있었다.

거실 소파에 기대 앉아 텔레비전을 보던 재인이 말했다.

"정 일병에게 무전 쳐봐. 이곳에 있는 동안 술 좀 챙겨야겠어."

"아직 남았잖아요."

"겨우 두 병인 걸."

영미는 정 일병에게 무전을 쳤다. 정 일병은 더 필요한 것은 없냐고 질문했다.

재인이 옆에서 말했다.

"소주는 있니?"

"없습니다."

"가장 독한 술은?"

"보드카가 있습니다."

"그걸로, 되도록 많이 가져다줘."

"그건 안 됩니다. 한 사람당 하루 한 병이라고 대위님께서 말씀하셨습니다."

"하지만…… 며칠 전에는 맘껏 먹을 수 있었잖아."

"대위님과 함께 마실 때는 예외입니다. 또 특별한 날도 예외입니다."

"특별한 날이라니?"

"저도 잘 모릅니다. 대위님이 정하는 거니까요."

곧 무전이 끊겼다.

텔레비전에서는 개그프로가 나오고 있었다. 아무 생각 없이 웃다보니 정 일병이 왔다. 그는 호텔 룸서비스를 하듯 바퀴 달린 트레이 위에 파스타와 보드카 두 병 마른안주를 싣고 왔다.

"좋은 시간 보내십시오."

정 일병은 음식을 내려놓자마자 문을 닫고 사라졌다.

갑자기 뉴스 속보가 떴다. 요즘은 드라마나 다큐를 보다가도 방송이 잠시 중단되고 속보가 나왔다. 뉴스에서는 지금 전 세계가 공황에 빠졌다고 말했다. A국에서는 감옥 안 죄수들이 폭동을 일으켜 경찰들과 대치 중이었다. 죄수들은 지붕에 올라가 셔츠를 벗어들고 흔들어댔다. 마치 백기를 든 적군 같았다. 그럼에도 경찰들이 총을 쐈다. 지붕이 무너졌고 흰 셔츠가 붉게 물들었으며 몸뚱이가 짓이겨졌다. 감옥창살은 내편과 네 편을 가르는 전장이었다.

D국에서는 '제대로 된 치료를 받고 싶다.', '우리도 국민이다.', '죽을 각오로 왔다.' 라는 피켓을 든 노인들이 국회로 몰려들었다. 세계에서 노인 인구가 가장 많은 D국에서는 노인들을 중심으로 빠르게 확산되고 있었다. 요양원에서는 보호사들이 노인들을 버려두고 도망갔고, 노인들 시신이 방치된 채로 있었다. 바이러스에 걸려도 치료를 받지 못한다고 하니 노인들이 국회로 쏟아져 나오는 것은 어쩌면 당연했다.

사회주의를 대표하는 P국에서는 이미 폭동이 일어나고 있었다. 정부에서 확진자 숫자를 숨겼고, 질병에 관한 경고를 하는 의사들을 감금했으며 자국 소식을 소셜네트워크로 알리는 사람들을 붙잡아 갔다. 도시는 재빠르게 봉쇄됐으며 시민들은 각자의 집에 격리되었다. 경찰과 군인들이 거리를 장악했다. 그들은 시민들을 발견하면 폭행했고, 몸에 소독 액을 뿌렸으며 유치장에 감금시켰다. 감금된 시민들이 피를 토하며 죽어갔다. 그 소식에 시민들이 거리로 뛰쳐나왔다. 온 세계가 마치 폭동의 소용돌이 속에 있는 것 같았다.

재인이 말했다.

"오래 참은 것일 수도 있어. 질병보다 인권이 먼저인지도. 아니면 아무도 모르게 죽어가는 것이 무서워서일까. 내가 여기 있다는 것을 증명하려는 노력인지도 몰라."

"복잡하네요. 그러고 보니 우리나라 상황은 그래도 괜찮은 것 같아요."

"국민성이 유별나니까. 나라도 작고. 강대국들 사이에서 살아남으려다 보니 유전자가 잘 살아남는 방향으로 진화한 거겠지."

바깥에서는 폭동이 일어났다는데 그 모든 일들이 비현실적으로 느껴졌다. 마치 연쇄살인범이 나오는 영화를 보며 맥주를 마시고 있는 것처럼. 모든 것이 단절된 것 같았고 연속적이지 않았다. 편집된 잔혹사를 보고 있는 것도 같았다. 형체도 없는 초미세먼지, 다른 공간과 시간에서 일어나는 이상한 일들. 전혀 다른 블록 속에 갇힌 비트코인처럼 단절됐지만 체인으로 연결된 기묘한 현상 같았다.

영미는 말없이 파스타를 먹었다. 파스타는 고소했고 보드카는 독했다. 목을 통과할 때마다 목이 타 들어가는 듯했다. 재인은 천천히, 아주 천천히, 오래도록 음미하듯 조금씩 홀짝거렸다. 재인

196

이 말했다.

"아껴 마셔야겠어. 이곳 손님방에서 나가게 되면 더 이상 술을 달라고 할 수 없잖아. 우린 언제쯤 나갈 수 있을까?"

"백신이 만들어져야 할까요?"

"갑갑하네. 1년, 2년? 그때까지 버틸 수 있을까?"

영미는 달력을 보았다.

이곳에 왔을 때가 11월이었는데 어느 새 1월이었다. 이러다 금세 눈이 녹고 꽃이 피고 계곡물이 넘칠 것이다. 그때까지 격리당한 채, 대위의 지휘 아래 살아가야 될지도 몰랐다. 바이러스는 더 이상 두렵지 않았다. 영미는 항체를 가지고 있었고, 필요한 약과 장비도 있었다. 두려운 것은 대위였다. 그의 결심이었다.

9

재인과 영미는 노천탕으로 들어갔다. 새벽 2시 모두들 잠을 잘 시간이었다. 그 누구의 방해도 없이 조용한 시간을 보낼 수 있을 것이다. 바람도 숨을 죽였고 추위는 느껴지지 않았다. 대나무는 샛바람이 겨우 통과할 수 있을 정도의 틈만 허용했고 탕에서는 뜨거운 김이 솟아오르고 있었다.

하늘을 쳐다보았다. 별이 보였다. 은하수 무리도 보였다. 마치 천체 관측소 전망대에 올라와 있는 듯했다. 별들은 춤을 추듯 무리지어 꾸물거렸다. 빛들이 하늘을 수놓았다. 북두칠성과 카시오페이아, 오리온자리도 선명하게 반짝거렸다. 또 어떤 별자리가 있더라, 영미는 생각했다.

"우리, 별자리 찾기 할까요?"

재인은 대답이 없었다. 하늘을 보며 혼자서 웅얼거렸다.

"저기 어딘가에서 아이가 내려다보고 있겠지. 최도 별이 됐을까."

재인의 시선은 아득히 먼 곳을 향해 있었다.

"내가 왜 이혼 했는지 알아?"

그녀는 잠시 뜸을 들인 후 이야기를 시작했다.

"그때 몸살감기로 연차까지 내고 집에서 며칠 쉴 때였어. 밤새 고열과 구토에 시달렸지. 새벽녘에야 깜박 잠이 들었어. 이제 막 돌이 지난 아이는 엄마가 보고 있었지. 아이도 밤새 칭얼댔나봐. 잘 먹지도 않고, 자지도 않고. 새벽녘 아이의 이마를 만져본 엄마는 깜짝 놀랐어. 이마가 뜨거웠거든. 하지만 내겐 알리지 않았어. 엄마한텐 손녀보다도 딸인 내가 더 소중했나봐. 밤새 앓다 이제 막 잠이 들었는데, 손녀 때문에 잠을 방해할 수 없다고 생각한 거지. 그래서 집에 있는 해열제를 먹인 후 칭얼대는 아이의 입에 분유를 물렸어. 그리고 엄마도 잠이 든 거야. 아침에 엄마의 통곡소리를 들었어. 엄마가 나를 흔들어 깨우면서 말했어. 재인아, 아기가 숨을 안 쉬어. 나는 장난인 줄 알았어. 그걸 어떻게 믿을 수 있겠어. 너라도 마찬가지였을 거야. 나는 몸을 일으켜 아기에게로 갔어. 아기는 잠을 자듯 고요하게 누워 있었어. 잠자는 거잖아. 나는 아기의 심장에 귀를 갖다 댔어. 조용했어. 그 어떤 소리도 들리지 않았지. 새근대는 소리를 기대한 나는 내 귀가 잘못된 줄 알았어. 일시적으로 귀가 소리를 듣지 못한 건가, 의심했지. 이렇게 예쁜데, 살아 있는 것처럼 누워 있는데, 심장이 뛰지 않다니. 그 이후로 내 삶은 엉망진창이 돼 버렸어."

그 순간, 음악에서 리듬이 바뀌는 것처럼 재인과 영미 사이를 감싸고돌던 공기의 흐름이 바뀌었다. 영미는 재인의 비밀을 공유한 단 한사람이 된 것만 같았고, 생의 민낯과 정면으로 대면하고 있는 듯했다. 생이 그녀에게 속삭였다. 살아가는 도중 잘못된 선택을 했다고 해서 삶을 포기해 버릴 수는 없어, 아무리 인생이 부적절하고 절망적이라 할지라도 일상 속으로 걸어가야만 해.

별똥별이 떨어지고 있었다. 영미는 눈을 감았다. 이곳에서 나가게 해 주세요. 눈을 뜨고 보니 별똥별은 사라지고 없었다. 이미 사라지고 없는, 존재하지도 않은 별똥별에게 소원을 빈 것은 아닐까. 어쩌면 소원은 혼잣말에 지나지 않는 건지도 모른다. 알고 있었다. 별똥별은 밤하늘을 바라보던 외로운 이들이 만들어낸 환상이며, 속임수라는 것을. 그럼에도 저 멀리 반짝이는, 높은 곳에 있는 무엇에게 마음 속 소망을 털어놓았다는 사실 만으로 그녀는 위로가 됐다.

"방금, 별똥별 봤지요. 소원 빌었나요?"

재인이 입에 손을 가져다 댔다. 수영장 안쪽을 가리켰다.

수영장 쪽을 보니 누군가 문을 열고 들어오는 중이었다. 정 일병이었다. 정 일병 뒤에는 유리와 대위가 있었다. 그들을 보자 불안했다. 숨고 싶었다. 하지만 시커먼 그림자가 손목과 발목을 묶어버린 듯 그녀는 얼어버렸다. 뺨에서는 섬뜩한 기운이 느껴졌다. 어떻게 해야 할까, 만약 저들이 우리를 발견한다면, 영미는 재인을 쳐다보았다. 재인이 귓속말을 했다.

"그냥 가만히 있자. 우리가 뭘 잘못한 것도 없잖아."

그녀가 옳았다. 갑자기 일어나는 것도 좀 이상했다. 다행이라면 우리 앞에는 야자수가 늘어서 있었고, 안쪽에서는 바깥쪽이 잘 보이지 않는다는 것이었다. 영미는 안쪽을 살폈다. 정 일병 손에는 카메라가 들려 있었다. 그는 카메라를 썬 비치 위에 올려놓고 밖으로 나갔다.

수영장 안에는 유리와 대위만 남았다. 유리는 자신을 속박하고 있던 허울을 벗어던지듯 옷을 벗었다. 대위를 보면서, 유혹하듯. 대위가 의미심장한 미소를 띠었다. 유리의 도발적인 행동에 응해줌과 동시에 무엇인가를 요구하는 듯한 미소였다. 대위는 유리가 그랬듯 천천히 옷을 벗고 물속으로 들어갔다.

재인이 고개를 돌렸다. 하늘을 쳐다보았다. 하지만 영미는 그들에게서 눈을 뗄 수 없었다. 아마도 최의 장례식 다음 날, 대위가 제안한 게임이 충격적이어서인지도 몰랐다. 이제 그 어떤 것도 충격적이지 않았다.

가끔 이보다 더한 아픔은 없을 거야, 이보다 더한 기쁨은, 이보다 더한 고통은, 이보다…… 어려운 일을 당할 때마다 영미는 생각했다. 지금이 가장 어려운 시기일 거라고. 하지만 이보다 더한 상황은 예기치 않은 곳에서 예기치 않은 방법으로 불쑥 나타나곤 했다. 살아가는 한 '이보다 더한 어떤 것'을 맞이할 준비를 하고 살아야 했다. 그것이 세상에 적응하는 방법이었다.

유리가 일어서서 썬 베드에 누웠다. 대위는 유리의 몸을 찬찬히 뜯어보는 중이었다. 유리는 부끄러움을 모르는 사람처럼 가만히 누워 있었다. 대위가 다가갔다. 유리 앞에 무릎을 꿇고 앉았다. 말없이 배를 쓰다듬으며 천천히 손을 아래로 내렸다. 대위가 유리의 배에 입술을 댔다. 유리가 몸을 비틀었다. 뒤틀린 신음소리, 엇갈리는 몸짓, 절정에 이른 듯한 가쁜 호흡, 몸이 비틀어졌다 모아졌다 심하게 요동쳤다. 그 사이로 황홀경에 도달했다는 듯 내지르는 유리의 절규와 자제력을 잃은 대위의 신음소리가 뒤엉켜 허공을 맴돌았다.

갑자기 대위가 유리의 목을 졸랐다. 유리는 장난치지 마, 하는 표정으로 대위를 바라보다가 숨을 쉴 수 없다는 듯 캑캑거렸다. 유리의 손이 허공을 붙잡았다. 유리의 발가락이 바닥으로 파고들었다. 허리가 비틀어졌고 온몸이 요동쳤다. 살려달라고 애원하는 듯한 눈빛과 손짓, 발짓들. 유리의 입이 벌어졌고 눈이 풀렸다. 그럼에도 그녀의 입가에는 묘한 웃음이 걸려 있었다. 어딘가로 떠내려가는 듯한, 물위를 평화롭게 헤엄치고 있는 듯한 웃음이었다.

영미는 그 순간 유리의 비밀을 엿본 것 같았다. 그녀는 거만한 듯 하면서도 순종적이었고, 이성적인 듯했지만 감정적이었다. 그녀의 눈빛과 표정, 몸짓은 현재만을 기억하는 듯했다. 지금까지 겪었던 슬픔이나 불행, 미래에 대한 염려 따위는 그녀에게 존재하지 않는 것 같았다.

재인이 몸을 일으켰다. 그녀의 얼굴은 보기 흉하게 일그러졌고, 이마에서는 땀방울이 송글송글 맺혔다. 그녀는 호흡곤란이 온 사람처럼 가슴을 쥐어뜯었다. 얼굴은 음습한 기운이 가득했고, 눈빛은 공포에 젖어 있었다. 그녀는 그렇게 한참을 서 있었다. 그것 말고는 아무것도 할 수 없는 사람처럼. 갑자기 그녀는 숨이 막힌 듯 컥컥 댔다.

"어디 아파요?"

재인이 멍한 눈으로 영미를 내려다보았다. 곧 정신이 돌아온 듯 수건으로 몸을 가렸다. 그리고 곧장 문을 향해 걸어갔다. 문이 닫혔다. 그녀의 옷은 그대로 있었다. 자신의 옷을 가져가는 것도 잊어버린 것이다. 영미는 자리에서 일어나 그녀의 옷과 자신의 옷을 챙겨 들고 살그머니 문을 열고 나갔다.

복도의 붉은 카펫에는 재인이 걸어간 걸음마다 물방울이 묻어 있었다. 아주 급하게 걸어간 듯했다. 영미는 붉은 카펫 위 물방울을 밟으며 걸음을 옮겼다. 재인에 대해 생각했다.

어렴풋이 짐작되는 것은 그녀가 어떤 기억을 떠올렸다는 것뿐이었다. 혹시 게임을 했던 날 밤, 술에 취해 기억나지 않는다는 그날 밤, 어떤 일을 겪었던 것일까. 그럴지도 몰랐다. 목에 난 푸르스름한 멍이 목 졸림의 흔적인지도 모른다. 유리는 괜찮은 걸까. 어쩌면 그녀는 대위에게 사로잡힌 포로인지도 모른다. 저들의 행위 역시 사랑을 위한 것이 아니라 주도권을 잡기 위한 싸움이라면. 그녀는 살아남을 수 있을까. 최처럼 죽게 되거나 혹은 수연처럼 짓밟히게 된다면.

영미는 고개를 저었다. 자신이 할 수 있는 일은 아무것도 없었다. 모른 척, 무시하는 것이 차라리 인간적이었다. 유리는 도움을 바라지 않을 테니까. 아주 짧은 순간이었지만 황홀경에 빠진 듯한 표정이 생각났다. 어쩌면 내일이면 유리의 목에도 푸르스름한 멍 자국이 발견될지도 모른다. 그 흔적이 상처로 남아 어느 날 문득 그녀는 광기를 발산하게 될까. 본능이 호랑이처럼 의식을 덮치는 날이면 자신도 감당하지 못할 일을 저지르게 될까. 그럴지도 몰랐다. 도덕은 환각에 불과하니까.

영미는 빠르게 걸음을 옮겼다. 룸 안으로 들어갔다. 재인은 보이지 않았다. 아마도 자신의 방으로 들어갔을 것이다. 영미는 조용히 방문 앞에 그녀의 옷을 두고 자신의 방으로 갔다.

10

재인과 영미는 짐을 쌌다. 영미는 쓸쓸해졌다. 어쩌면 3층 창
가에서 볼 수 있는 마지막 풍경인지도 몰랐다. 인공 폭포와 잘 가
꿔진 나무들과 대나무 숲. 정 일병이 말했다.
"좋은 기회를 너무 쉽게 버리는 것 아닙니까?"
"더 있고 싶기는 한데……."
영미는 말을 끝맺지 못했다. 그저 재인을 쳐다보았다. 재인은
단호했다. 눈썹이 살짝 움직였고 얼굴 근육이 팽팽해졌다. 긴장
감이 감돌았다. 그녀는 "지금 당장 내려갈 거야" 했다. 전날 수영
장에서 본 광경이 재인의 심경에 변화를 준 게 틀림없었다.
내려가는 길에 옆방에서 나오는 유리와 마주쳤다. 영미는 자
신도 모르게 유리의 목을 내려다보았다. 유리는 목까지 올라오는
셔츠를 입고 있었다. 상처는 보이지 않았다.
"잘 지내렴."
영미의 말에 유리가 심드렁하니 대답했다.
"3층은 지루하지 않아서 좋아요. 언제든 오고 싶으면 오세요.
방이 하나 더 있으니까요."
퉁명스러워 보이는 말투와는 달리 그녀는 외로워 보였다. 세

상에 혼자 남겨진 사람처럼, 혹은 혼자 세상과 맞서는 사람처럼. 영미는 그녀에게 다가가 그녀를 꼭 껴안았다. 그녀는 머뭇대며, 어리둥절한 표정으로 영미를 쳐다보았다. 영미는 장난치듯 더욱 세게 그녀를 끌어안았다. 등을 살며시 두드려주었다. 갑자기 그녀가 조용해졌다. 살며시 어깨를 들썩이기도 했다. 그것이 울음이든, 웃음이든 상관없었다. 영미는 그녀가 잠시라도 자신의 품에서 쉬기를 원했다.

영미는 2층으로 내려갔다. 김 기사가 계단을 내려가는 모습이 보였다. 그녀는 김 기사를 불러 세웠다.

"김 기사님, 몸은 좀 어때요?"

"다 나은 것 같아. 고마워, 영미 덕분이야."

"뭘요, 재인 선생님이 다 도와주었는걸요."

"그럼, 난 바빠서 그만."

"이 시간에 뭐가 바쁘다고요."

"아, 탑에 보초 서러."

"안 상병은요?"

"모르겠어. 며칠 전부터 보이지 않아."

왜 김 기사가 보초를 서는 걸까? 안 상병은? 영미는 중얼거리며 방으로 들어갔다. 화장품을 정리하다가 문득 안 상병에 대한 궁금증이 일었다. 김 기사는 며칠 동안 보이지 않는다고 말했다. 가만 생각해보니 꽤 오랫동안, 그러니까 '소원성취게임'을 한 이후로 그를 보지 못한 것 같았다. 그는 어디로 간 걸까. 어쩌면 아픈 건지도 몰랐다. 김 기사가 죽음의 고비를 넘길 때 그 역시 죽음의 문턱에 있었다면. 지금쯤이면 죽었을까? 생각만으로 아찔했다. 영미는 정 일병에게 무전을 보냈다.

"현관 로비로 오길 바람. 할 말 있음."

정 일병이 알았다고 했다.

영미는 스웨터를 걸쳐 입고 로비로 내려갔다. 로비 소파에 앉아 나무 둥치를 올려다보았다. 군데군데 쇠꼬챙이로 구멍이 뚫려 있는 나무 기둥. 구멍을 볼 때마다 정 일병의 분노가 읽혀졌다.

"무슨 일입니까?"

영미는 다짜고짜 질문했다.

"안 상병은 괜찮아?"

그가 의아스럽다는 듯 영미를 쳐다보았다.

"좀 보면 안 될까?"

"왜요?"

"바이러스에 걸렸을까봐."

정 일병 얼굴에 곤혹스런 빛이 지나갔다. 그가 머뭇대며 말했다.

"안 상병이 아픈 것은 사실이에요. 그렇지만 만나게 해 드릴 수는 없어요. 격리중이거든요."

"치료는? 그냥 두면 죽을지도 모르잖아."

"대위님 말 생각 안나요. 강한 사람만 살아남는다. 죽는 것도 다 팔자소관이지요."

"정 일병,"

영미는 정 일병을 바라보았다. 그는 의식적으로 남을 위험에 빠트리는 사람은 아니었지만 심한 좌절과 원망에 사로잡혀 점점 나쁜 방향으로 변해가고 있었다. 혼자서 전전긍긍하던 예전의 모습은 찾아보기 힘들었다.

"원래 이런 사람 아니잖아. 다정한 사람이잖아."

"글쎄요, 사람은 변하니까요."

"그래도, 정 일병은 정 일병이잖아."

그의 눈빛이 일렁거렸다. 그는 인공야자수의 나무기둥 쪽으로 시선을 돌렸다.

"그는, 그 자식은, 절대 용서할 수 없어요. 그 자식과 같이 있으면 공기를 송두리째 빼앗기는 느낌이었어요. 무시무시하고 견딜 수 없는 감정이었죠. 그런데 왜 제가 그 자식을 살려야 하는 거죠. 이제야 공기의 흐름이 느껴지는데."

말들이 응어리가 되어 목 언저리에 맺혔다. 영미는 선명하게 기억했다. 정 일병의 공포를. 그 눈빛이 공기를 빼앗긴 사람의 절망이었구나, 그녀는 생각했다. 가슴이 먹먹했다. 그렇더라도 이건 아니었다. 그녀는 힘겹게 말을 꺼냈다.

"나는 의료인이잖아. 모르는 척할 수 없어. 도와줘."

그는 잠시 고민하는 듯 하더니 말했다.

"좋아요. 누나니까 제가 데려다 주지요."

그가 앞서서 걸었다. 그의 등은 그 어떤 대화도 거부하는 듯했고, 그의 발걸음은 간밤의 악몽에서 허우적대다 이제야 벗어난 사람처럼 가벼웠다. 영미는 말없이 그의 뒤를 따랐다.

그는 탑의 문을 열고 안으로 들어갔다. 계단 뒤쪽의 바닥을 들어 올리자 지하로 내려가는 계단이 나왔다. 그가 계단을 내려갔다. 영미는 그 뒤를 따랐다. 한발 한발 내딛을 때마다 뱃속에서 이상한 느낌이 뭉근하게 퍼져나갔다. 영미는 곰곰이 생각해보았지만 그 느낌을 알 수가 없었다. 그저 기분이 나쁠 뿐이었다.

계단 아래, 거대한 지하 벙커가 나타났다. 그곳은 하나의 마을 같았다. 계획도시처럼 구획이 잘 나눠져 있었다. 가운데는 도로처럼 넓은 길이 뻥 뚫려 있었고 오른쪽 첫 번째 방은 CC-TV가 설치돼 있었다. 별장의 모든 방들과 길, 도로, 계곡 길과 언덕, 뒷산까지 볼 수 있었다. 217호도 보였다. 보이지 않는 것은 3층뿐이었다.

"이건 뭐지?"

"보면 모릅니까? CC-TV입니다."

"그동안 우리를 몰래 훔쳐봤단 말이야?"

"훔쳐보다니요. 가끔 뭐하나 보기는 했지만. 걱정 마십시오, 화장실은 보이지 않습니다."

영미는 당황해서 할 말을 잃었다.

"안 상병은 어디 있는 거야?"

"따라 오십시오."

그가 복도를 따라 걸었다. 안쪽이 훤히 들여다보이는 방들이 나타났다. 회의실인 듯 보이는 방을 지나 개인 룸이 나타났다. 침대와 책상, 화장실이 갖춰져 있었다.

"전쟁을 대비한 벙커야?"

"아마도 그렇겠죠. 저도 이런 시설이 있을 줄은 몰랐습니다. 열흘 전 발견했죠. 아주 우연히. 대위님께 보고했더니 저보고 관리하라고 하더군요."

"잘 됐네."

"진짜 대단한 건 이곳에 음압병상이 있다는 겁니다. 수술을 할 수 있는 수술실도 있고요. 멋지죠? 우린 이곳에서 뭐든 할 수 있어요."

"정말?"

"보여 줄까요."

그의 말대로 그곳에는 음압병상과 수술실, 수술 장비까지 갖춰져 있었다. 보면 볼수록 비밀스러운 곳이었다. 불현듯 섬뜩한 기운이 그녀를 스치고 지나갔다. 이곳은 군의 비밀 시설이었다. 비밀 시설에 들어온 것만도 모자라 특수 시설을 보았고, 절대 올라가면 안 된다는 3층까지 올라갔으니 쥐도 새도 모르게 죽을지도 몰랐다.

"자, 여기예요."

정 일병이 문을 열었다. 그곳은 감옥처럼 보이는 작은 방이었다. 싱글 침대가 벽에 붙어 있었고, 오른쪽에 작은 변기와 세면대가 달랑 놓여 있었다. 그곳에 안 상병이 쇠사슬에 발이 묶인 채 죄인처럼 웅크리고 있었다. 쇠사슬 길이는 딱 변기와 침대까지만 걸어갈 수 있는 길이였다. 바닥에는 참치 통조림이 굴러 다녔다. 아마도 한 끼 식사로 통조림을 주는 듯했다.

"이게 뭐야?"

영미는 다소 격앙된 목소리로 말했다.

"이놈은 이것도 과분합니다. 치료는 자격이 있는 사람만 받아야 합니다."

정 일병이 정색했다.

"하지만 목숨보다 중요한 것은 없어."

"모든 목숨이 소중한 건 아닙니다. 어떤 목숨은 신처럼 가치가 있지만, 어떤 목숨은 노루만도 못하죠. 그러니까 이놈 목숨은 노루보다 약간 나은 정도라고 해 두죠."

"있잖아, 정 일병. 안 상병한테 어떤 마음인지 알고 있어. 하지만 이건 아니잖아. 안 상병은 지금 아프다면서. 그대로 둬도 죽을 거야. 이렇게까지 할 필요 없잖아."

그의 눈빛이 돌변했다.

"제가 누나, 누나 하니까 정말 제 누나인 줄 아나 본데. 이봐요. 저는 당신을 감시하는 사람입니다. 아무도 모르게, 감쪽같이 죽일 수도 있습니다. 아니, 한 번만 더 잔소리하면 이놈이랑 같이 가둘 거예요."

그의 눈빛에서 대위의 권위가 느껴졌다. 아니, 오히려 대위보다 그가 더 무서웠다. 대위는 가끔 보지만 정 일병은 항상 보니까. 영미는 더 이상 그의 말에 반박하면 안 된다는 것을 깨달았다. 그가 지하 벙커를 보여준 이유도 어쩌면 자신의 변한 위치를 과시하고 싶었던 것이었는지도 모른다.

정 일병이 돌연 다정한 목소리로 말했다.

"누나, 이 장소는 누나만 알고 있어야 돼요. 다른 사람에게 말하면 제가 누나를 더 이상 보호할 수 없어요. 알겠죠?"

"물론이지. 아무에게도, 절대로 이야기하지 않을게."

"누나를 믿겠어요."

정 일병이 뚜벅뚜벅 걸음을 옮겼다. 영미는 슬며시 뒤돌아보았다. 안 상병이 애절하게 그녀를 쳐다보았다. 그의 몰골은 더 이상 사람의 몰골이 아니었다. 정 일병 말대로 그는 노루이거나 토끼인지도 몰랐다. 영미는 그의 눈빛을 털어냈다. 유리의 눈빛도 모른 척 했다. 수연의 아픔도 무시했고 재인의 푸른 멍에 대해서도 함구했다. 이제 함구할 게 하나 더 생긴 것뿐이었다.

정 일병이 으스대며 말했다.

"누나, 누나는 제게 고마워해야 해요. 제가 누나를 보호하고 있으니까요. 누나는…… 아, 뭐라 말해야 할까요. 아무튼…… 누나만이 저를 걱정해 주었으니까요."

그는 다소 말이 길었고, 횡설수설 정리되지 않은 생각들을 내뱉었다. 그녀가 알 수 있었던 것은 전에 그에게 했던 위로의 말을 그가 고마워하고 있다는 사실이었다.

출입구 쪽에 도착했을 때 왼편으로 약간 열린 문이 보였다. 영미는 안쪽을 힐긋거렸다. 무기고였다. 각종 총과 탄약이 종류별로 구비되어 있었다. 전쟁이 일어난다면 이곳은 가장 안전한 은신처가 될 것이다.

불현듯 은호가 생각났다. 목을 조이던 대위가 생각났다. 고드름 칼을 들었을 때의 만족스런 기분도. 왜 그들이 생각났는지, 왜 고드름 칼이 생각났는지 알 수가 없었다. 영미는 정 일병이 계단의 기둥 뒤로 모습을 감췄을 때 재빨리 무기고 안으로 들어갔다. 그 중 가장 작은 총을 훔쳐 바지 깊숙이 숨겼다. 헐레벌떡 계단을 따라 올라갔다.

정 일병은 아무것도 눈치채지 못했다. 뚜벅뚜벅 앞을 보며 걸어가는 그의 뒷모습이 보였을 뿐이었다. 영미는 잠시 멈춰 서서 돌아보았다. 벽과 계단이 보였다. 이곳에서 멈춘다면, 뒤돌아선다면 안 상병을 구할 수 있을까. 영미는 고개를 저었다. 더 이상 빈 농가에 갇혀 있고 싶지 않았다. 그녀는 정 일병의 등을 놓칠세라 꼭 붙어 서서 걸음을 옮겼다. 마치 그가 밖으로 인도해 줄 구세주라도 되는 듯.

봄꽃

1

얼음 담이 녹는 중이었다. 담은 햇볕과 만나 군데군데 구멍이 파였다. 그 위로 나뭇잎과 잔가지들이 쌓여 지저분하기 이를 데 없었다. 녹은 눈은 땅으로 스며들었다. 발을 딛는 곳마다 진창이 었고 물웅덩이였다. 별장은 진흙 위에 만들어진 집 같았다. 계곡의 스산한 아름다움과 산이 주는 적막한 풍경도 소용없었다. 별장은 버려진 폐가 같았다.

영미는 진창이 된 길을 볼 때마다 눈살이 찌푸려졌다. 오후의 햇살을 받으며 하루 한 시간씩 걷는 게 유일한 즐거움이었다. 그 즐거움이 어느새 불편함으로 변해 버렸다. 신발에 묻은 진흙은 잘 닦이지도 않았고, 신발 안까지 침투해 양말까지 누렇게 물들였다. 빨아도 빨아도 검은 얼룩은 지워지지 않았다. 해질 대로 해진 양말은 버려야 했고, 운동화 역시 너덜너덜해졌다.

그녀는 현관 앞에서 흙 범벅이 된 도랑을 지켜보고 있었다. 도랑 위로 아직 채 녹지 않은 눈이 얇게 덮여 있었다. 눈은 살짝 건들기만 해도 곧 뭉개질 것 같았다. 어느새 왔는지 재인의 목소리가 들렸다.

"담을 확 밀어버렸으면 좋겠어. 햇볕이 땅을 말려 줄 텐데, 아쉽네."

"완전 애물단지예요. 도대체 담을 왜 쌓은 건지. 하나마나한 일이었잖아요. 이곳에 누가 온다고."

재인이 주위를 두리번거리며 말했다.

"조용히 해, 정 일병이 들으면 어쩌려고."

영미는 입을 다물었다. 정 일병은 요즘 다른 사람이 된 것 같았다. 대위가 있을 때는 대위에게 복종했고, 대위가 없을 때 그는 그들에게 지시를 내리거나 명령했다. 불시에 나타나 참견하는 그를 볼 때마다 그녀는 깜짝깜짝 놀라곤 했다. 그에게서 대위의 권위가 느껴졌다. 그는 점점 대위를 닮아가고 있었다. 그때 정 일병 목소리가 안내방송을 타고 흘러나왔다.

"전원 로비로 집합. 다시 한 번 알려드립니다. 10분 이내 로비로 집합하시기 바랍니다. 이상."

"무슨 일일까?"

재인이 의아한 표정을 지었다.

"글쎄요, 요즘 정 일병 마음을 통 모르겠어요. 하기야 내 생각도 잘 모르는데 남의 생각을 어찌 알겠어요."

영미가 한숨을 쉬었다.

"우리 모두 변했어. 자각하지 못할 뿐이지."

"다들 개인적이 되었고 날카로워졌죠. 어떤 면에서는 민첩해졌고요."

"로비에 있어서 다행이지. 급하게 서두를 필요가 없잖아."

"군인이 다 된 것 같아요."

재인이 웃음을 터트렸다.

"뭐가 그렇게 재밌어?"

뒤돌아보니 김 기사였다. 군복을 입고 총을 들고 있는 김 기사는 언뜻 보면 예비군 훈련하러 온 사람 같았다.

"보초 서는 것 어때요?"

영미의 말에 그가 머리를 긁적였다.

"괜찮아. 아무것도 하지 않을 때 보다 훨씬 좋아. 그동안 유령처럼 지내느라 힘들었거든."

"유령처럼 지낼 수 있다면 그것도 좋지요. 문제는 유령처럼 지내고 싶어도 그럴 수 없으니까 불안해요."

"그치. 뭘 해도 불안하고, 하지 않아도 불안하고. 뭘 하든 살아남아야지."

피식, 비웃음 소리가 들렸다. 그 소리와 함께 수연이 소파에 풀썩 주저앉았다. 그녀는 새침한 표정으로 바깥 풍경을 내다보았다. 통통한 볼 살이 빠진 그녀는 수척해 보였다. 이전의 수다스런 모습은 보이지 않았다. 뭔가 공격적으로 보였고, 동시에 고뇌를 혼자 짊어진 사람처럼 슬퍼보였다.

정 일병 목소리가 들렸다.

"일동 주목."

그들은 정 일병 쪽으로 몸을 돌렸다.

"자, 지금부터 눈을 계곡으로 밀어내는 작업을 진행합니다. 실시."

그의 말이 끝나자마자 박 상병이 비품실로 들어가 각종 장비를 가지고 나왔다. 전에는 정 일병이 하던 일을 박 상병이 하고 있었다. 요즘 박 상병은 계단과 로비청소는 물론 3층 청소와 정리 정돈을 도맡아 하는 듯했다. 손에는 늘 청소기와 걸레가 들려 있었다.

박 상병이 장화와 장갑을 나눠주었다. 수연은 혐오스럽다는 듯 박 상병을 쳐다보며 자신의 물건을 챙겨 들고 밖으로 나갔다. 대위와 안 상병, 유리가 보이지 않았지만 그들의 안부를 묻는 사람은 아무도 없었다.

영미는 장화를 신고 장갑을 꼈다. 삽을 들고 걸음을 옮겼다. 걸음을 내딛을 때마다 장화가 벗겨질 듯 헐렁거렸다. 군인용 장화를 신었으니 당연한 일이었다. 그럼에도 남의 신발, 그것도 장화를 신었다는 것만으로 마음이 편안해졌다. 진흙도 걱정되지 않았고, 양말의 얼룩도 걱정되지 않았다. 다만 걷는 것이 불편했을 뿐이었다. 마치 갯벌을 걷는 것만 같았다. 땅 깊숙한 곳에서 갯지렁이나 조개가 몸을 숨기고 있을 것만 같았다.

영미는 힘겹게 걸음을 옮겨 얼음 담까지 걸어갔다. 주변을 둘러보니 다들 진창 때문에 고생하는 중이었다. 김 기사와 박 상병, 정 일병은 진흙이 없는 길을 찾아 리어카를 끄느라 여념 없었고, 수연은 멀찌감치 떨어져서 느릿느릿 걸어오고 있었다. 재인은 벌써 도착해서 얼음 담을 부수고 있었다.

곧 정 일병이 도착했다. 그는 눈을 부숴서 진창을 메웠다. 눈이 녹아 지저분해지지나 않을까 걱정했는데 눈길은 꽤 안전하고 단단했다. 다들 일의 속도를 높였다. 재인이 눈을 리어카에 한가득 담으면 김 기사가 계곡으로 끌고 가 버렸다. 수연이 눈을 가득 채우면 정 일병이 버리러 갔다. 영미는 박 상병과 한팀이 되어 있었다.

담을 만들기 위해 눈을 치우고, 담을 없애기 위해 눈을 치우고. 이곳에 온 이후로 가장 큰 노동은 언제나 눈 치우는 일이었다. 지긋지긋했다. 영미는 허리를 펴고 담 너머 산을 향해 시선을 돌렸다.

산은 푸르렀다. 노란색, 초록색, 간간이 분홍색과 흰색도 보였다. 햇살은 눈부셨고 동물들도 더 이상 산 아래로 내려오지 않았다. 봄이 오고 있었다. 꽃망울이 푸른빛을 뚫고 얼굴을 내미는 중이었다. 꽃망울처럼 햇살 아래로 나갈 수 있을까. 바깥에서는 아직도 바이러스가 끝날 기미를 보이지 않았다.

언젠가 때가 되면 나갈 수 있을 것이다. 그 희망으로 하루하루를 버티는 중이었다. 하지만…… 안 상병이 갇혀 있듯 이곳에 감금당한 채 살아가야 한다면. 백신이 개발되고 바이러스가 잠잠해진 뒤, 대위가 자신의 죄를 은폐하기 위해 우리를 묻어버린다면. 대위라면 그럴 것도 같았다. 최처럼 이곳 어딘가에 묻힌다 해도 양천에서 죽어간 수많은 사람들처럼 바이러스나 산사태로 목숨을 잃었다고 하면 그만이다. 우리는 통계에서조차 잡히지 않는 안타까운 죽음을 맞이하게 될지도 모른다.

생각하면 할수록 부정적인 것들만 떠올랐다. 생각을 밀어내야 했다. 대화가 필요한데 말하는 사람은 아무도 없었다. 마치 누군가 말하지 말라고 명령한 것처럼. 다들 말을 잃어버린 것일까. 아니면 금지당한 것일까. 영미는 침묵이 못 견디게 힘들었다. 삽질 소리와 가쁜 숨소리, 눈들이 와락 쏟아지는 소리만이 주위에 가득 찼다. 그 소리 너머 정 일병의 흥얼거림이 들렸다.

정 일병은 들릴 듯 말듯 나지막한 목소리로 노래를 부르기 시작했다. 리듬에 맞춰 눈을 퍼 담았고 눈을 옮겼다. 누군가 작은 목소리로 그 노래를 따라 불렀다. 수연이었다. 수연은 읊조리듯 입을 벙긋거렸다. 그 노랫소리는 장송곡처럼 슬펐다.

심장이 뛰지 않는데
더는 음악을 들을 때
시간이 멈춘 듯 해
이게 나를 더 못 올린다면
내 가슴을 더 떨리게 못한다면
어쩜 이렇게 한번 죽겠지 아마
귓가엔 느린 심장 소리만 bump bump bump
벗어날려도 그 입속으로 jump jump jump
어떤 노래도 와 닿지 못해
소리 없는 소릴 질러
모든 빛이 침묵하는 바다 yeah yeah yeah
길 잃은 내 발목을 또 잡아 yeah yeah yeah
어떤 소리도 들리지 않아 yeah yeah yeah
홀린 듯 천천히 가라앉아 nah nah nah
몸부림쳐 봐도 사방이 바닥 nah nah
모든 순간들이 영원이 돼 yeah yeah yeah

– 방탄 소년단 〈블랙 스완〉

정 일병은 반복해서 똑같은 노래만 흥얼거렸고, 어느새 노랫말이 영미의 가슴 속으로 스며들었다. 어떤 소리도 들리지 않았고 눈 치우는 이 공간이 땅 밑으로 서서히 가라앉는 것 같았다. 마치 홀린 것처럼.

"저 노래 알아? 노랫말이 슬프면서도 장엄해."

재인이 귓속말을 했다.

"저도 잘 몰라요. 나중에 찾아봐야겠어요."

영미는 노랫말을 읊조렸다. '몸부림쳐 봐도 사방이 바다, 모든 순간들이 영원이 돼.' 그녀는 그 부분만을 곱씹고 있었다. 영원이라는 단어 앞에서 그녀는 한걸음도 나아갈 수 없었다. 이것이 영원이라면 너무 끔찍했다. 그럼에도 나아가야 하는 게 인생인지도 몰랐다. 또 다른 영원을 찾아. '그 무엇도 날 삼킬 수 없어, 힘껏 나는 소리 질러. 모든 빛이 침묵하는 바다에서, 길 잃은 내 발목을 누가 또 잡더라도.' 그래, 발목이 잡히더라도 걸어가야 하는 게 인생이고 삶이지. 멈춰 있다 보면 발목이 잘릴지도 몰라. 아니, 늪으로 가라앉을 거야.

갑자기 주변이 조용해졌다. 영미는 노래를 멈추고 고개를 들었다. 정 일병이 가만히 서서 그녀를 내려다보고 있었다. 자신만의 어떤 기분, 숨기고 있던 속마음을 들켜서 머쓱해하는 것도 같았다. 그가 시계를 보면서 말했다.

"점심시간이군요. 잠시 쉬겠습니다."

박 상병이 낭패한 표정으로 재빨리 안으로 들어갔다. 김 기사
는 자신의 주머니를 뒤지더니 아쉬운 표정으로 하늘을 쳐다보았
다. 시간만 나면 담배를 피우던 그의 모습이 떠올랐다. 아마도 담
배를 더는 구할 수 없을 것이다. 이번 기회에 담배를 끊는 것도
좋을 텐데, 영미는 속엣 말을 하며 걸음을 옮겼다.

2

영미는 수연과 함께 별장 앞 자갈길을 말없이 걸었다. 그녀와
함께 산책하는 것이 얼마만인지 기억나지 않았다. 소원성취게임
을 한 이후 그녀는 언제나 냉랭했다. 누구와도 말을 섞지 않았고
늘 우울한 표정으로 먼 산을 바라보았다. 그러다 난데없이 끓어
오르는 분노를 참지 못하는 사람처럼 욕설을 내뱉었다. 말을 할
때마다 욕이었고, 모든 호흡이 울분이었다. 어떤 날은 또 너무나
말짱한 모습으로 말없이 정원에 앉아 있었다. 분노와 욕설이 내
버려두라는 몸짓이 아니라 관심을 가져달라는 표현일지도 모른
다는 생각이 불현듯 들었다. 산책을 가자는 영미 말에 그녀는 순
순히 따라왔다.

하늘을 올려다보았다. 하늘은 푸른 물감을 풀어놓은 듯 화창
했고 따뜻한 남서풍이 불고 있었다. 싱그러운 향내가 풍겼다. 산
아래서부터 봄이 오고 있었다. 봄은 위쪽으로 퍼져 올라가는 중

이었다. 산꼭대기에도 푸르른 빛이 가득차면 바이러스도 곧 사라질 것이다. 어쩌면 내일이나 모레, 아니 일주일 이내 집으로 돌아갈지도 모른다.

심장이 두근거렸다. 벅차고 감격스러운 기운이 가슴을 압도했다. 영미는 발걸음을 멈추고 호흡을 가다듬었다. 지금까지 많은 것을 견뎌냈고, 이제 곧 그 시간이 끝날지도 몰랐다. 영원 같았던 순간들이 땅 끝으로부터, 발끝으로부터 봄이 오고 있었다.

길가에는 물푸레나무가 비스듬한 햇살을 받으며 파릇파릇 돋아난 잎새를 떠받치고 있었다. 살갗을 파고드는 햇볕도 포근했고 공기마저도 따뜻했다. 그 따뜻한 공기 덕분에 몸 안의 온기가 되살아났다. 돌의 내음, 풀잎의 내음이 코끝으로 전해졌다. 이제 곧 꽃잎은 꽃망울을 피울 것이다. 빨갛고 노랗고 하얀 꽃들이 향기를 내며 눈을 어지럽힐 것이다. 우리는 꽃들과 더불어 별장에서 나가겠지. 벚꽃이 날리고 꽃망울을 품은 철쭉이 꽃을 피우면, 이 지긋지긋한 곳에서 벗어날 수 있을 것이다.

정원 끝자락에 연못이 보였다. 연못 앞으로 벤치가 몇 개 놓여 있었다. 그곳에 재인이 있었다. 영미와 수연은 재인 옆에 나란히 앉았다.

"이제 곧 나갈 수 있겠지요? 봄도 왔는데."

재인이 낮은 목소리로 대답했다.

"그럼, 꽃이 피면 나갈 수 있을 거야. 뉴스를 봤는데 이제 곧 바이러스가 잡힐 것 같아. 하루 확진자가 5백 명도 채 되지 않는다고 하더라."

"저도 봤어요. 2백 명 이내가 되면 문화시설과 여가시설을 개방하겠다고 하던데, 저희랑은 상관없는 일이잖아요. 이곳에 갇혀 있으니까."

"격리가 해제되면 나갈 수 있겠지."

"그렇겠지요."

"물론이지. 앞으로 우리는 바뀐 의료시스템과 사회시스템 속에서 생활하게 될 거야."

"그러니까요. 요즘 돌아가는 상황을 보면 각 정부가 시험대에 오른 것 같아요. 정부뿐만이 아니에요. 기업들도 마찬가지죠. 자국에서 모든 것이 자체 생산 가능한 나라만이 번영할 것 같아요. 그런데 잘 모르겠어요. 우리나라는 자원도, 인력도, 땅도 워낙 작아서."

"만약, 이곳이 나라라면 번영하겠네."

"네?"

"아니, 왠지 그럴 것 같아. 굶어 죽을 일은 없을 것 같거든. 의식주가 온전하잖아."

재인의 말에 어느 정도 수긍하면서도 한편으로 삶을 너무 단순화 시키는 것은 아닌가 하는 생각이 들었다. 단지 생존이 삶의 조건이라면 그럴지도 몰랐다. 이곳은 먹거리가 풍부했고 안전하기까지 했다. 하지만 그것은 원시상태로의 전환일 뿐이었다. 삶의 형태는 다양했고 훨씬 복잡했다. 그럼에도 영미는 재인의 말에 반박하지 못했다. 전염병이나 재앙이 닥치면 가장 중요한 것이 바로 먹거리와 안전이었기 때문이었다.

갑자기 수연이 몸을 움츠렸다. 주위를 두리번거리며 중얼거렸다.

"이곳이 나라라면 저는 죽어버릴 거예요."

영미는 수연의 손을 꽉 잡았다.

"나도. 이곳이 나라라면 차라리 난민이 되거나 망명을 택할 거야."

수연이 걱정스런 눈빛으로 말을 이었다.

"우리는 집으로 갈 수 있을까요?"

"그럼, 봄이야. 꽃망울 좀 봐."

시선이 닿는 곳마다 연녹색에서 암녹색에 이르는 초록의 물결이었다. 저 멀리 음지의 잎들만 검은 빛을 띠고 있었다. 풀밭에는 복수초가 별처럼 박혀 있었고, 노루귀가 하얀 솜털을 흔들며 꽃을 피우려 안간힘을 쓰고 있었다. 모든 것들이 너무 선명하고 다채로워서 마치 식물도감 속에 들어와 있는 듯했다. 이토록 밝은 봄날에 희망을 노래하지 않는다면, 앞으로 절망 속에서 살아가야 할지도 모른다.

"꽃들이 노래하는 것 같아. 바람조차도. 우린 곧 바깥에서 저

풍경을 감상할 수 있을 거야."

"하지만……."

수연이 중얼거렸다. 영미는 수연을 쳐다보았다. 그녀는 양손으로 자신의 어깨를 꼭 움켜잡은 채 연못을 바라보고 있었다.

"괜찮아. 우리도 꽃잎들처럼 담장이든, 철조망이든 가리지 않고 넘나들 수 있을 거야."

"이곳은 왠지 시간이 흐르지 않는 것 같아요. 아니 시간은 흐르는데, 시간이 유독 나만 흔들고 가는 것 같아요."

"그렇지 않아. 우리 모두 시간의 흐름을 느끼고 있어. 시간은 우리를 내버려두지 않거든. 저기, 꽃망울처럼."

"요즘은 혼자 있는 게 너무 두려워요. 누군가 불쑥 찾아올 것 같고, 나를 감시하고 있는 것 같고……."

"너무 오래 갇혀 있어서 그래. 나도 자주 악몽에 시달리거든. 여기서 나가기만 하면 다 괜찮을 거야."

영미의 위로에도 불구하고 수연은 불안한 시선을 거두지 않았다. 재인이 말했다.

"오늘 밤, 우리 오랜만에 한잔할까. 아껴둔 술이 한 병 있어. 같이 마시자."

수연이 담담한 목소리로 대답했다.

"잠자는 데 도움이 되겠지요."

"물론, 알고 보면 술만 한 수면제도 없어."

영미는 대나무 숲을 올려다보았다. 그 안에 인공폭포와 조경수와 예쁜 바위들이 숨겨져 있다는 걸 알지 못했다. 대나무 숲을 헤치고 들어가면 그 정경을 마주할 수 있을까. 밖에서는 볼 수 없게 만든 인위적인 풍경이었다. 오직 3층에서만 내려다 볼 수 있도록 조성된 곳이었다. 별장을 설계한 사람은 비밀유지 각서에 사인을 했을까. 설계 도면은 지하벙커에 잘 보관돼 있을까. 어쩌면 그는 목숨을 잃었을지도 모른다. 이곳은 비밀 장소니까. 영미는 고개를 흔들었다. 또 쓸데없는 생각이었다.

"이제 곧 벚꽃이 피겠지."

재인이 멀리 계곡 길을 굽어보며 말했다.

"별장에서 나가지 못하더라도 벚꽃 길을 걸을 순 있겠지요."

영미 말에 수연이 몸을 벌벌 떨며 괴로운 듯 말했다.

"어쩌면 우린 영영 밖으로 나가지 못할 거예요. 너무 기대하지 말아요."

"왜 그래? 무슨 일 있어?"

"대위가, 대위가 그랬어요. 얼음담은 사라졌지만 우린 철문 밖으로 한 발자국도 나가지 못할 거라고요."

영미는 수연을 바라보았다. 그녀는 핏기 없는 얼굴로 또박또박 말했다.

"그 사람은 어디서든 나를 쫓아 다녀요. 나는 그 사람에게서 벗어날 수 없어요."

"무슨 일 있었어? 대위는 언제 만났는데."

수연은 입을 다물었다. 대신 그녀는 공포에 질린 시선으로 주변을 훑어보았다. 이내 그녀는 발목을 벤치 위로 끌어 올려 몸을 웅크렸다. 영미는 수연 옆에 바짝 붙어 앉아 그녀의 어깨를 꼭 잡았다. 반대편에서 수연의 몸을 끌어당기는 재인의 기척이 느껴졌다.

불현듯 영미는 수영장에서 유리의 목을 조이며 쾌감을 느끼던 대위의 몸짓이 떠올랐다. 아무도 없는 새벽 속옷을 훔치던 그의 숨겨진 욕망과 누구도 성취할 수 없는 게임을 소원성취게임이라고 말했던 비논리적인 모습도 생각났다. 그것 말고 또 다른 모습이 숨겨져 있는 걸까. 수연 말대로 어쩐지 이곳에서 한 발자국도 나가지 못할 것 같았다. 아마도 수연의 두려움이 그녀에게도 옳은 것임에 틀림없었다.

영미는 연못을 내려다보았다. 이곳에도 곧 연꽃이 피고 연잎이 떠다닐 것이다. 전쟁터에서도 꽃은 피고 단풍이 물드니까. 사람은 한낱 자연 속에 머무는 노루나 토끼일지 모르지만, 그녀는 가두어 진 채 사육당하며 살고 싶지는 않았다. 만약, 이 세상에 두 종류의 사람만 존재한다면. 그 두 종류가 사육하는 자와 사육당하는 자라면 그녀는 사육하는 자가 되고 싶었다. 설사 사육당하는 자가 되더라도 자신이 사육 당한다는 사실도 인지하지 못한 채, 자유를 억압받는다는 사실도 알지 못한 채 무지한 사람으로 살고 싶었다. 아는 것보다 모르는 것이 훨씬 행복했다.

3

술은 수면제가 되기도 하지만 가장 깊은 곳에 숨어 있는 광기나 두려움을 일깨워주는 도구가 되기도 한다. 영미는 그 사실을 재인을 보며 확인했고, 수연을 보면서 느꼈다. 수연은 술이 한두 잔 들어가자 심하게 몸을 떨었고 자신의 팔과 다리를 긁기 시작했다. 드러난 그녀의 팔과 발목은 불그스레한 상처로 가득했고 드문드문 딱지 앉은 상처와 이제 막 곪기 시작한 상처들이 보였다. 그녀는 참지 못하겠다는 듯 상처를 벅벅 긁다가 손톱으로 딱지를 잡아 뜯었다. 상처에서 피가 났다. 영미는 그녀의 손목을 잡고 그녀가 신고 있던 양말을 발목 위까지 올려 주었다. 수연이 영미를 쳐다보았다.

"어, 언제 오셨어요?"

"너, 취했어. 그만 마셔야겠다."

"겨우 두 잔 마셨는걸요."

"양이 중요한 게 아니잖아. 그만 자."

"제게 이래라, 저래라 하지 마세요."

수연이 적개심이 담긴 목소리로 말했다. 영미는 수연을 쳐다보았다. 그녀는 히죽 웃으며 양말을 벗어던졌다. 자신의 발목을 내려다보면서 말했다.

"어, 피다, 피. 나는 곧 죽을 거예요. 피를 토하며 꼴깍."

재인은 수연을 말없이 바라보다 그녀의 잔에 남아 있던 술을 마셨다. 그리고 자신의 잔에 술을 따라 혼자서 벌컥벌컥 들이켰다. 수연은 그런 재인을 부러운 듯 바라보았다.

초점 없는 눈빛으로 재인을 바라보던 수연이 갑자기 자신의 몸을 긁기 시작했다. 경쾌한 음악을 연주하듯 빠르게 손이 움직였고 손이 지나간 곳마다 손톱자국과 붉은 줄이 선명했다.

영미는 죄책감을 느꼈다. 그녀의 돌발 행동이 모두 자신 때문인 것 같았다. 박 상병에 대한 것을 미리 알려주었더라면 덜 상처받았을까. 그랬을지도 몰랐다. 영미는 술을 들이켰다. 목구멍을 치받는 열기가 느껴졌다. 수연에게 무슨 말이든 해야 했다. 영미는 수연을 물끄러미 바라보았다.

수연의 손은 어느새 목까지 올라와 있었다. 그녀는 가려워 미치겠다는 듯한 표정으로 자신의 목을 긁고 있었다. 그녀의 목에는 누군가 조른 듯한 줄의 흔적이 선연했다.

"도대체 무슨 일이 있었던 거지? 목의 상처는 뭐야?"

영미는 자신도 모르게 언성을 높였다.

수연의 눈에서 푸르스름한 빛이 새어나왔다. 검은자위가 눈꺼풀 속으로 사라지고 흰자위가 눈을 덮었다. 장님 같기도 했고 정신 나간 여자 같기도 했다. 그녀는 히죽 웃었는데 믿어지지 않을 정도로 소름이 돋는 웃음이었다.

"선생님, 재밌어 죽겠지요. 늘 구경만 하니까."

"미안해. 정말 미안해."

"뭐가요?"

"다⋯⋯."

"거짓말, 선생님은 늘 거짓말만 해요, 걱정하는 척, 미안한 척."

말을 하면서도 그녀는 자신의 목을 긁는 것을 멈추지 않았다. 목은 붉은 줄이 점점 더 선명해졌다. 붉은 줄 위로 피멍이 들었고 주위가 오돌토돌해졌다. 마치 그 부분만 두드러기가 난 것 같았다. 이러다 곧 목이 잘릴 것 같았다. 목 부분만 바닥에 뚝 떨어질 것만 같았다. 영미는 그녀의 손목을 꼭 잡았다. 그녀가 영미의 손을 뿌리쳤다. 영미는 그녀를 꼭 안았다. 그녀가 몸부림쳤다. 영미는 가만히 있었다. 떨림이 멈추고 반항이 멈출 때까지.

잠시 후 영미는 몸을 풀었다. 수연은 예전의 그녀로 돌아온 듯했다. 커다란 눈은 순수한 빛으로 반짝였고 따스함이 감돌았다. 표정은 창백했지만 병을 앓다 회복된 사람처럼 생기가 서서히 돌아오고 있었다. 수연이 말했다.

"이제 괜찮아요."

수연은 스스로를 다독이는 듯 중얼거렸다. 재인이 한숨을 내쉬었다. 그녀의 시선이 수연의 목에 머물렀다. 선명한 붉은 줄을 바라보던 그녀가 흠칫 몸을 떨었다. 자신의 목을 쓰다듬으며 말했다.

"내 방으로 가야겠어. 그만 자고 싶어. 수연아 너도 그만 자. 자고 일어나면 새로운 세상이 펼쳐져 있을 거야. 나는 늘 그랬거든. 밤이 되면 어떻게 사나 싶다가도 아침 해를 보면 다시 살아지고, 밤이 되면 두려움에 시달리다가 아침이 오면 언제 그랬냐 싶고. 기억해, 자고 일어나면 다시 아침이 온다는 것을."

"아침이 제게도 올까요?"

"그럼, 아침은 누구에게나 공평하게 오지. 하지만 깨어 있어야 해. 절대로 절망하지 마."

재인이 알쏭달쏭한 말을 남긴 채 문을 닫고 나갔다. 수연은 가만히 서서 재인이 한 말을 되풀이하고 있었다. '깨어 있어야 해, 절대로 절망하면 안 돼.'

영미는 빈 술병과 안주를 비닐봉지 안에 꽁꽁 싸맸다. 가지고 나가 버릴 작정이었다. 수연에게 위험한 도구를 남겨 두고 싶지 않았다. 그녀는 피곤해 보였고 무기력해 보였다. 언제라도 자신을 해칠 사람처럼 위험해 보이기도 했다.

집안을 말끔하게 청소한 후 이불을 폈다.

"그만 쉬어."

수연이 몹시 불안한 눈빛으로 말했다.

"같이 자면 안돼요?"

영미는 그녀의 목에 난 상처를 내려다보았다. 그동안 무슨 일이 있었던 것일까. 몇 달 동안 같이 생활했음에도 불구하고 그녀가 겪은 일에 대해서 알지 못했다. 영미는 고개를 끄덕였다. 수연이 몸을 움찔 대며 말했다.

"저 너무 무서워요. 마치 몸만 살아서 움직이는 것 같아요. 머리가 말끔히 비워졌어요. 판단도 못하겠고. 내 생각이 있는 건지도 모르겠고. 내게 일어난 모든 일이 아주 선명한 악몽 같아요. 황혼에서 새벽까지의 주인공들처럼. 좀비들이 쫓아오는 밤길을 오직 살기 위해 도망가는 것 같아요. 아침을 기다리며. 아, 제가 지금 무슨 소리를 하는 거죠? 아니에요. 제 생각은 중요하지 않아요. 생각은 그 사람만 해야 해요. 판단도 그만이 할 수 있죠. 저는 따르기만 하면 돼요. 생각하면 안 된다고요. 제게 자꾸 생각을 강요하지 마세요."

수연이 말을 멈추고 고개를 들었다. 마치 누군가 자신을 감시하고 있다는 듯 주위를 두리번거렸다.

"안돼요. 다 듣고 있어요. 말조심해야 해요."

순간 지하벙커에서 보았던 CC-TV가 생각났다. 그곳에서 정일병이 우리를 감시하고 있는 건지도 몰랐다. 하지만 말소리까지 듣는다고? 수연이 강박장애를 일으켜 쓸데없는 걱정을 하는 건지도 몰랐다. 그렇더라도 영미는 수연의 말을 믿기로 했다.

"그래, 알았어. 불안하면 내 방으로 옮길까?"

그녀가 자리에서 벌떡 일어섰다.

"그게 좋을 것 같아요. 여기서 빨리 나가요."

수연은 헐레벌떡 현관으로 가 신발을 신었다. 빨리 오라고 영미에게 손짓을 했다. 그녀의 재촉에 영미는 현관 쪽으로 걸어갔다. 신발을 막 신으려는데 노크 소리가 들렸다. 수연이 어깨를 움츠리며 말했다.

"숨어야 돼요. 여기 있으면 안돼요. 선생님 방으로 빨리 갔어야 했는데."

덜컥, 열쇠 돌아가는 소리와 함께 문이 열렸다. 정 일병이었다. 수연이 영미의 등 뒤로 몸을 숨겼다.

"무슨 일이야?"

"대위님이 수연을 찾습니다."

수연이 영미를 쳐다보았다. 애원하는 눈빛이었다. 영미는 고개를 떨구었다. 선생님은 늘 거짓말만 해요, 걱정하는 척, 미안한 척, 수연의 말이 귓가에 맴돌았다. 빈 농가에 갇혀 누군가 도와주길 기다렸던 며칠이 생각났다. 팔다리가 묶여 절망적인 기분으로 온갖 것을 상상했던 며칠이. 만약 이대로 모른 척한다면 살아가는 내내, 이 순간을 후회하게 될지도 몰랐다. 다시는 수연의 얼굴을 똑바로 쳐다볼 수 없을지도 몰랐다. 더 이상 거짓말쟁이로 살고 싶지 않았다. 영미가 말했다.

"안 가면 안 돼?"

정 일병이 이해할 수 없다는 듯 영미를 내려다보았다.

"대위님 명령을 어긴다는 말씀입니까?"

무엇인가 영미의 머리를 내리쳤다. 등줄기가 서늘해졌다. 명령을 어긴다는 것은 생각도 해보지 못한 일이었다. 어떻게 해야 할까? 영미는 수연을 쳐다보았다. 수연은 영미의 손을 꼭 잡고 놓지 않았다. 이대로 수연을 혼자 보낼 수는 없었다. 영미가 말했다.

"그럼 나도 같이 갈게, 괜찮을까?"

"제가 묻고 싶은 말입니다. 괜찮겠습니까?"

영미는 정 일병을 올려다보았다. 그는 진심으로 그녀를 걱정하는 것 같았다. 그녀는 호흡을 가다듬은 후 고개를 끄덕였다.

4

천정 벽화가 그려진 복도 앞에 섰다. 영미는 심장이 두근거렸다. 괜한 공명심으로 판단이 흐려졌는지도 몰랐다. 방으로 돌아가고 싶었다. 이대로 돌아간다고 해도 아무도 자신을 탓하진 않을 것이다. 그렇다면 수연은, 수연은 어떻게 되는 걸까. 아니, 수연은 이미 망가졌다. 오늘 하루가 더해진들 수연에게는 과거에 일어났던 일들과 별다른 차이가 없을지도 모른다. 그러나 자신은 다르다. 상상하지도 못할 일을 겪게 될지도 모른다. 두 명의 고통보다는 한 사람의 고통이 낫지 않을까. 두 명의 잔인한 기억보다는 한 사람의 잔인한 기억이 낫지 않을까. 지금 이대로 돌아선다면 아무런 일도 일어나지 않을 것이다. 하지만 저 문을 열게 된다면 돌이킬 수 없다. 영미는 문 앞에 멈춰 섰다. 정 일병이 말했다.

"지금이라도 돌아가고 싶으면 가셔도 됩니다."

수연이 영미의 옷자락을 잡았다. 정 일병이 VIP룸 문을 열었다. 바 앞에 대위와 유리가 앉아 있었다. 유리는 바니 걸스 옷을 입은 채 하얀 토끼 머리띠를 하고 있었다. 짧은 치마 아래로 엉덩이 라인이 고스란히 드러났고 작고 두툼한 토끼 꼬리가 삐죽 나와 있었다. 그녀는 눈을 내리깔고 몸을 비스듬히 기울였는데 꼬리가 살며시 흔들렸다. 온몸으로 반가움을 표시하는 동물처럼.

영미는 그녀에게 달려가 잘 지냈느냐 묻고 싶었고, 무슨 일이 있었는지 확인하고 싶었다. 그녀는 최처럼 죽을 것 같지도 않았고 안 상병처럼 묶여 있을 것 같지도 않았으며 수연처럼 자책하고 있는 것 같지도 않았다. 그것만으로 이상하게 안심이 됐다.

유리가 영미를 보며 싱긋 웃었다. 입은 웃고 있었는데 눈은 울고 있는 듯 했다. 태양이 없는 눈, 달빛에 젖어 있는 슬픈 눈이었다. 그 눈은 영미의 존재를 받아들이면서도 동시에 밀쳐내려는 듯했다. 영미는 가슴이 서늘했다. 유리 혼자 어떤 비밀을 감추고 있는 것 같았다. 유리가 차가운 음성으로 말했다.

"수연만 오는 것 아니었나요?"

정 일병이 말을 더듬었다.

"같이 오겠다고 해서⋯⋯ 어쩔 수 없이."

대위가 영미를 보며 말했다.

"드디어 신세계를 경험하게 됐군."

그의 눈빛이 달구어진 쇠꼬챙이처럼 팽팽해졌다. 그 쇠꼬챙이가 영미의 몸을 찌르는 듯했다. 손발이 저릿저릿해졌고 몸이 부르르 떨렸다. 영미는 두려움에 휩싸여 수연을 내려다보았다. 수연은 마치 처분만 기다리는 사람처럼 얌전히 앉아 있었다.

정 일병이 수연에게 다가가 그녀의 옷을 벗겼다. 목에 줄을 채우고 팔과 다리를 비틀어 묶는데도 그녀는 저항하지 않았다. 아주 짧게, 비명도 울음도 아닌 겁에 질린 고양이 울음소리를 냈을 뿐이었다. 그녀는 상처 입은 새끼 고양이처럼, 사람을 경계하는 짐승처럼 앓는 소리를 내며 얌전히 앉아 있었다. 이럴 줄 알았으면 오지 않는 건데. 살려달라고 애원했던 그 눈빛은 어디로 사라진 걸까. 영미는 후회가 밀려왔다. 대위가 정 일병에게 말했다.

"영미에게 어울릴만한 의상 좀 가져와. 뭐가 좋을까? 아오자이가 좋겠네."

"네, 충성."

정 일병이 안으로 들어갔다. 대위가 수연을 내려다보며 상냥하게 말했다. 그의 손에는 육포가 들려 있었다.

"자, 이쪽으로 와."

수연은 무릎으로 기어서 대위 앞으로 왔고, 대위가 건네 준 육포를 입으로 받아먹었다. 대위가 다정한 목소리로 말했다.

"맛있게 먹어야지."

"네, 주인님."

수연은 육포를 아주 맛있다는 듯, 혀를 날름거리며 천천히 씹었다. 도대체, 이게 다 무슨 일이지. 영미는 유리를 쳐다보았다. 유리는 어깨를 으쓱한 후 다리를 꼬았다. 아무것도 상관하지 않겠다는 듯. 대위가 수연의 머리를 쓰다듬었다. 수연이 웃었다. 아무것도 담겨 있지 않는 텅 빈 눈으로. 학습된 것이 분명해 보이는 웃음이었다.

정 일병이 영미에게 아오자이를 던졌다.

"자, 이 옷으로 갈아입습니다. 실시."

영미는 대위를 올려다보았다. 입고 싶지 않다는 표정을 지었다. 대위는 말없이 그저 웃고만 있었다. 정 일병이 말했다.

"5분입니다. 자, 지금부터 시간 체크합니다."

영미는 머뭇거리며 눈치를 살폈다. 유리는 별일 아니라는 듯 입술을 실룩거렸다. 저 눈빛, 입술, 도전적인 분위기. 좀 전에 본 그늘진 눈빛은 어느새 사라지고 없었다.

수연은 겁에 질린 표정으로 뭔가를 알아내려고 애쓰는 것 같았다. 아니, 정신을 바짝 차리려고 노력하는 것 같았다. 정 일병은 눈빛과 손짓으로 영미를 재촉했다. 만일 5분 내로 갈아입지 않는다면 엄청난 체벌을 가할 것 같은 눈빛이었다. 대위만이 환하게 웃고 있었는데 그 얼굴이 너무나 밝아서 소름이 돋았다.

영미는 정 일병이 시키는 대로 옷을 갈아입었다. 그들이 지켜 보고 있었는데도 부끄럽다거나 창피하다거나 하는 감정이 들지 않았다. 곧 죽임을 당할지도 모른다는 두려움만이 정신을 지배했 다. 덩실덩실 칼춤을 추는 망나니가 생각났다. 정 일병은 망나니 였고 자신은 사형수였다. 대위는 사형집행을 맡은 판사였다. 칼 끝이 목을 향해 있었다. 공포가 온몸을 감쌌고 체념과 포기가 따 라왔다. 칼끝을 피하려면 칼이 가리키는 방향으로 춤을 출 수 밖 에 없었다. 그래야 아침을 볼 수 있을 것이다.

대위가 손끝으로 무대를 가리켰다. 피아노와 악보가 있던 장 소는 사과나무가 그려진 스크린이 펼쳐져 있었다. 그곳에 앉으라 고 말했다. 영미는 그가 가리키는 곳으로 갔다. 다소곳한 자세로 앉았다.

"음, 그건 아니지. 내가 가르쳐 줘야겠어."

수연이 뭐라 웅웅거렸다. 그녀의 말은 영미에게 닿지 못했다. 음절만이 울음소리처럼 처연하게 들릴 뿐이었다. 수연은 온몸을 비틀며 끊임없이 무슨 말인가를 했는데 도무지 알아들을 수 없었 다. 영미는 그녀의 말을 듣기 위해 귀를 기울였다. 그것은 짐승의 울음소리였다. 수연은 이 방에 들어온 이후, 주인님. 네, 아니오, 라는 말 외에는 하지 않았다.

수연이 몸을 비틀고 온몸을 흔들어대도 다들 꼼짝도 하지 않았다. 시끄럽다는 듯 대위가 살짝 이맛살을 찌푸렸을 뿐. 대위가 영미에게로 걸어왔다. 그의 손이 옷 앞자락을 들췄다. 영미는 얼굴이 화끈거렸다. 고개를 돌렸다. 그 순간, 수연과 눈이 마주쳤다. 수연이 히죽히죽 웃었다. 온몸을 비틀어 팔목에 묶은 끈을 풀었다. 발목의 끈까지 풀어버린 후, 소리 없이 웃었다. 소리가 들리지 않는데도 영미는 웃음소리를 들은 것만 같았다.

수연이 참을 수 없다는 듯 팔목과 발목을 긁기 시작했다. 그제야 영미는 그녀의 가려움증을 어느 정도 알 것 같았다. 몸의 상처를 통해 마음의 상처를 치료하고 싶은 간절함이 가려움증을 유발시켰는지도 몰랐다. 급기야 수연은 몸을 잔뜩 구부리고 자신의 발목을 깨물었다. 마치 발목의 상처를 물어뜯어서라도 없애고 싶다는 듯. 그러한 그녀의 모습은 사람이라기보다는 사람의 형체를 한 다른 종처럼 보였다.

영미는 자리에서 일어났다. 대위가 그녀를 붙잡았지만 그보다 먼저 그녀는 수연에게 다가갔다. 수연의 얼굴을 마주 보았다. 수연의 눈꺼풀은 겨울잠에서 덜 깬 파충류의 눈처럼 두텁게 내려앉아 있었다.

"수연아."

영미는 수연의 어깨를 붙잡았다. 수연은 온몸을 덜덜 떨었다. 영미 손까지 덜덜 떨렸다. 수연의 두려움이 영미에게로 전해졌다. 아무것도 하지 못한 채 이대로 죽을지도 모른다는 공포가 밀려왔다. 그 공포는 차라리 죽어버리고 싶다는 자포자기의 감정으로 변했다. 그녀는 손을 뗐다. 자신이 뭘 하고있는지 알 수 없었다. 무엇을 원하는지도 알 수 없었다. 이곳은 어디이며, 왜 이런 해괴한 복장을 하고 앉아 있는 지도.

수연이 아주 천천히 몸을 움직였다. 주위를 돌아보더니 충격을 받은 듯 눈이 커졌다. 이내 그녀는 뱀처럼 꿈틀거리며 자리에서 일어섰다. 표독스럽게 말했다.

"다 죽여 버릴 거야. 차라리 죽어 버릴 거야."

수연은 넘어질 듯 넘어질 듯 아슬아슬한 걸음걸이로 바를 향해 걸었다. 대위는 무대 위에서 이 모든 광경을 연극 구경하듯 관람 중이었고, 유리는 몸을 살짝 뒤로 뺐을 뿐 가만히 앉아 있었다. 오직 정 일병만이 안절부절 못하고 수연을 잡으려고 안간힘을 썼다.

그 사이 수연은 바 위에 올려진 술병을 손에 들었다. 유리가 바 뒤로 몸을 숨겼다. 수연이 대리석 위로 술병을 내리쳤다. 병조각이 흩어졌다. 그녀는 병조각 따위는 아랑곳 하지 않은 채 걸음을 옮겼다. 걸음걸음마다 깨진 조각이 깔려 있었다. 그녀는 조각을 밟으며, 피를 흘리며 걸어갔다. 병을 쥔 손에서도 피가 흘러내렸다. 카펫은 그녀의 발과 손에서 흘러내린 피로 조금씩 붉게 물들어갔다. 그녀는 정 일병이 잡으려면 몸을 빼고 깨진 병을 흔들면서 대위를 향해 걸음을 옮겼다.

그녀가 대위를 쳐다보았다. 몸을 활처럼 동그랗게 굽혔다 시위를 당길 것처럼 팽팽하게 폈다. 대위를 향해 손에 들고 있던 병을 던졌다. 마치 과녁을 향해 날아가는 활처럼 병이 공중으로 날아올랐다. 대위는 꿈쩍도 하지 않았다. 언제나 그렇듯 미소를 머금은 얼굴로, 눈빛만 강렬하게 발산하고 있었다. 정 일병이 대위 앞으로 돌진했다. 온몸으로 대위를 감쌌다. 깨진 술병이 정 일병의 등에 부딪쳤다. 귓등 뒤로, 머리카락 사이로 피가 맺혔다.

"어, 피네. 이제 곧 너는 죽겠다."

수연이 히죽거렸다. 그녀는 깨진 병조각을 밟으며 음산한 목소리로 말했다.

"우린 이제 다 죽을 거야."

대위가 두 팔을 벌리며 대답했다.

"아직 살아 있는데."

수연이 대위의 얼굴을 똑바로 쳐다보았다. 갑자기 두려움에 사로잡힌 얼굴로 주변을 두리번거렸다. 기둥 사이로 몸을 숨겼다. 두 발을 잡고 몸을 웅크린 채 '살려주세요. 살려주세요.' 하는 말만 되풀이했다.

철썩, 소리가 들렸다. 영미는 소리 나는 곳으로 고개를 돌렸다. 대위의 손에는 채찍이 들려 있었다. 정 일병은 온 몸으로 채찍을 받아내고 있었다. 그의 등은 깨진 병조각이 꽂혀 있을지도 몰랐다. 옷을 벗기고 등을 치료해야 했다. 조각이 있다면 빼내야 했다. 귓 뒤에도, 머리카락 사이에도 병조각이 있을지 몰랐다. 머리카락과 군복 어깨가 빨갛게 물들어갔다. 그는 비명조차 지르지 않았다. 눈 내리는 겨울 밤, 안 상병의 매를 고스란히 받아내던 정 일병이 생각났다. 바지가 벗겨진 채로 나무에 매달려 있던 모습도.

"잘 묶으라고 했지. 쟤 정신이 이상하다고. 줄이 풀리면 자해할 수도 있다고."

"잘못했습니다. 다시는 이런 일 없도록 하겠습니다."

"좋아. 네가 대신 벌을 줘."

대위가 정 일병에게 채찍을 던졌다. 수연은 고개를 수그린 채 몸을 동그랗게 말았다. 어디든 구멍만 있다면 파고들 기세였다. 정 일병이 수연에게로 다가갔다. 채찍을 높게 들었다. 그 순간, 영미는 다른 생각은 하지 않았다. 어떡하든지 정 일병을 막아야겠다는 생각뿐이었다. 영미는 수연을 부둥켜안았다. 채찍이 영미의 머리를 스치면서 등으로 쏟아졌다. 입 속으로 피가 고였다. 피는 점점 더 많이 고였다. 영미는 피를 뱉었다. 머리가 빙글빙글 돌았다. 도대체 뭘 하고 있는 거지? 자신을 이해할 수 없었다. 다만 맨 정신으로 있을 수가 없었다. 차라리 매를 맞고 정신을 잃어버리는 게 나을지도 몰랐다. 아무것도 보지 않고, 아무것도 기억하고 싶지 않았다.

5

통신과 텔레비전이 모두 끊겼다. 바깥소식도 알 수 없었고, 가족들 소식도 알 수 없었다. 이대로 모든 사람들의 기억 속에서 잊혀 질지도 몰랐다. 가족들에게서조차. 그들은 너무 멀리 있었다. 영미는 이 세상에 혼자 던져졌다고 생각했다. 몸을 움직일 때마다 등이 아렸다. 음식을 먹을 때마다 피 맛이 느껴졌다. 며칠이 지났는데도 몸은 나아질 기미를 보이지 않았다. 아마도 몸이 낫고 싶지 않은 건지도 몰랐다. 아픈 동안은 대위에게서 벗어날 수 있을 테니까. 수연이 근심스런 표정으로 말했다.

"괜찮아요?"

"아니. 근데 차라리 아픈 게 좋아."

의아스럽다는 듯 수연이 쳐다보았다.

"한동안 대위가 우리를 안 찾겠지."

수연이 피식 웃었다.

"그럴 리가요. 아마도 다른 것에 몰두해 있겠지요. 흥미를 잃게 되면 바로 정 일병이 찾아올 거예요. 차라리 언제 오는지 알면 좋겠어요. 불시에 찾아오니 그게 훨씬 더 불안해요."

그날 이후 영미는 불안증에 시달렸다. 문소리에도, 발자국 소리에도 깜짝깜짝 놀랐다. 바람소리만 들려도 이불 속으로 쏙 들어갔다. 자고 일어나면 온몸이 식은땀으로 인해 축축했다. 밥 먹는 것도, 산책을 나가는 것도 두려웠다. 영미는 방 안에만 틀어박혀 있었다.

수연이 짐을 싸서 영미 방으로 왔다. 밤마다 수연은 영미 곁에 꼭 붙어 잠을 잤다. 이상하게도 영미는 위로를 받았다. 영미와 수연은 엄청나게 많은 쌀알들 속에 몰래 숨어 들어간 두 개의 돌멩이 같았다. 말하지 않아도 서로의 마음을 알 수 있었다. 오직 어둠 속에서 주고받는 따뜻함과 마음으로 전해지는 위로와 공존만으로.

수연이 영미를 물끄러미 쳐다보았다.

"얼굴이 많이 상했네요. 미안해요, 저 때문에"

영미는 천정을 올려다보았다. 꽃무늬 벽지가 눈에 들어왔다. 수연이 조심스럽게 말했다.

"밖으로 나갈 수 있을까요?"

"언젠가는. 그때가 언제일지는 몰라도."

수연이 일어나 창문을 열었다. 멀리 벚꽃이 흩날리는 모습이 보였다.

"꽃 보러 갈래요?"

영미는 자리에서 일어났다. 걸을 때마다 등이 욱신거렸지만 한편으로 안심했다. 몸의 상처로 끝날 수 있어서. 수연이 난동을 부리지 않았더라면 어땠을까. 어떤 일이 일어났을까. 생각하고 싶지 않았다. 어쨌든 자신은 여기에 있었고 대위는 그 이후로 잠잠했다. 정 일병은 괜찮을까? 바보 같은 자식. 안 상병을 가둬 놓았을 때는 자신만만하더니. 그녀는 정 일병이 안쓰러웠다. 등의 상처도 궁금했고 마음의 상처도 걱정됐다.

수연과 영미는 자갈길을 향해 걸음을 옮겼다. 봄은 이미 산중턱에 걸려 있었다. 철쭉이 꽃망울을 터트렸고, 금낭화도 가지런하게 나무 아래 매달려 있었다. 연못 앞 벤치에 앉아 있는 재인이 보였다. 그녀는 햇볕을 쬐고 있었다.

재인 옆에 앉았다. 재인은 꾸벅꾸벅 졸다가 고개를 들었다.

"언제 온 거야?"

"방금요."

"날이 좋네. 잠이 쏟아져."

"광합성 하는 식물 같아요."

그녀가 미소 지었다.

햇볕은 더없이 포근하고 따뜻했다. 그 따뜻함이 온몸으로 번졌다. 몸의 상처도, 마음의 상처도 회복되는 것 같았다. 세상을 떠도는 바이러스도, 감염인자도 모두 햇볕에 바짝 말라버릴 것 같았다. 순간, 근심 걱정이 모두 사라졌다.

"역시 사람에게는 비타민D가 필요해요."

영미 말에 재인이 하늘을 올려다보며 대답했다.

"모든 만물에게 필요하지."

벚꽃 잎이 날아들었다. 영미는 담 너머로 시선을 돌렸다. 계곡

길에 버티고 서 있는 벚꽃나무, 그곳에서 꽃잎들이 날아들고 있었다. 바람이 불 때마다 눈이 쏟아지듯 꽃잎이 쏟아졌다. 꽃잎은 바람을 타고 어디든 날아가는데, 자신은 이 안에 갇혀 있었다. 꽃잎은 계곡을 타고 강으로 날아가는데, 자신은 이 안에서 한걸음도 나가지 못하고 있었다. 꽃잎만도 못한 삶이었다.

"이 좋은 날 이곳에만 있어야 된다니."

수연이 한숨을 쉬며 말했다.

이곳은 CC-TV와 보초병이 우리를 감시하는 약간 느슨한 감옥이었다. 대위는 얼음 담을 녹인 후 철문에 쇠사슬을 감아 안에서 잠가 버렸다. 우리에게 주어진 자유는 기껏 별장 안에서 맘대로 돌아다니는 것뿐이었다.

갑자기 재인이 목소리를 낮추면서 말했다.

"격리가 풀렸다는 말 들었어?"

"아뇨, 어디서 들었는데요."

재인이 주위를 돌아보았다.

"김 기사에게서."

"요즘 텔레비전도 뉴스도 들을 수 없잖아요. 김 기사는 어디서 들었데요?"

"라디오에서."

"네? 라디오가 있다고요?"

"탑에 올라가면 라디오가 있나봐. 보초 서면서 들었는데."

"근데 왜 대위는 아무런 말이 없죠?"

"나도 그게 궁금해?"

"김 기사는 뭐라던가요?"

"모른 척하고 가만히 있으래. 그래야 살 수 있대. 자신이 지금 껏 살아 있는 것도 못 본 척, 못 들은 척, 관심 없는 척했기 때문 이라면서."

갑자기 수연이 끼어들었다.

"대위가 우리를 다 죽이려는 게 틀림없어요."

"에이 설마, 곧 군에서도 연락이 올 텐데. 그 전에 우리를 내보 내지 않을까."

"아뇨, 저는 그렇게 생각하지 않아요. 2차 세계대전을 생각해 보세요. 일본군이 후퇴하면서 사람들을 모두 죽였잖아요. 독일군 들은 어땠나요? 가스실에 몰아넣었잖아요. 우리도 어딘가로 몰 아넣고 다 죽일 거라고요. 토끼처럼, 노루처럼…… 아, 생각만 해도 끔찍해요."

수연이 입술을 꽉 깨물었다.

"수연 말이 일리 있어요. 너무 조용하잖아요. 격리가 해제됐는 데 말하지 않는 것도 이상하고, 갑자기 텔레비전이 끊긴 것도 이 상하고, 이상한 것투성이에요. 마치 우리를 가둬놓고 죽이기 위 해 술책을 쓰는 것 같잖아요."

재인이 영미를 바라보았다.

"너까지 왜 이래? 무슨 일이 있었던 거야? 요즘 통 보이지도 않더니."

"제가 왜요? 생각해 보세요. 지금 이 상황이 정상인지."

"나도 비정상이라는 것은 알아. 하지만 너무 의심하는 것도 정신 건강에 안 좋아. 일단 기다려보자."

"기다렸는데도 안 보내주면요. 우리를 끌고 산이나 계곡으로 가면요. 그때는 늦어요."

재인이 골똘하게 생각에 잠겼다.

"방법을 생각해 보자."

"가급적 빨리 방법을 생각해내야 해요. 오늘 밤 당장 무슨 일이 생길지 누구도 알 수 없어요."

"좋아, 그럼 이렇게 하자. 일단 내일까지 기다려보고 우리를 보내 줄 것 같지 않으면, 모래 새벽 헌혈버스를 타고 이곳을 탈출하자."

"모래 새벽은 늦어요. 내일 새벽에 탈출해야 해요."

"아니. 내일은 안 돼. 김 기사와 의논해야 하고. 또 유리는 어떻게 할 건데. 그 애를 만나 설득해야 해. 아무도 모르게. 문제는 그 애를 볼 수 없다는 거야. 3층에만 틀어박혀 있으니."

영미는 정 일병을 떠올렸다. 정 일병에게 부탁하면 유리와 잠깐 만나게 해 줄지도 모른다. 문제는 유리였다. 유리가 협조할까. 아니, 협조해야 할 것이다. 이곳에서의 삶은 끝났으니까. 유리 역시 이곳에서 나가길 기다릴지도 모른다. 하지만 그게 아니라면. 유리가 대위에게 우리의 계획을 이야기하면 어떻게 되는 거지. 아니, 무슨 이익을 보겠다고. 아니지. 그 애라면 이야기 할 지도 모른다. 정말 모르겠다. 그래, 슬쩍 떠보는 거다. 만약 유리가 여기서 나갈 의지가 없다면 그냥 버려두고 가는 거지.

"유리가 남겠다고 하면요."

재인이 영미를 빤히 쳐다보았다.

"그걸 말이라고 해. 유리가 이곳에 남아 있을 이유가 없잖아."

"물론 그렇게 생각해요. 하지만 왠지 그런 생각이 들거든요."

수연이 말을 낚아챘다.

"그 애 속은 아무도 모르죠. 무슨 생각을 하는지. 만약 거절하면 두고 가야 해요. 계획이 탄로 나면 대위가 정말 우리를 죽일지도 몰라요."

재인이 한숨을 쉬며 말했다.

"알았어, 참고할게. 우선 김 기사와 유리부터 만나보자. 김 기사는 내가 만날게. 유리는 누가 만날래?"

"제가요."

"방법은 있어?"

"모르겠어요. 정 일병에게 물어보려고요. 걔 상처도 궁금하고."

"그래, 내일 점심 먹고 이곳에서 만나자."

영미는 하늘을 올려다보았다. 끝없이 시야를 가득 메우는 하늘과 산, 꽃잎. 이제 이틀만 지나면 자유로운 공간에서 맘껏 하늘과 꽃잎을 볼 수 있을 것이다. 꽃조차 제대로 감상하지 못하는 삶과는 이별이다.

"참, 철문 열쇠는요? 철문을 열지 못하면 소용없잖아요."

수연이 걱정스럽다는 듯 말했다.

"그것도 정 일병에게서 훔치던가, 아무튼 내가 알아서 할게."

영미가 대답했다. 재인과 수연이 영미를 쳐다보았다. '괜찮겠어?' 하는 표정이었다. 영미는 고개를 끄덕거렸다. 마치 독립투사라도 된 듯한 기분이었다.

6

영미는 아침을 먹은 후부터 줄곧 로비에 앉아 있었다. 정 일병을 기다리는 중이었다. 정 일병은 오전 내내 보이지 않았다. 이제 곧 점심시간이 끝나 가는데 그가 오지 않을까봐 조마조마했다. 영미는 무전기를 만지작거렸다. 그에게 무전을 보낼까 망설였다. 혹시라도 실수할까봐 사용하는 것이 꺼려졌다.

영미는 야자수 나무를 올려다보았다. 군데군데 작은 구멍이 뚫려 있는 나무를 보자 정 일병이 생각났다. 날카로운 쇠꼬챙이로 나무를 뚫던 그의 분노가 읽혀졌다. 그는 마음이 좀 편해졌을까. 나무는 그의 마음을 보듬어 줬을까.

"전에 그랬지요. 홍수가 난 강에서 널빤지를 잡고 표류하는 기분이라고."

돌아보니 정 일병이 나무줄기를 보고 있었다.

그런 말을 했나. 영미는 기억 속을 헤집었다. 강에서 널빤지를 잡고 살아가는 기분이라고 했던 것 같은데, 표류라는 말을 들으니 힘든 삶이 더욱 실감나는 것 같았다. 지금 정 일병 마음이 그런 걸까.

"어디 있었어? 계속 찾았잖아."

"그냥, 여기저기요. 탑에도 갔고 벙커에도 갔고, 3층에도 있었고요."

"그랬구나. 몸은 어때?"

"괜찮아요."

"내가 좀 보면 안 될까?"

"벌써 딱지가 앉은걸요."

"소독은 제대로 했어? 유리 조각은 박혀 있지 않았어? 정말 괜찮은 거야? 제대로 치료 안 하면 흉 져."

정 일병이 머리를 긁적이며 대답했다.

"누나는 잔소리하는 엄마 같다니까요. 다 괜찮아요."

"그런데 왜 그런 소리를 해. 널빤지를 잡고 강에서 표류하는 기분이라니. 힘들어?"

"그게 삶인 것 같아서요."

"아니, 이곳에서 잠시 느끼는 감정일 뿐이야. 일상으로 돌아가면 표류를 끝내고 집으로 돌아간 기분일 수도 있잖아."

"정말 그럴까요? 자꾸 잊어버려요. 제게 돌아갈 집과 가족이 있다는 사실을."

"여기가 좀 그래. 모든 것을 잊게 만들어. 오로지 나만 생각하게 되고."

"참, 저를 찾았다면서요."

"누구한테 들었어?"

"박 상병이 청소하러 와서 말하던데요."

영미는 주위를 두리번거렸다. 누가 보고 있는 것도 아닌데 누가 보고 있는 것만 같았다.

"유리를 만나게 해줘."

정 일병이 멈칫했다.

"왜요?"

"그냥, 잘 지내나 궁금해서."

"말은 전해줄 수 있지만 유리가 만나 줄진 모르겠어요. 혼자 있는지도 잘 모르겠고. 아무튼 전해 줄게요."

"언제쯤이면 알 수 있을까? 되도록 빨리 알고 싶어."

"지금 올라가 볼게요. 여기서 기다리세요."

정 일병이 계단을 향해 걸음을 옮겼다.

영미는 소파에 기대 앉아 멍하니 바깥을 내다보았다. 꽃잎들이 날아와 현관 앞창에 부딪쳤다. 그녀는 현관 앞으로 걸어가 문을 활짝 열었다. 꽃잎들이 땅 위로 쏟아졌다. 그녀는 땅을 내려다보았다. 갈색의 흙으로 뒤덮인 땅, 땅의 색이 이렇듯 오묘한 고동색이었을까. 살색과 갈색, 황토색, 그 어디에도 속하지 않은 자연의 색이 바닥에 납작 엎드려 있었다. 괜히 눈물이 나왔다. 따사로이 내리쬐는 햇볕도 위로가 됐고, 떨어지는 꽃잎도 더없이 사랑스러웠다. 한편으로 화가 났다. 꽃이 지고 피듯 변화하는 자연이 못 견디게 미웠다. 자신은 제자리걸음인데 그 어떤 재앙에도 굴하지 않고 앞을 향해 나아가는 것 같아서.

"발 좀 비켜 주세요."

고개를 들어보니 박 상병이었다. 박 상병이 로비 청소를 하는 중이었다. 그가 투덜대며 말했다.

"문을 열어놓으면 어떡해요? 이 꽃잎들 좀 봐요. 이걸 누가 치우냐고요."

영미는 그만 머쓱해져서 재빨리 문을 닫았다. 박 상병이 꽃잎을 쓸어 담으면서 구시렁거렸다.

"그러는 거 아닙니다. 아무리 저를 골탕 먹이고 싶어도."

그는 가만히 숨을 내쉬며 말했다.

"제가 이곳에 필요 없는 단 한사람이라고 했죠. 수연 마음을 가지고 장난친다고. 그게 아닙니다. 저는 수연을 진심으로 좋아했어요. 다만 유리는…… 예쁜 것, 아름다운 것에 눈길이 향하는 것은 자연스런 이치 아닙니까? 저는 이해가 되지 않습니다. 한 사람을 좋아하면 그 사람만 바라봐야 합니까? 그게 사랑입니까?"

그는 억울하다는 듯 자신의 이야기를 했다. 그의 말을 믿어줄 수도 있었다. 만약 주방 뒤쪽에서 유리에게 고백하는 장면을 보지 않았더라면. 유리에게 선물한 향수를 수연에게 주지 않았더라면, 또 뭐가 있었더라. 생각해보면 박 상병이 수연이 아닌 유리를 좋아한 증거와 장면은 무수히 많았다. 영미는 말하고 싶은 충동을 느꼈지만 참았다. 어쩌면 언쟁이 될 수도 있었고, 계획에 차질이 생길 수도 있었다. 괜히 박 상병을 자극할 필요가 없었다.

"그렇게 생각했다면 미안해."

그가 영미가 서 있는 쪽으로 청소기를 돌렸다.

"비키세요, 방해 되잖아요, 빨리 청소하고 물걸레질도 해야 한다고요."

문득 봄이 되면 제대를 할 거라는 말이 생각났다.

"이제 곧 제대하겠네. 좋겠다. 집에 갈 수 있어서."

박 상병이 가만히 영미를 쳐다보았다. 마치 들으면 안 될 말을 들은 사람처럼.

"그런 말 하지 마십시오."

"왜, 집에 가고 싶지 않아?"

"벌써 제대 날짜가 지났단 말입니다."

"뭐? 그런데 왜 여기 있는 거야?"

"저도 모릅니다."

박 상병은 낙심한 표정을 지은 채 청소기를 끌고 로비 쪽으로 걸어갔다. 청소기 소리만 윙윙 울렸다.

곧 정 일병이 모습을 드러냈다.

"3층으로 가 보세요."

영미는 3층 유리가 있는 방으로 올라갔다. 문을 열자 유리가 서 있었다. 그녀는 잠옷만 입은 채 흐트러진 자세로 서 있다가 발코니로 걸어갔다. 인공폭포가 보이는 테이블 앞에 앉았다. 영미는 맞은편에 앉았다. 유리가 말했다.

"봄이에요. 오지 않을 줄 알았는데. 저 꽃 보여요?"

폭포 옆 바위틈에는 금낭화가 꽃대를 길게 뻗으며 금낭주머니를 늘어뜨리고 있었다. 그 아래로 히아신스의 보랏빛 꽃이 다발을 이루며 물결쳤다. 그 틈새로 눈에 보이는 것은 온통 하얀 개망초였다. 풀숲과 무덤, 어디든 뿌리내리는 강한 생명력으로 온갖 식물과의 치열한 경쟁에서 살아남은 꽃.

영미는 개망초를 보자 기분이 이상했다. 핑크플리베인이라는 이름을 두고 개망초가 된 사연은 일본에 대한 적개심 때문이었다. 개망초는 일본이 경인선 철도를 부설할 때 우리나라에 들어왔고, 일제 강점기에 번성했다 하여 '망할 망亡' 자를 붙여 망초가 되었다. 망국의 설움과 함께 철도에 대한 거부감으로 붙여진 이름이었다. 그 당시 한 지역에서 돌림병이 발생하면 철도 노선을 통해 순식간에 전국으로 퍼졌다. 철도가 통과하는 지역에는 빈 땅이 없었고 기력이 남아 있는 사람이 없었으며, 열 집에 아홉 집은 텅 비었고 닭과 돼지가 멸종했다. 이에 정부는 철도역을 폐쇄했고 열차의 운행을 중지시켰다. 하지만 돌림병을 막기에는 역부족이었다. 개망초도 마찬가지였다. 철도노선을 통해 사방팔방으로 씨를 퍼뜨렸으며 농사를 망쳤다. 영미는 자신이 개망초가 된 것만 같았다. 농사를 망치면서까지 살아남으려고 안간힘 쓰는 잡초처럼 기를 쓰고 살아남으려는 것 같았다.

"제가 왜 왔는지 맞춰볼까요?"

유리가 말했다.

"여기서 나가고 싶지요? 격리 해제 됐다는 소식도 들었을 테고."

"네 생각은 어때?"

"이곳은 군부대 시설이니까 평생 머물 수 없어요. 중요한 건 대위의 결단이에요. 우리는 그의 결단에 따라 나갈 수도 있고 나가지 못할 수도 있어요."

"대위의 생각을 묻는 게 아니야. 너는 어떡하고 싶어?"

"제 생각은 중요하지 않아요. 선생님은요? 방법은 있나요?"

유리는 자신의 생각을 숨기면서 교묘하게 대화를 피해가고 있었다. 마치 모든 것이 대위에게 달려 있으며 자신은 그의 결단에 따라 행동하겠다는 듯이. 그럼에도 약간의 여지를 남겨 놓은 채 이런 저런 이야기를 이어갔다. 영미역시 계획에 대해 선뜻 말하지 못했다. 유리의 속내를 파악하는 게 먼저였다.

"할머니는 괜찮아? 입원 중 이라며. 통화는 해 봤어?"

"모르겠어요. 연락 안 한지 오래 됐거든요."

"걱정되겠다. 보고 싶지 않아?"

"보고 싶어요. 하지만 어떻게요. 문은 잠겨 있고 대위는 내보내 주지 않잖아요."

"함께 고민해 보자."

"방법이 있다면요. 하지만 방법이 있을 리 없잖아요."

"있다면 함께 갈래?"

유리가 눈을 반짝였다. 기다렸다는 듯 대답했다.

"나가고 싶어요. 이곳은 지긋지긋해요."

그녀의 눈빛에서 벗어나고 싶어 하는 갈망이 느껴졌다. 하지만 그녀는 지극히 온순한 태도로 영미를 쳐다보았다. 영미는 실망했다. 아마도 적극적인 그녀의 말과 행동을 기대했기 때문인지도 몰랐다. 어쨌든 더는 미룰 수 없었다. 영미가 말했다.

"내일 새벽 4시, 이곳에서 헌혈버스를 타고 나갈 거야."

"네? 그건 너무 위험해요. 시동소리가 들리면 제일 먼저 대위가 일어날 거예요. 아마 총으로 바퀴를 쏴 버릴지도 몰라요. 모두들 무사하지 못할 거라고요."

"총을 쏘기 전에 나가면 되잖아."

"쫓아 올 거예요. 사냥하듯 우릴 쫓아 올 거라고요. 대위라면 충분히 그럴 수 있어요."

유리가 자리에서 벌떡 일어났다. 영미의 눈을 똑바로 쳐다보며 말했다.

"대위에 대해 얼마나 알고 있나요? 그의 명령을 어기고 도망간다면 그는 지구 끝까지라도 찾아 올 사람이에요. 그건 안 돼요. 그의 허락을 받아야 해요. 그의 배웅을 받으며 떳떳하게 나가야 한다고요. 만약 그게 안 된다면 우리 모두 사라져야 해요. 감쪽같이. 제 말 알겠어요?"

영미는 절망감에 휩싸였다. 아무것도 하지 못한 채 그저 대위의 명령만을 기다려야 하는 걸까. 그건 너무나도 잔혹했다. 은호에게 잡힌 것은 자신이 약해서였다. 도와줄 사람이 없었기 때문이었다. 하지만 이곳에는 동료들이 있었다. 힘을 합친다면 뭔가 방법이 생길 수도 있을 것이다. 대위만 없다면. 불현듯 총이 생각났다.

"내게 총이 있어."

유리의 눈에 생기가 돌았다.

"쏘는 방법은 알아요?"

"응, 김 기사에게 배웠어."

유리가 결심했다는 듯 입을 열었다.

"그럼 좋아요. 오늘 밤 제가 대위를 떠볼게요. 잘하면 우리는 대위의 배웅을 받으며 떠날 수도 있어요. 그게 안 된다면 다른 방법을 생각해 봐야 해요. 헌혈버스에 주사약 있죠?"

"어떤 것?"

"프로포폴 같은 마취약. 그게 없다면 수면제도 괜찮아요."

"재인에게 물어볼게. 아마 프로포폴은 없을 거야. 하지만 수면제는 있을 거야. 그녀가 늘 상비약으로 가지고 다니니까."

"그걸 제게 주세요. 제가 기회를 봐서 대위와 정 일병에게 먹일게요. 그리고 우리는 내일 새벽이 아니라 모레 새벽에 떠나는 거예요. 준비가 필요해요. 정 일병에게 있는 철문 열쇠도 필요하고. 수면제가 준비되면 제게 주세요."

"수면제만으로 될까. 그가 쫓아 올지도 모른다면서."

"각자 살아남아야지요. 그는 혼자지만 우리는 여럿이잖아요. 혹시라도 그가 쫓아온다면 탈영병으로 신고할 거예요. 아니, 어쩌면 그는 정 일병이나 박 상병을 시켜서 자신을 죽은 사람으로 위장할지도 몰라요. 그는 뭐든지 할 수 있으니까요."

"차라리 죽여 버릴까."

유리가 피식 웃었다.

"이건 호러영화가 아니라고요. 선생님은 아마 아무것도 하지 못할 거예요. 차라리 정 일병을 구슬리던가. 아, 제게 좋은 생각이 있어요."

"무슨 생각?"

"나중에요. 잘 될지도 모르겠고."

"그럼 수면제는 언제 전해 줄까?"

"내일 이맘때 이리로 오세요."

7

모든 준비는 끝났다. 다행히 프로포폴도 있었고 수면제도 있었다. 재인이 몰래 숨겨둔 것이었다. 영미는 주머니 속에 약을 숨겼다. 오후가 되면 유리에게 건네 줄 것이다. 그녀가 계획대로만 해 준다면 내일 새벽 떠날 수 있을 것이다. 다만 짐을 싸는 일이 만만치 않았다. 정 일병이 CC-TV로 모든 것을 감시하고 있을까 봐 불안했다.

아침을 먹으면서도 영미는 조마조마했다. 혹시라도 계획이 탄로 날까 봐. 한편으로 가슴이 설렜다. 여행을 떠나기 직전 여행지를 찾아보는 사람처럼 한껏 부풀어 올랐다. 수연도 마찬가지인 듯했다. 입가에는 웃음이 슬며시 묻어났고 목소리는 들떠 있었다. 수연이 귓속말을 했다.

"드디어 오늘 밤만 지나면 되네요. 너무 기대돼요."

"쉿 조용."

영미는 주의를 주었다. 깜짝 놀란 수연이 힐긋거리며 주위를 살폈다. 정 일병 목소리가 안내방송을 타고 흘러나왔다.

"전원 로비로 집합하십시오."

"무슨 일일까요? 혹시 우리 계획이 들킨 것은 아닐까요?"

수연이 걱정스런 목소리로 말했다.

영미는 주머니에 손을 넣고 총을 만지작거렸다. 아침 먹으러 내려올 때 약과 함께 챙긴 것이었다. 이곳에서 나갈 때까지 늘 몸에 지니고 다닐 생각이었다.

김 기사가 식당 뒷문을 열고 들어왔다. 그는 초조해 보였다. 낯빛이 파랗게 질려 있었다. 만약 대위가 쫓아온다면 김 기사와 내가 대위를 없애야 한다고 영미는 넌지시 말해두었다. 어쩌면 그는 그 말을 곱씹고 있을지도 몰랐다. 곧 박 상병이 모습을 드러냈으며 계단을 타고 내려오는 재인이 보였다. 잠시 후 유리와 대위까지 내려왔다. 대위가 우리를 둘러보며 말했다.

"다들 모였군요."

영미는 유리를 쳐다보았다. 무슨 일이 생겼냐고, 속으로 질문했다. 그녀는 괜찮다는 듯 고개를 끄덕였다. 그렇다면 적어도 계획이 들킨 것은 아닐 것이다. 대위가 말을 이었다.

"오늘 여러분은 집으로 가셔도 됩니다. 격리 해제입니다. 단 가시기 전 한 사람씩 저와 면담을 해야 합니다. 자, 김 기사부터 저를 따라 오십시오."

집으로? 격리 해제? 영미는 실감나지 않았다. 이건 마치 종전

선언 같았다. 베를린 장벽이 무너지는 듯한 충격이었다. 일본의 항복처럼 갑자기 찾아 온 자유 앞에서 그녀는 말을 잃었다. 수연이 감격에 겨운 얼굴로 그녀를 부둥켜안았다. 재인이 다가왔고 서로 부둥켜안고 떨어지지 않았다.

"재인 간호사, 대위가 불러."

김 기사의 목소리를 들은 후에야 그들은 서로의 품에서 떨어져 나왔다. 수연이 김 기사에게 다가가 나지막한 목소리로 말했다.

"대위가 뭐라던가요?"

"들어가 보면 알아."

김 기사는 정 일병의 눈치를 살피며 2층 계단을 향해 올라갔다. 재인은 김 기사의 뒷모습을 물끄러미 바라보다 걸음을 옮겼다. 대위 집무실 앞에서 잠시 심호흡을 하더니 안으로 들어갔다.

곧 재인이 나왔다. 영미를 보며 말했다.

"들어가 봐."

영미는 집무실을 향해 걸음을 옮겼다. 표정으로 봐서는 좋은 일인지, 나쁜 일인지 알 수 없었다. 어쨌든 나간다는 사실이 중요했다. 대위가 무슨 말을 하더라도 그녀는 상관없었다.

그녀는 집무실 문을 열었다. 대위가 책상 앞에 앉아 있었다. 그의 표정은 복잡해 보였다. 혼자서 아슬아슬하게 줄타기를 하고 있는 사람 같기도 했고, 아무도 가지 않는 길을 외로이 가려는 사람 같기도 했다. 절망스러워 보였고, 허무해 보였다. 누군가의 도움이 필요해 보였다. 대위는 자신의 권력이 평생 갈 줄 알았던 걸까. 대위가 종이를 내밀었다.

"읽어보고 사인해."

영미는 내용을 눈으로 읽었다. 읽다가 숨을 멈췄다. 3층에서 있었던 모든 일은 녹화되었으며, 이곳에서의 일을 외부에 발설하는 즉시 영상을 인터넷에 유포하겠다고 쓰여 있었다. 또한 이곳에서 있었던 일에 대해서 법적으로 어떠한 책임도 묻지 않겠다는 내용이 포함되어 있었다. 마지막으로 비밀을 누설할 경우 그에 대한 책임은 물론, 손해배상까지 청구하겠다는 내용이었다. 영미는 자신이 피해자인데 마치 가해자가 된 것 같았다. 하지만 그녀는 볼펜을 꾹꾹 눌러가며 사인을 했다. 어떤 일이 있어도 이곳에서의 일은 죽을 때까지 비밀로 간직할 생각이었다. 아마 출장 팀 전원이 같은 생각이었을 것이다.

대위가 말했다.

"수연을 불러줘. 그리고 짐을 싸서 열 시까지 로비로 내려오도록 해."

영미는 로비로 나갔다. 로비에는 수연과 정 일병만 있었다. 유리는 보이지 않았다. 유리는 어디 갔을까. 이미 사인한 것일까. 3층에서 짐을 싸고 있는 걸까. 그녀는 어떤 말로 대위를 설득했을까. 그녀에게 이곳에서의 생활은 지옥이었을까. 천국이었을까. 유리에 대한 생각이 끊임없이 이어졌다. 수연의 말소리가 들렸다.

"저, 들어가면 되나요?"

영미는 수연을 쳐다보았다. 그녀는 고개를 주억거렸다. 수연
은 기다렸다는 듯 대위의 집무실을 향해 걸어갔다. 정 일병이 아
쉬운 듯 말했다.

"드디어 집으로 가는 군요."

"너도 언젠가는 갈 텐데 뭐. 그동안 고마웠어."

정 일병이 머리를 긁적였다.

"실감나지 않습니다. 저희도 부대로 복귀하라는 명령을 받았
습니다."

"잘됐네."

그의 표정이 일그러졌다. 불안과 동요가 엿보였다. 그는 아마
도 부대 복귀 명령이 달갑지 않은 듯 했다. 하기야 그는 일병으로
돌아가야 했다. 안 상병이 살아 있다면 또다시 괴롭힘을 당하게
될지도 몰랐다.

정 일병이 말했다.

"조심히 가십시오."

말하는 모습이 어쩐지 슬퍼보였다. 무슨 말이든 그에게 해 주
고 싶었다. 누나로서, 선배로서, 한 시절을 같이 견딘 친구로서.

"이제 곧 표류가 끝날 거야. 기운 내."

정 일병이 빙긋이 웃었다.

영미는 정 일병의 웃음을 뒤로 하고 계단을 올랐다. 방으로 들어가 재빨리 짐을 싸서 로비로 내려왔다.

로비에는 유리만 빼고 모두 모여 있었다. 시간을 보니 아홉시 오십 분이었다. 아직 십 분의 여유가 있었다. 그럼에도 불안했다. 십 분 안에 예상치 못한 일이 발생할 수도 있었다. 대위의 마음이 변할 수도 있었고 누군가 다칠 수도 있었다. 유리는 도대체 무엇을 하고 있는 걸까. 다들 안절부절 못하는 눈치였다. 시계를 보고, 계단을 보고, 대위 집무실을 보면서 유리가 오기만을 기다렸다.

곧 유리가 캐리어를 끌고 내려왔다. 대위는 보이지 않았다. 박 상병도 보이지 않았다. 별장에 올 때는 시끌시끌했는데 뭔가 허전했다. 죽은 사람은 최 뿐인데 정 일병만 빼고 모두 죽은 사람 같았다.

8

버스는 모든 불행과 아픔으로부터 도망치려는 듯 속도를 냈다. 별장이 조금씩 멀어져 갔다. 장미정원과 연못이 더는 보이지 않았다. 그럼에도 탑의 꼭대기에서, 지하 벙커의 CC-TV 앞에서 정 일병이 자신을 지켜보고 있을 것만 같았다. 잘 지내, 영미는 속엣 말을 하며 창밖을 내다보았다.

벚꽃이 흩날렸다. 바라보기만 할 때는 그토록 걷고 싶었는데, 막상 보니 이곳도 별장의 일부분 같았다. 빨리 벗어나야 할 그 무엇 같았다. 나무와 꽃, 심지어 주위의 무생물까지도 자신을 감시하고 있는 듯했다. 꽃들은 눈이 되고, 돌들은 귀가 되고, 나무들은 입이 되어 자신을 바라보고 있는 것 같았다. 이들의 감시로부터, 재앙과도 같은 별장으로부터, 나쁜 기억으로부터 한시라도 빨리 빠져나가고 싶었다.

"나는 시동이 걸리지 않을까 봐 조마조마했어."

침묵을 깨고 김 기사가 격앙된 목소리로 말했다.

"저도요. 갑자기 악당들이 나오는 영화가 막 떠오르잖아요. 가라고 해 놓고 총질을 해대는. 휴, 이제 안심이에요."

수연이 가슴을 쓸어내렸다.

재인이 신중한 목소리로 말했다.

"이제 막 꿈에서 깨어난 것 같아."

"차라리 꿈이라면 좋겠어요. 아니, 이제는 꿈이라 믿고 살 거예요. 그래야 살 수 있을 것 같아요. 잠을 자다 한 번씩 가위에 눌렸거든요. 눈을 떠보면 온 몸을 긁어대는 내가 있고."

수연의 말에 다들 조용해졌다. 꿈이라고 말하기엔 너무 생생한 기억 때문에 영미는 가슴이 아렸다. 자해하던 수연의 모습이 떠올랐고 최의 마지막이 떠올랐다. 우리는 최의 죽음을 가슴에 묻고, 가족들에게 숨기고 잘 살아갈 수 있을까. 살아간다는 것은 살아지니까 살 수 있었다. 하지만 잘 산다는 것은 다른 문제였다. 영미는 어쩐지 잘 살아갈 자신이 없었다. 자신은 계곡을 따라 흐르는 물이 아니었고, 봄이 되면 흩날리는 꽃잎도 아니었으며 계절마다 색을 바꾸는 나무도 아니었다. 과거를 기억하고 되새기고, 저장하는 인간이었다. 현재에 따라 미래 모습이 바뀌는 살아가는 인간이었다. 내일을 이야기하는 것이 두려웠다.

재인이 과거를 떨쳐버리겠다는 듯, 희망찬 목소리로 말했다.

"난 여행 금지가 끝나면 멀리 떠날 거야. 술도 끊을 자신이 생겼어. 지금까지와는 다른 삶을 살 거야."

"저는 아프리카나 오지로 봉사를 갈 거예요. 몸이 너무 힘들어 정신의 아픔 따위는 기억나지도 않는 곳으로요."

수연이 대답했다.

영미는 수연을 물끄러미 바라보았다. 수연은 상처를 치유하는 자신만의 방법을 찾은 것일까. 자신 역시 그랬다. 은호에 대한 증오심으로 잠 못 드는 밤이면 밤새도록 설거지를 하거나 학교 운동장을 전력 질주했다. 그러고 나면 잠이 쏟아졌고 증오가 가라앉았다. 몸을 혹사시키는 것만큼 정신이 단순해졌고 명료해졌다. 그렇다고 해서 상처가 나은 것은 아니었다. 상처는 더 깊게 몸을 웅크리고, 더 깊숙한 곳에서 기회를 엿보고 있다가 틈만 나면 비집고 올라왔다. 학대받는 영상도, 납치와 감금을 소재로 한 영화나 드라마도 볼 수 없었다. 책도 읽을 수 없었다. 농가에서 먹었던 만두와 김밥만 봐도 속이 울렁거렸다. 모든 남자를 의심했고 모든 사랑을 불신했다. 점점 사람들로부터 멀어졌고 타인의 상처에 관심을 갖지 않게 되었으며, 선택의 범위가 좁아졌다. 무심함을 가장한 배우 같은 사람이 돼가고 있었다.

수연이 까다롭고 편협한 사람이 되지 않기를 바라면서도 영미는 그것이 소망임을 예감했다. 앞으로 그녀는 음식을 선택하거나 영화를 보는 단순한 일에서조차 어려움을 느낄지도 모른다. 숙박업소를 고를 때도 신중을 기할 것이며, 군복을 입은 사람만 봐도 몸을 숨길 것이다. 그럼에도 우리는 살아가야 했다. 자신만의 비밀을 간직한 채 고독한 삶 속으로 나아가야만 했다. 그것이 치유의 길이 되기를 진심으로 영미는 빌었다.

어쩌면 그동안 자신은 은호를 아주 깊은 수렁이나 태풍쯤으로 여겼는지도 모른다. 벗어날 수도 없고, 달아날 수도 없는 거대한 존재. 이제, 조금 알 것 같았다. 그는 수렁도 아니었고 태풍도 아니었으며, 사랑이라는 허울 앞에 허우적대는 나약한 인간일 뿐이었다. 영미는 더 이상 자신의 감정에, 그리고 은호의 감정에 속고 싶지 않았다. 돌아가면 당당하게 이별을 통보할 것이다.

수연이 근심스런 표정으로 말했다.

"우리는 치커로부터 안전한 거겠죠?"

"아마도, 우리 몸엔 건강한 항체가 형성돼 있을 거야. 치커가 아니라 그 어떤 바이러스도 못 들어올 걸."

재인이 또렷한 목소리로 대답했다.

영미는 유리를 쳐다보았다. 그녀는 말이 없었다. 다들 집으로 간다는 사실 만으로 내일을 말하는데 그녀만이 축 가라앉아 있었다. 그녀가 대위에게 무슨 말을 했는지, 어젯밤 무슨 일이 있었는지 궁금했지만 영미는 묻지 않았다.

어쩌면 앞으로 살아가는 내내 별장에서의 경험은 끊임없이 질문들을 제기하며 우리를 괴롭힐지도 모른다. 인간이란 어떤 존재인지, 살아 있다는 것은 어떤 의미이며 자유란 무엇인지. 각자 질문에 답하면서 자신의 삶을 선택해야 할 것이다. 보다 확실하고 덜 혼란스러운 세계로 버스는 나아가고 있었다.

재인이 유리를 보며 말했다.

"수면제와 프로포폴은?"

유리는 꿈을 꾸다 현실로 돌아온 사람처럼 멍한 시선으로 재인을 바라보았다. 재인이 재차 말했다.

"수면제와 프로포폴?"

"아, 맞다, 제 가방에요."

"내리기 전에 내게 줄래?"

"네."

"대위에게는 뭐라고 한 거지?"

"별말 안 했어요."

"설마, 무슨 말이든 했겠지. 격리해제 된 사실마저 숨긴 대위가 하룻밤 사이에 우리를 보내줬는데."

"군에서 복귀 명령이 떨어졌거든요. 곧 돌아가야 하는데 우리를 모두 죽일 거냐고 물어봤어요. 살려두는 게 낫지 않겠냐고요. 그 말 밖에 안 했어요."

"대위가 그 말에 마음을 바꿨다고?"

"그도 사람이니까요. 격리 해제 소식에 두려웠을 거예요. 저는 그에게 마음이 있다는 것을 일깨워 줬어요."

유리가 창밖으로 시선을 던졌다.

버스는 벚꽃 길을 지나 나무의 물관 같은 숲길을 내달리고 있었다. 숲길을 돌아 나가면 곧 산을 벗어날 것이다. 산을 벗어나면 국도가 반길 것이고 조금만 더 가면 고속도로였다. 고속도로에서는 길이 끊기는 일 따위는 없을 것이다. 아무런 방해 없이 목적지까지 곧장 갈 수 있을 것이다. 본원으로 가서 인수인계를 마치면 거리를 활보하고 싶었다. 모든 구속과 근심을 떨쳐버리고 자유롭게 거리를 걷고 싶었고, 단순하고도 평범한 일상을 보내고 싶었다. 몸이 원하는 대로. 정신이 원하는 대로. 별장에 갇히고서야 알게 되었다. 단순하다고 여겼던 삶, 평범하다고 여겼던 일상이 그리 형편없는 것들이 아니란 사실을.

날씨가 꾸물꾸물하더니 하늘 저편에서 먹구름이 잔뜩 몰려 왔다. 김 기사가 중얼거렸다.

"오늘 강풍을 동반한 소나기가 쏟아진다고 일기예보에서 말하던데, 진짜네."

영미는 김 기사를 쳐다보았다. 뉴스를 들었다는 말이 생소했다.

"언제요?"

"어젯밤 보초 서면서 들었지."

"아……."

멀리서부터 바람 소리가 들렸다. 바람 소리는 점점 거세졌다. 거대한 환풍기가 돌아가는 듯한 소리와 함께 나무들이 심하게 흔들렸다. 나뭇가지들이 꽃잎을 털어냈고 돌멩이들이 굴러 떨어졌다. 버스는 아슬아슬하게 숲길을 빠져나가고 있었다. 길이 얼마 남지 않았는데 어쩐지 불길했다.

갑자기 버스가 급정거했다.

김 기사가 말했다.

"길 한가운데 나무가 쓰러져 있어."

밖을 내다보던 재인이 말했다.

"끝까지 마음고생을 시키는군요."

"어쩔 수 없지. 그나저나 모두 내려서 나무를 치워야 할 것 같은데."

김 기사가 그들을 둘러보며 말했다.

영미는 버스에서 내렸다. 재인도, 수연과 유리도 뒤따라 내렸다. 그들은 길 가운데 쓰러져 있는 소나무 앞에서 걸음을 멈췄다. 보기보다 크고 건강해 보이는 나무였다. 웬만한 강풍에도 끄

떡없을 것 같은데 아마도 폭설 때 쓰러진 모양이었다.

"자, 하나 둘 셋 하면 모두 밀어."

김 기사가 소나무 둥치를 끌어안으며 말했다. 다들 힘을 모아 소나무를 계곡 아래쪽으로 밀었다. 소나무 구르는 소리가 계곡 안에 울려 퍼졌다. 작은 나무들과 돌멩이들이 우르르 굴러 떨어졌다. 산사태라도 일어난 것처럼 요란한 소리를 냈다.

영미는 계곡 아래쪽을 내려다보았다. 깊은 낭떠러지였다. 발을 헛디디면 계곡 아래로 추락할 것만 같았다. 그녀는 불안감에 휩싸였다. 갑자기 도로가 유실되거나 커다란 바위가 굴러 떨어지든가, 돌풍에 휘말려 버스가 벼랑 아래로 떨어지는 일들이 일어날 것만 같았다. 그녀는 손을 뻗어 나뭇가지를 잡으려 했지만 손가락들은 허공을 움켜잡을 뿐이었다. 그녀는 꼼짝도 할 수 없었다. 그때였다. 탕, 탕, 탕, 몇 발의 총성이 울려 퍼졌다.

모두들 별장 쪽으로 고개를 돌렸다. 수연이 중얼거렸다.

"미친 자식, 대위가 틀림없어요."

영미는 어쩐지 정 일병일 것 같았다. 그가 대위의 채찍질에 화가 나서 대위에게 총을 겨눈 것은 아닐까. 그게 아니라면 부대로 복귀하기 전 걸림돌이 될지도 모를 안 상병을 죽인 것은 아닐까. 답답하고 안타까웠다. 사소한 우연이 모여 필연이 될 수 있듯, 사소한 움직임을 간과해서 폭발이 일어난 것이다. 내가 알아챘어야 했는데. 아니 짐작하고 있었지만 할 수 있는 일은 없었다. 그것은 정 일병의 선택이었다.

탕, 탕, 타앙 탕, 총소리가 연이어 울려 퍼졌다.

머릿속이 터질 것 같았다. 모든 감각과 의식이 마비된 것 같았다. 아무것도 느낄 수 없었다. 몸까지 마비된 듯 몸조차 움직일 수 없었다. 생각하고 싶은데 생각할 수 없었다. 영미는 아직도 꿈속을 헤매고 있는 것만 같았고, 별장 안 어딘가에서 대위의 명령을 기다리고 있는 것도 같았다. 마치 잠들지 않았다는 것을 알면서도 꿈꾸기 시작한 것처럼 별장 밖에 있음에도 별장 안에 있는 것 같았다.

갈증이 났다. 흉통이 시작됐고 토할 것 같았다. 치커였다. 몸속 깊이 숨어 있던 바이러스가 피부를 뚫고, 목구멍을 타고 올라오려 했다. 몸이 거꾸로 뒤집힌 듯했고 물 위를 둥둥 떠내려가고 있는 듯했다. 그때서야 영미는 또렷하게 느낄 수 있었다. 치커는 질병도 아니었고 한때 유행인 바이러스도 아니었다. 잊어버려야 할 아픈 추억도 아니었으며 묻어버려야 할 죽음은 더더욱 아니었다. 그것은 두고두고 기억될 공포이자 재앙이었다.

에필로그

유리는 총을 쏜 사람이 대위가 아니라는 사실을 알고 있었다.
그건 아마도 안 상병이거나 박 상병일 것이다. 만약 정 일병이 총
을 쐈다면 방어하기 위해서였을 것이다. 그녀는 아무리 생각해도
알 수 없었다. 왜 자신이 그들을 부추겼는지. 왜 서로가 서로에게
총을 겨누도록 만들었는지. 모든 게 뒤죽박죽 엉켜 답을 찾을 수
없었다. 도대체 언제부터였을까. 사람들을 조종하고 망가지도록
내버려두기 시작한 것이. 할머니와 단둘이 사는 소녀가장이 되어
버린 순간부터였을까.

시작은 단순했다. 멋진 외제차를 타고 아빠의 포옹을 받으며
등교하는 친구가 있었다. 그 아이는 공부도 잘 했고 운동도 잘 했
으며 작곡 실력도 뛰어났다. 기껏 열일곱인데 작곡 대회에서 우
승까지 했다. 대형 기획사의 러브콜이 이어졌고 알만한 기획사와

계약까지 맺은 상태였다. 모든 친구들이 부러워했다. 입시와 대학, 미래에 대한 계획에서 벗어난 그 아이는 한없이 자유로워 보였고, 한없이 높은 곳에 있는 것 같았다. 유리의 외모를 칭찬하던 친구들도 더 이상 그녀를 부러워하지 않았다. 그녀는 단지 예쁜 아이였을 뿐이었다.

질투 때문이었을까. 어느 날 유리는 쇠못을 구해 그 친구 집 앞에 주차된 차를 긁었다. 긁히는 소리에 쾌감이 몰려왔다. 하지만 블랙박스에 얼굴이 선명하게 찍혀 경찰서에 붙잡혀갔다. 경찰서엔 그 애 아빠가 와 있었다.

그 애 아빠는 다정한 말투로 어디 사는 누구인지 물었다. 유리는 잘못했다며, 눈물을 글썽이며 학교와 나이를 밝혔다. 그 애 아빠는 얼굴이 환해져서 우리 딸과 같은 학교네, 하고 말했다. 부모님을 모셔오라는 말에 유리는 할머니와 같이 산다고 말했다. 할머니가 아프셔서 모셔올 수 없다고 했다.

그 애 아빠의 표정이 밝아졌다. 뭐라고 말해야 할까. 가질 수 없는 것을 갖게 되었을 때 짓는 표정이었다. 안도하는 것 같기도 했고 즐거워하는 것 같기도 했다. 유리는 사람들이 자신의 거짓말에 즐거워하는 것을 보는 것이 즐거웠다. 사람들이 자신을 만만하게 여기고 가엾게 여기는 것도 좋았다. 그런 사람들일수록 마음속이 훤히 들여다보여 이용하기가 훨씬 쉬웠다.

사실 유리에게는 가족이라고 말할 수 있는 사람들이 있었다.

그럼에도 그녀는 자신이 고아라고 생각했다. 아빠와 엄마, 할머니와 같은 단어들은 그저 호칭일 뿐이었다. 지나가는 사람도 아빠가 될 수 있었고, 넝마주이 할머니도 친할머니가 될 수 있었다. 다른 사람들 앞에서 다정하게 아빠, 엄마, 할머니 하고 부르면 손쉽게 사람들은 속아 넘어갔다. 그것은 호칭의 문제였고 믿음의 문제였다.

그녀가 아빠라고 불렀던 사람은 주점을 했다. 꽤 반듯한 사업이라고 아빠는 말했다. 아빠는 그 사람뿐이었는데 엄마라고 불렀던 사람은 여러 명이었다. 다섯 명인가? 여섯 명인가? 그 많은 사람들 중 누가 친엄마인지 유리는 알 수 없었다. 아빠는 첫 번째 엄마가 친엄마라고 말했지만 그 여자는 아니라고 말했다.

"내가 네 아빠를 만났을 때 이미 너는 네 아빠 아이였어."

그렇다면 그 전에 만났던 여자가 엄마일까. 아니면 훨씬 전에 만났던 여자일까. 어느 날 아빠는 술에 취해 말했다.

"사실 네가 내 친딸인지 잘 모르겠다. 그건 네 엄마만이 알 수 있겠지."

"유전자 검사를 해 보면 알 수 있잖아요."

"그런 일을 번거롭게 왜 하니? 그냥 딸이라 믿고 살면 되는 거지."

유리는 그 남자를 아빠라고 믿고 살았다. 그가 유리를 딸이라 믿고 살았듯 유리 역시 아빠라 믿으면 그만이니까.

유리는 어려서부터 늘 혼자였다. 혼자서 모든 것을 해결했고 혼자서 모든 것을 판단해야 했다. 아무도 살아가는 방법에 대해 가르쳐 주지 않았다. 초등학교에 들어가면서부터 그녀는 사람들의 눈길을 받아야 했다. 은근한 시선과 불분명한 손짓과 비싼 물건들이 그녀를 유혹했다. 유혹당하는 줄 모르고 유혹 당했고, 유혹하는 줄 모르고 유혹했다.

간호조무사가 된 것도 우연이었다. 학원 앞을 지나는데 어떤 아주머니가 전단지를 유리에게 주었다. 간호조무사 양성 학원 전단이었다. 마침 할 일이 없었다. 한번 가보고 싶어서 갔고 학비를 전액 지원해 준다고 해서 등록을 했다. 어쩌다보니 자격증을 땄고 혈액원에 취직했다.

유리는 드디어 자신의 삶에도 변화가 찾아왔다고 생각했다. 그런데 어느 날 문득 깨달았다. 어디서든 변함없다는 사실을. 주변 사람들은 정상적인 궤도에서 살아가고 있었지만 그 궤도에서 혼자만이 겉돌고 있었다. 그 감정은 학교에 다닐 때도, 자퇴서를 냈을 때도, 가족들과 대화할 때도 느꼈던 익숙한 감정이었다. 결국 유리는 그 어떤 세계에서도 다른 사람들과 대등해질 수 없었다. 친구도 만날 수 없었다. 자신의 삶은 이대로 쭉 겉돌면서 흘러갈 수밖에 없는 걸까? 억울했다. 다른 세계를 찾고 싶었다. 다른 세계를 보고 싶었다. 혹시나 싶어 자원한 것이 군부대 출장이었다.

유리는 자신의 마음속에 무엇이 있는지 잘 몰랐다. 세상에 대한 악의와 적개심이 마음 속 깊이 도사리고 있다는 것을 별장에 갇히고서야 알게 되었다. 아니, 대위 때문에 알게 되었다. 그는 유리 속에 숨어 있던 작은 아이를 꺼내 주었다. 자신의 소망도 욕망도, 쾌락도 알지 못했던 그 아이는 그의 채찍에 웃고 있었고, 목을 조여 오는 그의 손길에 반응했다. 쾌락인지 공포인지 모를 감정들. 그 감정들이 지나고 나면 죽음에서 살아 돌아온 것처럼 쾌감이 몰려왔다. 통증에 무감각해졌고 고통에 중독돼갔다.

유리는 수연이 학대받는 것을 보면서도 동정심을 느끼지 못했다. 자신이 감정적으로 문제가 있는 사람일지도 모른다는 생각이 불현듯 들었다. 유리는 당황했다. 왜 슬픔이나 아픔 같은 일반적 감정이 자신에게 드물게 나타나는지. 왜 다른 사람들 말에 쉽게 공감하지 못하는지. 왜 모든 일을 자신의 감정에 맞춰, 이성적으로만 판단하려 하는지 궁금했다.

대위에게 털어놓았다.

"나도 그래. 그러한 것은 자연스러운 감정이야. 연약하거나 아픈 사람들, 학대받는 사람들을 동정하라는 것은 모두 도덕이 만들어낸 강요된 행위일 뿐이야. 그런 것에 속지 마. 본능에 귀 기울여. 나처럼."

유리는 다른 사람들과 비슷한 감정을 느끼지 않아도 된다는 사실에 위로받았다. 그는 동질감을 느끼게 해준 유일한 사람이었다.

그 누구보다 단단했던 대위가 격리해제 소식에 불안해했다. 그 역시 이런 날이 올 줄 알고 있었지만 심적 부담은 예상하지 못한 듯했다. 그는 마치 세상 마지막 날이 온 듯 술을 마셨고, 잠을 잤다. 스스로 이 세상을 끝내려는 사람 같기도 했다. 살아봤자 특별할 것이 없는 날들이었다. 별장에서의 삶은 지독했지만 지루하지는 않았다. 늘 새로운 재미가 기다리고 있었고 본능대로 사는 삶도 꽤 괜찮았다.

때로는 천국이 있다면 이런 곳이 아닐까, 하는 생각도 들었다. 희망이 없는, 자유도 없고 미래도 없는 세계. 그저 먹고 마시고 본능대로 살아가기만 하면 되는 세계. 현재만 살아내면 되는 세계. 유리는 대위가 만들어낸 천국에 서서히 적응해 가는 중이었다.

어쩌면 그녀는 영미가 찾아오지 않았더라면 대위와 함께 자살했거나, 살인자가 되었을지도 모른다. 영미가 나가고 싶지 않으냐고 물었을 때 그녀는 자신이 갇혀 있음을 깨달았다. 탈출을 계획하고 자유를 꿈꾸게 되면서 그 느낌은 점점 더 강해졌다. 이곳이 천국처럼 평온하게 느껴진 것은 미래에 대한 희망을 꿈꾸지 않았기 때문이었다. 현재에 만족했기 때문이었다. 희망을 꿈꾸기 시작하면서 이곳에서의 모든 삶이, 견고하게 유지될 줄 알았던 이 세계가 조금씩 무너지기 시작했다.

영미를 보내고 유리는 대위에게로 갔다. 그는 노천탕에 앉아 생각에 잠겨 있었다. 대위가 말을 꺼냈다.

"이제 다 끝이네. 부대 복귀 명령이 떨어졌어."

너무나 의외였다. 이렇게 쉽게 일상으로 돌아간다는 사실이. 대위가 말을 이었다.

"끝인데, 끝을 어떻게 내야 할지 잘 모르겠어."

유리는 그의 손을 꼭 잡고 눈을 마주보았다.

"하고 싶은 대로 해. 어떻게 하고 싶은데?"

그가 침울한 목소리로 말했다.

"다 죽여 버릴까? 그리고 내 입에도 방아쇠를 당겨버릴까? 아니면 모른 척 일상으로 돌아가? 그게 가능하다면 그러고 싶어. 하지만 이제 더 이상 가능하지 않게 돼 버렸어. 박 상병은? 안 상병은? 정 일병은? 출장 팀은? 저들이 살아 있는 한 앞으로 난 늘 불안에 시달리겠지."

대위가 하늘을 쳐다보았다. 그는 죽을 준비가 덜 된 채로 아슬아슬하게 옥상 난간을 홀로 걸어가는 사람 같았다. 어느 쪽으로 떨어질지 운에 맡긴 채. 그가 입을 열었다.

"죽음을 겁내지만 않는다면 행복하게 죽을 수도 있을 것 같아. 너와의 섹스처럼. 그건 죽음의 순간을 늦추기 위한 의식이지."

"자살하고 싶은 거야? 그게 아니라면 너무 고민하지 마. 우리 모두 일상으로 돌아갈 수 있을 거야. 너만 결심한다면."

"어떤 결심?"

"출장 팀을 보내주는 거야. 네게는 저들의 영상이 있잖아. 비밀이 새어나갈 경우 영상을 공개하겠다고 이야기 해. 그럼 다들 입을 다물 수밖에 없을 거야."

"과연 그럴까?"

"출장 팀을 보내주는 조건으로 몇 가지 내용을 더 첨가하는 거야. 예를 들어 손해배상 청구라던가……."

"그게 통할까."

"그럼 저들을 다 죽일 거야? 최의 죽음을 숨긴 것처럼 저들도? 그런 어마어마한 일을 혼자 감당할 수 있겠어?"

대위는 골똘히 생각에 잠겼다.

사실 유리는 그가 어떤 선택을 하든 따를 생각이었다. 그가 자살을 선택한다면 같이 죽을 수도 있었고, 그가 출장 팀을 보내준다면 다시 한 번 겉도는 삶 속으로 뛰어 들어가 볼 생각이었다. 걱정되는 것은 모두의 죽음이었다. 혹시라도 그가 모두의 죽음을 선택한다면 어떻게 해야 할까. 출장 팀만은 보내주었으면 좋겠는데. 그들의 삶은 바깥에 있었고, 자신의 삶은 어디에 있든 상관없었다. 혹시라도 여의치 않다면 원래의 계획대로 대위와 정 일병에게 약을 먹일 수밖에 없었다. 그 다음은, 그 후는 어떻게 되는 걸까. 평생 대위를 피해 도망 다녀야 할까. 그럴 수는 없었다. 유리는 이곳에 남아 대위와 함께 죽어야겠다고 생각했다. 어쩌면 몸의 쾌락이 절정에 달했을 때 그와 함께 죽는 것도 나쁘지 않을 것이다. 죽음은 새로운 세계로 가는 통로일 뿐이니까. 유리는 그의 귀에 대고 속삭였다.

"너와 함께 죽는 것도 괜찮아. 왜 그런 말 있잖아. 평범한 삶은 죽음에 의해 삼켜지지만 완벽한 삶은 죽음에 의해 완성된다. 나는 내 삶이 완벽하다고 믿거든."

"출장 팀은 보내준다고 쳐. 그럼 쟤들은 어떡하지? 안 상병과 박 상병, 정 일병은? 박 상병은 제대 날짜도 지났잖아."

유리는 그의 등을 쓰다듬었다. 그의 등에는 화상에 덴 흉터가 남아 있었다. 그가 나지막하게 웅얼거렸다.

"나는 따뜻한 코코아를 마시고 싶었을 뿐이었어. 그런데 끓는 물을 등에 부어버리다니, 그게 말이 돼. 어렸을 때 아버지는 내가 좋아하는 것은 무조건 빼앗았어. 욕망의 대상을 없애준다는 이유로 말이야. 엄마도 내쫓았고 키우던 강아지도 버렸고, 초콜릿도 못 먹게 했지."

그제야 유리는 소원성취게임을 주도했던 그의 마음을 알 것 같았다. 소원을 들어준다는 이유로 희망을 빼앗아버리는 것, 그것이 게임의 목적이었다. 그의 아버지가 그에게서 욕망의 대상을 없애버렸던 것처럼. 유리는 확신에 찬 음성으로 말했다.

"괜찮을 거야. 너는 대위잖아. 저들은 일개 병사고. 혹시 불안하면 다 죽여 버려. 최처럼 땅에 파묻어 버리고 보고해. 바이러스로 인해 죽었다고. 이곳에서 네 명령을 거스를 사람은 아무도 없어. 네가 곧 아버지야."

그의 눈빛이 변했다. 그는 이곳에서 명령을 내리는 단 한 사람, 독재자의 눈빛으로 돌아왔다.

다음날 아침 대위가 출장 팀과 면담을 하는 사이, 유리는 은밀히 박 상병을 식당 뒤쪽으로 불렀다. 그의 눈빛에는 의아스러움과 기쁨이 교차했다. 유리는 최대한 상냥한 목소리로 말했다.

"우리는 이제 곧 떠날 거야. 마지막으로 네게 줄 선물이 있어."

그의 몸이 유리쪽으로 다가왔다. 너무 가까워 손을 내밀면 그의 얼굴이 닿을 것만 같았다. 유리는 팔을 뻗어 그를 막았다. 그는 충동적인 행동을 자제하려고 애쓰는 빛이 역력했지만 참을 수 없다는 듯 유리를 내려다보았다. 몸과 머리가 따로 움직이는 듯한 이상한 몸짓. 아무튼 박 상병은 자신의 몸과 욕망이 거울처럼 눈빛에 투영되는 사람이었다. 유리는 주위를 살피며 말했다.

"아마도 넌 여기서 제거될 거야. 제대도 못 하겠지. 대위가 내게 말했어. 다 죽일 거라고."

박 상병의 눈은 공포에 사로잡혀 있었다.

"살고 싶지? 그럼, 먼저 선수를 쳐. 그리고 위에 보고해. 이곳에서 무슨 일이 있었는지. 최의 시신이 어떻게 버려졌는지. 그럼 적어도 넌 살 수 있을 거야."

그가 정색을 했다.

"군법에 의해 처벌받을 거야."

"그럼 거짓으로 보고를 해. 바이러스로 인해 죽었다고."

"내 말을 믿어주지 않으면? 진상을 파악하겠다고 나서면?"

"안 상병과 같이 해."

박 상병이 의아스럽다는 듯 유리를 쳐다보았다.

"안 상병이 살아 있어?"

"응. 지하 벙커에. 내가 풀어 줄 거야."

"안 상병이 같이 할까?"

"아직은 몰라. 지금 만나러 갈 거야. 시간이 되면 알 수 있겠지."

유리는 그를 남겨두고 지하 벙커로 내려갔다. 몇 개의 방을 지나자 개처럼 묶여 있는 안 상병이 보였다. 그에게선 지독한 냄새가 흘러나왔다. 오랫동안 밖을 떠돈 노숙자의 냄새였다. 이맛살이 절로 찌푸려졌다. 그는 유리의 발목을 붙잡고 살려달라고 애원했다. 유리는 그를 내려다보았다. 머리카락이 눈을 덮어 눈빛을 읽을 수 없었다. 유리는 그의 머리카락을 이마 뒤로 넘겨주며 말했다.

"살고 싶지? 내가 풀어준다고 해도 너는 살지 못해."

"아니야, 살 수 있어. 반드시 살 거야."

"어떻게? 밖에는 정 일병과 대위가 있는데. 그들이 너를 살려 줄 것 같아?"

그가 울분에 찬 목소리로 대답했다.

"다 죽일 거야. 내가 먼저 죽여버릴 거야."

"좋아. 그 대신 조건이 있어. 지금이 오전 9시 40분이야. 정확히 30분 후 이곳에서 나와. 박 상병이 함께 할 거야."

"그 자식이 하겠데?"

"응. 그러니까 그는 죽이지 마."

유리는 안 상병 발에 묶인 자물쇠를 풀어주었다. 달각, 소리가 났다. 들뜬 목소리로 그가 말했다.

"고마워, 잊지 않을게."

"행운을 빌게."

유리는 걸음을 옮겼다. 발을 절룩이며 걸어오는 안 상병의 걸음이 느껴졌다.

어쩌면 대위가 죽었을지도 모른다고 생각하니 유리는 좀 서글퍼졌다. 그녀는 평생 소속감 따위는 모르고 살았다. 그래서일까. 그에게 매인 몸이라는 것을 깨달았을 때 불현듯 겁이 났다. 그에게 종속된 채로 환상과 현실의 틈바구니 사이로 평생 끌려 다닐 것만 같았다. 그의 죽음은 그의 죽음일 뿐이었다. 그와 자신이 살아온 여정이 다르듯 죽음 또한 달라야 했다. 결국 유리는 자신을 위해 살기로 결심했다. 대위가 가르쳐준 대로 인간에 대한 연민이나 동정심 따위는 버리고 본능이 이끄는 대로 살기로 마음먹었다. 그게 전부다.

보초병이 있는 겨울 별장

초판 1쇄 인쇄일 • 2020년 12월 5일
초판 1쇄 발행일 • 2020년 12월 10일

지은이 • 박초이
펴낸이 • 임성규
펴낸곳 • 문이당

등록 • 1988. 11. 5. 제 1-832호
주소 • 서울시 성북구 동소문로 65-2 삼송빌딩 5층
전화 • 928-8741~3(영) 927-4990~2(편)
팩스 • 925-5406

전자우편 munidang88@naver.com

ISBN 978-89-7456-533-6 03810

값은 뒤표지에 표시되어 있습니다.

이 책은 용인시, 용인문화재단의 문예진흥기금을 지원받아 발간되었습니다.